贵池民间楹联故事

GUICHI MINJIAN YINGLIAN GUSHI

陈春明　主编

合肥工业大学出版社

图书在版编目(CIP)数据

贵池民间楹联故事/陈春明主编. —合肥:合肥工业大学出版社,2016.11
ISBN 978-7-5650-3049-9

Ⅰ.①贵… Ⅱ.①陈… Ⅲ.①对联—作品集—贵池区 Ⅳ.①I269

中国版本图书馆 CIP 数据核字(2016)第 264564 号

贵池民间楹联故事

主编　陈春明　　　责任编辑　张　慧　　　责任校对　何恩情

出　版	合肥工业大学出版社	版　次	2016 年 11 月第 1 版
地　址	合肥市屯溪路 193 号	印　次	2016 年 12 月第 1 次印刷
邮　编	230009	开　本	710 毫米×1010 毫米　1/16
电　话	人文编辑部:0551-62903205	印　张	19.5
	市场营销部:0551-62903198	字　数	362 千字
网　址	www.hfutpress.com.cn	印　刷	安徽联众印刷有限公司
E-mail	hfutpress@163.com	发　行	全国新华书店

ISBN 978-7-5650-3049-9　　　　　　　定价:48.00 元

如果有影响阅读的印装质量问题,请与出版社市场营销部联系调换

《贵池民间楹联故事》

编委会

主　任　金泽吾

副主任　姚红英　程菲菲

编　委　韩　华　陈海平　陈春明

编辑部

顾　问　邱戎华

主　编　陈春明

副主编　王征桦　方　乾

成　员　葛文化　谢海龙　陈　莉　吴　立

　　　　方再能　周彬彬　王友松　钱立新

深挖历史遗存　增强文化自信

——序《贵池民间楹联故事》

　　贵池，人杰地灵，文化灿烂，诗文化辉映，历史遗存众多，楹联就是其中之一。楹联，又叫对联、对子，始于五代，发轫于明末，盛行于清代，作为一种独立的文学样式，逐渐成为十分普遍的文学和书法相融的艺术形式。五代后蜀少主孟昶春节曾在寝门桃符板上题写"新年纳馀庆，嘉节号长春"，这就是最早的春联。楹联普及民间据说是由于明太祖朱元璋，他要求百姓春节时家家户户写春联以志喜庆，这种习俗一直延续到今天。此后，文人学士无不把题联作对视为雅事。到了清朝以后，对联曾鼎盛一时，出现了不少脍炙人口的名联佳对。记述楹联的专书有清代梁章钜撰的《楹联丛话》。

　　楹者，柱也。楹联即是由上、下联组合，悬挂或粘贴在壁、柱上的联语。字的多寡无定规，一般要求对偶工整、平仄协调。楹联者，对仗之文学也。这种语言文字的平行对称，与中国古代哲学中所谓"太极生两仪"相通。对联的形式暗合了中国人的哲学与思维特征，而对联的内容则反映出人们的理想、志趣、情感、好恶等生活的方方面面，是人们情绪与智慧简洁凝练的表达。

　　楹联的美学趣味不仅在于它形式上的严谨对称与和谐，更在于其内容上的珠联璧合与意蕴深远。尤其是那些充满民间智慧的联语，讽喻世事，启人心智，广为流传，具有非凡的生命力。千百年来，散落在民间的大量楹联及其故事已经成为优秀的民间文化遗产之一，传承着中国传统文化的基因与历史信息，是不可多得的传统文化奇葩。

　　一千八百年的文化积淀与文明传承，让贵池有着"千载诗人地"的美誉；

典型的徽派建筑和皖南村居，让楹联有了生根的地方。明代贵池人黄观，是史上少见的"学霸"，在会考中连中"三元六首"，时人感叹："三元史上有，六首世间无！"清末，贵池人纪伯吕以楹联名闻天下，安庆振风塔登门求联的故事广为流传。今天，贵池依然有楹联高手邱戎华老先生，他在全国楹联大赛中获奖数十次，屡屡拔得头筹。时至今日贵池大地上流传着许多楹联故事，犹如散落在民间的珍珠，仍散发着无穷的文化魅力。

区文联、区作协组织一班人深入贵池民间，广泛收罗，精心编撰，完成一部《贵池民间楹联故事》，可喜可贺。我大致浏览了一遍，文集分为"名胜古迹类""文化名人类""民间传说类""宗祠庙堂类"及"附录"五个部分也是比较合理和全面的。这些楹联故事，有的已经家喻户晓、人人皆知，如《杜刺史巧对杏花女》《乾隆巧对梅凤姐》；有的是首次发掘整理，如《桂超万判案趣联成美谈》《杏花村地望之争　郎永清池州情缘》；有的是散落在即将湮灭的民间传说中的，如《黄秀才偶得龙栖地》《龙袭梅姑茶留芳》等。

习近平总书记在中央政治局第十三次集体学习时曾指出，中华文化积淀着中华民族最深层的精神追求，代表着中华民族独特的精神标识，为中华民族生生不息、发展壮大提供了丰厚滋养。本书的编撰出版，是传承和弘扬中华优秀传统文化的时代要求，也是发掘、整理并展示贵池丰厚历史文化遗存的一次积极尝试，填补了我区文化建设楹联方面的空白，不仅为传承传播贵池民间文化的优秀文化因子迈出了扎实的步伐，也为人们研究贵池民间文化的传承传播提供了具体的资料，对深挖历史遗存、加快贵池经济社会发展、增强文化自信，定能起到很大推动作用。

两岸楼台照溪水，一池春雨飞杏花。
夕照秋浦映双塔，笔架望华书七星。

是为序。

2016 年 11 月 8 日于贵池

（本序作者系中共贵池区委副书记）

目　　录

名胜古迹类

杜刺史巧对杏花女

　　相传晚唐诗人杜牧，于会昌初年任池州刺史期间，经常于公务之暇，便衣小帽去杏花村酒肆饮酒赋诗，留下许多趣闻轶事。这里记叙他与卖酒姑娘杏花巧对楹联的故事。

　　十里杏花村上，处处酒旗飘扬，其中有一家小酒店，店主是一位年方十五六岁的小姑娘杏花。她父母早亡，堂上只有老祖父一人，祖父读过诗书又是酿酒名师，可惜年岁大了，这爿小酒店全靠杏花姑娘操持。杏花十岁开始就在酒店营生，没有上过学。幼时，她只凭老祖父手把手地教描红习字，识得几个字。但她聪明好学，来酒店饮酒的客人，不乏秀才雅士，她逢人求教，有空就学，而且过目成诵，过耳不忘。后来，诗词歌赋她几乎样样都会，尤其擅长对联，出口成章，甚至与人对话，也经常用心尽量求对，成了个对联迷。

　　一天早晨，杏花在闺房一面梳头一面默诵诗书，祖父连喊杏花数声，她都未答应。祖父发了火："丑丫头，真会装聋作哑！"

　　杏花忙赔笑着："好祖父，为何冒火生烟？"

　　祖父忙道："快，快将店堂收拾，酒客快要进店！"

　　杏花即答："慢，慢把发髻卷起，孙女慢些出房。"

　　这一下老祖父真发火了："我叫你快、快、快，你偏要慢、慢、慢！"

　　杏花忙解释说："不是孙女偏爱慢，是祖父说的话连叠三个'快'字，我怎能不对三个'慢'字呢！"

　　这下弄得祖父啼笑皆非。这样，杏花姑娘爱对联的韵事也就传开了，因而招引不少文人雅士上门饮酒出联求对，当然，也有些是前来凑热闹的，酒店生意也因此异常兴隆。

　　池州刺史杜牧，听说有这样一位聪明的卖酒姑娘，便有意走访。一日，公务之暇，他着一身书生打扮，随身带着一位年轻衙役打扮的书童漫步来到这家酒店。

要说酒店不如说是酒亭，这家酒店实际是在一个八角亭上。这亭子是用芭茅草盖顶，栏柱亭檐也未加雕琢粉饰，非常简陋。虽比不上那些雕梁画栋、柱廊飞檐华丽的亭子那样耀眼引人，可一眼望去，古色古香，质朴无华，倒也雅静宜人。

杜牧和衙役上了台阶走向亭内，见亭子正面堂中有一扇木板虎壁，虎壁正中挂着水墨中堂《醉八仙》，两边配挂的楹联是：

> 座上客常满，
> 杯中酒不空。

这是酒店一般通用联。木板虎壁后面，有一排茅草披屋，大概是店家住处和烫酒烧菜的地方。亭堂面积倒不小，中间摆着四张方桌，呈正方形。靠中堂虎壁横放着一张条台，条台上放着文房四宝，大概是供那些文人墨客雅兴大发时咏诗题联之用。靠左边亭角摆着一张茶几，上面放着酒具碗筷。迎面两张方桌几乎坐满了客，后左方一张方桌也有两个人在饮酒聊天，只有后右边一张桌子是空的。杜牧便在这空桌边坐下，站在一旁的年轻衙役向杜牧问道："大人！可要……"

杜牧忙把年轻衙役手袖一牵，眼睛一翻："嗯——！"

年轻的衙役看着自身书童打扮，随即改口道："相公！可要什么酒菜？"

花香人靓　吴斌摄

杜牧把衙役按到座位坐下："别急!"

这时，只见一个身穿红色衣裳的姑娘，从虎壁后面轻快地转到杜牧桌前，一边用抹布揩桌一边问道："先生! 初临茅店，幸甚! 幸甚!"

杜牧并未答话，只是把眼睛向年轻衙役瞄了一下，示意衙役发话。

这位年轻衙役，人很聪慧灵敏，深得杜牧喜爱，因而被选为贴身衙役。闲时，在衙门后堂杜牧也经常教他诗书，受杜牧的熏陶，他也能吟诗联句。他见杜牧示意，便上前答话："姑娘! 久仰芳名，慕之! 慕之!"

杏花一听这位"书童"搭话，与刚才自己的发话，正好对仗，寻思，这一主一仆上门，可能是有意来考她的，而且"书童"竟有如此口才，谅主人一定是个博学多才之士。杏花是个好学的姑娘，心想：即使对不过他们，向他们求教倒是一个好机会。于是，她不动声色地依然笑脸对这位"秀才"问道："先生，请点美酒佳肴，以助雅兴。"

杜牧不经意地说了声："随便来点什么吧。"

杏花以为这位"秀才"一定有妙语对偶，不想"秀才"如此出言，好像是个目不识丁的家伙，心里估摸着，莫非此人是个富豪，胸无点墨而故弄风雅! 带着这个年轻"书童"（可能是他们家教门馆的先生装扮的）有意前来戏弄她？然而，细看这人四十岁出头，而且眉清目秀，举止端庄，不像个花花公子、轻佻之徒。常言道："半油篓子晃荡，满油篓子稳当。"也许，这位"秀才"真是个有识之士……她边思索着边下厨房去取酒菜。

杏花刚离开，年轻衙役轻声对杜牧道："大人，您怎么……"

未等衙役把话说完，杜牧即制止："慢慢来，见机而作。"

这时，杏花一手端着两碟菜，一手持酒壶杯筷来到这"秀才"桌前，把两碟菜摆到桌上，又将杯筷整整齐齐摆在这主仆二人面前，然后将手中的锡酒壶用肩上搭的手巾揩了揩，高高握在手中道："子把一壶春酒绿。"说完，双手恭恭敬敬地往"秀才"面前一放，拿眼扫了一下，意思是说：请对呀!

只见杜牧笑了笑，依然把眼睛朝"书童"示意。"书童"将酒壶拿在手，先给"秀才"斟上满满一杯酒，然后把自己的酒杯斟满，望着杏花两颊绯红的面庞答道："腮飞两朵杏花红。"

"秀才"随即赞道："妙对! 妙对!"然后端起酒杯，一饮而尽。

杏花并无娇羞之感。她一心想的是：这位"秀才"到底是饱学之士，还是个大草包？于是，乘机向这位"秀才"挑战性地说："先生，贵书童有如此学问，谅先生一定是才高八斗，学富五车，当垆女很想聆教!"

"秀才"望着这位天真的姑娘笑了笑，然后拿起那闪光锃亮银白色酒壶，抑扬顿挫地吟道："白锡壶腰中出嘴。"

杏花一听，心中不禁暗笑：想不到堂堂秀才竟出这样俗不可耐的上联，于是，不假思索地指着桌上的竹筷说："金竹筷身上刺花。"原来这竹筷是比较精致的，上面有用火刺烧的花纹。

"秀才"听罢，哈哈大笑，这笑声中分明含着嘲讽的成分。杏花原以为要得到这位"秀才"的赞赏，却想不到竟受一番嘲笑，便问："难道这下联对不上吗？"

"秀才"一本正经地说："姑娘，对得倒也可以，不过，我这上联是拟人化的，'腰'乃是人的躯干部分，而'嘴'是五官之一，在人的头部；可你的下联'身上刺花'，这'身'算人的躯干部分倒还可以，而'花'呢？人的头部只有耳、目、鼻、口、眉毛、胡须……哪有'花'呢？"

杏花听他这一剖析，意识到这上联看上去平庸，而细想起来，倒是有点奥妙哩！这一下，杏花好像囫囵咽下一个糯米团子，咽不下又吐不出，一下哽在喉管，直翻白眼。这时邻桌有人叫喊："再来一壶酒！"杏花便转身过去，总算脱出窘境。

当她把酒送到邻桌，"书童"便高呼："杏花姑娘，我们相公要酒！"

杏花姑娘只得跑过来，拿起酒壶，欲去打酒，"秀才"一把按住酒壶："不用，还有大半壶呢！"

杏花冲着"书童"说："你不是叫唤要酒吗？"

"书童"神秘地一笑说："姑娘，你的下联还没有对上，我们相公这酒也咽不下呀！"

这一军"将"得杏花两颊"唰"地一下红到耳根。刚才两腮是两朵杏花，这时倒像两朵火红的石榴花哩！

接着"书童"又加楔地说："要是对不出就乖乖关门吧！"

杏花不禁脱口辩道："关门？我是卖酒的，对不上对联有什么关系？！"

"秀才"看杏花急得一脸傻相，故意严肃地说道："不但要你关门，我还要拿一把大铜锁把门锁上，什么时候对上，什么时候开锁！"

杏花毕竟是个伶俐姑娘，他看到"秀才"脸上虽然严肃，而嘴角却挂上一缕笑纹，特别是"大铜锁"三个字，一字一顿，加重语气，知道是有意点拨，于是脑子转了转，忽然灵机一闪，便道："紫铜锁腑内生须。"

这时，"秀才"畅怀一笑地赞道："姑娘真聪慧！"

杏花羞赧地向"秀才"欠身道："先生巧指引！"

"秀才"看杏花女是个活泼、机灵的小姑娘，就问道："有没有好酒呀？"杏花接口说："黄公酒一不醉无情之客，二不敬不邀之人，恕小女子无礼，请问客官尊姓大名？"

"秀才"说："问我姓甚名谁嘛……"顿了一下，心想再出一副谜联来考考她，便道："我的姓名是：'半边林靠半坡地；一头牛同一卷文。'"

杏花低首细细琢磨：半边林乃"木"，半边坡地乃"土"；而"牛""文"同列为"牧"。啊！原来是杜大人！杏花"扑通"往下一跪："民女失敬，恕罪！恕罪！"

杜刺史巧对杏花女的故事在池州广为流传。

（方再能搜集　王义礼整理）

改联有节获尊崇

——董光斗先生对联故事

自杜牧问酒高吟《清明》之后，贵池杏花村即以春雨杏花、井泉香酒而秀甲江南、名扬天下，致骚客流连，游人如过江之鲫，相沿千载。中间几度虽遭战火毁坏，但屡毁屡建，自唐以来，长盛不衰。及晚清却因战乱频频，毁坏殆尽。

民国五年（1916年），本县人士张某在杏花村建一酒店，并请董光斗先生为酒店题联。先生听后很高兴，由张某陪同到杏花村察看。

当时的杏花村冷落荒凉，其情景正如张帮教《题杏花亭》所云："胜地已无沽酒肆，荒村犹有惜花人。"先生观后难禁嘘唏。然而，张君在此建酒店，可能是杏花村复兴之始。步其后，或将有更多的人在此兴建酒店茶肆，以至于官府村民广植杏树营造园林。大唐杏花村或可再现。思念及此，董先生文如泉涌，回到酒店，即取红纸，大笔直书。联曰：

村无杏花，建野外一廛，聊记当年沽酒处；
店有泉酒，临城西十里，满斟胜地赏花人。

这副对联，不仅对仗工整，切合实景，上下联的首句巧妙地分嵌"杏花村酒店"全名，而且全联从张帮教的叹惜声中，转向胜地有酒款待赏花之人的欢乐氛围和店主人的热情盛意，蕴含先生的美好憧憬，意境深远。张君喜极。等到开张那天，一副笔力遒劲的大红对联，正正当当地贴在大门上，吸引了无数游人、酒友、骚客的眼球，大家赞叹不已。

过了四五天，张君匆匆来到董家学屋，忧心忡忡，欲言又止。先生细问之，原来是这么回事——

杏花村开了一家酒店，董光斗先生为之题联，当时轰动了全城（那时县城很小，人口也少，不像现在）。那几天，酒店确实热闹。喝酒的、品联的、怀古惜今的、憧憬未来的，男女老少，士农工商，熙熙攘攘。到了昨天，一位自称姓杜的先生质问张老板："谁教你在这里建房开酒店的？这里是杜公祠前面的场地，是杜家的地。"张老板先是一怔，随即赔小心地说："确实不知，对不起。原以为是野外荒村无主之地。既然是府上的场地，那就算我租了，按例付租金，可行？"杜先生没有正面回答，却说："酒店开在杜公祠前，门联不合适，要改。"说罢，不等回答便拂袖而去。这可难坏了张老板。这副对联，见了的人没有不说好的。改什么？怎么改？这可是大名鼎鼎的董先生写的呀！怎么去和他说呢？踌躇了一天，还是不得不来禀告董先生。

先生听后，哈哈大笑。"这是冲着我来的。"原来，这位杜先生也是一位塾师，和董先生有过几次较量，但都居下风，然心仍不服。"文人相轻，自古而然。"中国旧文人的另类心态，两千多年前的曹丕就这样说过。其实这位杜先生并不是茅坦杜村的人，只不过姓杜而已。先生心想，他是借地皮来扯皮。古话说，冤家宜解不宜结，何况文字游戏？再说嘛，让他三分又何妨。"好吧！那就改。"先生略加思索，取华笺用小楷书写一副对联：

村已无花，建野外一廛，聊记当年沽酒处；

祠犹姓杜，借阶前盈尺，权为此地主人翁。

随即递给张老板，并说："请他看清下联中的'杜、借、权'三个字。如用这副，可酌付租金。如果他还纠缠，就把第三副给他看。"

琼瑶惊邨梦　丁永清摄

接着先生迅速地写下了第三副对联：

村巳无花，建野外一廛，记取当年沽酒处；

祠犹姓杜，聚域中三友，重张胜地醉诗垆。

先生教张老板这样对杜先生说——我老张在当年杜司勋醉诗的胜地重建酒垆，是让司勋有地方聚会三友（诗、酒、琴），吟诗、醉酒、弹琴。如用这副，不给租金。因为我在为杜姓祖宗杜司勋（他是我们尊敬的人）服务。如果他仍说不行，那就"先礼后兵"。你可理直气壮地跟他讲：这里本是杏花村之地，属贵池县的，杜家在此地做了祠堂，理应向县里交钱买地。但为了纪念樊川，贵池人愿意献出此地。可是占着宝地，几十年来，任其"胜地已无沽酒肆"，让牧之问酒无处，对着当年的胜地今日的荒村而嗟叹。你对得住声声称呼嫡祖的杜牧之吗？别人"聊作当年沽酒处"，你却来兴师问罪，难道不汗颜吗？如果你胡搅蛮缠，我就贴出下一副对联，并诉诸公堂。

这下一副对联是：

村巳无花，建野外一廛，聊记当年沽酒处；

祠犹姓杜，欠邑中千贯，空嗟胜地牧之魂。

张老板满脸愁容顿失，高兴地离开了董家学屋。

不知是出于颜面，还是出于租金，抑或是出于另外什么原因，杜先生认定了第二副对联。于是从第二年春节开始，这第二副联就长期贴在酒店的大门上。1990年版《贵池县志》收录的正是这副对联。

村巳无花，建野外一廛，聊记当年沽酒处；

祠犹姓杜，借阶前盈尺，权为此地主人翁。

平心而论，此副与首副虽出自一人之手，但仍有伯仲之分。惜哉那位杜先生气势汹汹、咄咄逼人，却分不出伯仲，更领会不到这副对联中暗藏的玄机。虽然口口声声说这是杜家的地，却承认别人在这里权作主人翁，这不是自打嘴巴吗？董先生实在是高！据说，为避免茅坦杜村真正的杜家人的误会，董先生还亲赴茅坦向他们说明经过、解释原委。杜家人特别高兴。董先生尊敬樊川、尊重杜家，也赢得了杜府和乡民对其文才的赞誉、人品的尊崇。那个八竿子打不到一块的"杜先生"，虽从此销声匿迹，但其借机滋事假冒敲诈的劣行，也为世人所诟病。

此事虽逾百年，但先君在我幼时曾多次说过，特别强调人品和文品的重要。要高尚勿低俗，要超然勿自缚，要谦逊勿骄横，要自重勿谩人，等等戒谕，印象极深。故而乡前辈董光斗先生之故事，先君乐道，我也乐听，至今记忆犹新。

（邱戎华搜集整理）

联句识杜牧　私访查冤情

　　唐会昌四年（844年），杜牧的恩师牛僧孺罪贬循州（今广东惠州）长史，至交好友李方玄（前池州刺史）也因罪罢官。杜牧从黄州迁贬池州，接任好友之职。上任之初，奸吏架空杜牧，下属阳奉阴违，使他无法作为。百姓也听信奸吏离间，误以为新刺史赶走了他们爱戴的清官。杜牧如同一只孤雁，他痛苦，没有人理解他的才华和抱负；他困惑，光明磊落的好友，为何获罪罢官？

　　清明时节，杜牧愁肠百结，忧郁欲断魂，觅酒解愁闷，走进杏花村。郁闷醉酒后，他写下了千古绝唱《清明诗》。这天，风轻轻雨泠泠，春寒料峭，杜牧得了风寒，病得不轻，归途昏倒茶田岭下。幸遇卖茶女，用她家特制的名茶，解了杜牧之危。杜牧发现茶亭内有好友李方玄的亲笔题联：

> 江南天植千千树，
> 井旁人闻缕缕香。

　　他想追问，却被下属接回郡府。

　　杜牧一直觉得好友罢官之事有蹊跷，欲微服私访茶女，一是向茶女表达搭救之恩，二是想探问李方玄罢官根源。

　　一日，杜牧乔装改扮成一位潇洒的先生来到酒店，杏花村茶田岭的茶女钟莲上前将先生引至茶亭一个翠竹映窗的座位上，说：

> "翠竹清风迎雅士。"

　　先生饶有兴味地脱口答道：

> "杏花春雨醉江南。"

　　钟莲姑娘知道这位才华横溢的人，就是前几日在茶田岭偶得风寒的那位先生，忙将杏花村里一盅恋香茶端给客人。先生品了一口，啧啧连声称赞："好茶！好茶！"

　　钟莲姑娘调皮地一笑说："这就是我们茶田岭最好的香茗，奉与先生，拜求先生为我这茶亭留下墨宝！"杜牧走到笔墨案前提笔就书：

片片茶田春墨染，
杯中烟茗客呼香。

钟莲姑娘微微一笑："真是墨宝难求，请先生签上大名吧！"这时，先生眼看亭外，见远处一座座山岭，坡上树木郁郁葱葱，坡下麦苗青青盈盈，一个牧童横骑牛背，吹着短笛，牛角上还挂着一卷书，悠悠扬扬走来。先生触景生情，提笔"唰唰"写了一副对联：

半坡林场半坡地，
一曲牛歌一卷文。

雪装　江南摄

先生写罢，钟莲姑娘请他题款留名，先生把笔一掷，笑了笑说："已在联中。"

原来这是一副谜联，聪明的钟莲姑娘眼珠一转，立刻猜出上联谜底是先生的姓"杜"字，下联谜底是先生的名"牧"字。她不由得大惊失色，"扑通"跪倒在地，叩拜道：

"民女无知，冒犯刺史大人，望杜大人恕罪！"

这时，杜牧便向茶女表明要为李方玄雪冤的真情，钟莲知道了杜大人要为李大人雪冤更是求之不得，于是把藏了好久的一封密件递给了杜牧，终因密件指点迷津，杜牧上书朝廷弹劾奸吏，为廉吏、能吏李方玄雪冤，铲除了邪恶，伸张了正义。从此，杜牧的大名永留尽善尽美的杏花村。

（陈耀进搜集整理）

陈梦雷两过杏花村

康熙九年（1670年），20岁的陈梦雷中进士，选庶吉士，散馆后授编修。康熙十二年（1673年），23岁的陈梦雷回乡省亲，途经池州时，正值杏花盛开的季节，十里烟村，美酒飘香，让春风得意马蹄疾的陈梦雷心情大好，他喝着黄公酒，吟诵着杜牧的《清明》诗，充满着衣锦还乡的喜悦。

陈梦雷在回到老家福州时，才知道就在一个月前，靖南王耿精忠在福州造反了。耿精忠在福建遍罗名士，强授官职，胁迫士人同反。耿精忠得知陈梦雷回乡后，四处寻找，要他在叛军中任职。陈梦雷机警地躲进寺院中，但仍没有逃脱耿精忠的魔爪。耿精忠将陈梦雷的老父拘禁起来，威胁说如果陈梦雷再不出来，就将陈梦雷的父亲杀害。

不得已，陈梦雷只得入耿府做了幕僚，但称病拒受印札。当时，与陈梦雷同年进士、同官编修的安溪人李光地也被迫来福州，迅即以"父疾"为由请假回家。

二人密约：由陈梦雷在叛军中"离散逆党，探听消息"；由李光地在外面，传递情报，找机会共请清兵入剿。机会来了，陈梦雷终于摸清了耿军的兵力部署，他主拟了请兵疏稿，装在蜡丸里，制成蜡丸书，交给了李光地。可李光地犹豫不决，拖延了大半年才把蜡丸书交到清廷，而且还把蜡丸书上的陈梦雷名字改成了他自己的名字，单独向朝廷上疏请兵。李光地因此大受赏识，青云直上。而陈梦雷不但功被埋没，还因京师传陈梦雷任耿精忠"学士"，又受到耿党徐鸿弼诬告，致以"附逆"罪被捕，入狱论斩。

陈梦雷入狱后，多次要求李光地为自己作证辩诬。李光地于康熙十九年（1680年）返京后，也曾为陈梦雷"代具一疏"，只说陈梦雷在叛军中任职是迫不得已，但对陈梦雷在福州"离散逆党，密图内应及同谋请兵"之事，一句话也没有提及，并贪功向康熙启奏道：陈梦雷所谓"臣上蜡丸书是他定的稿，实实无此事"。

    康熙二十一年（1682 年），经刑部尚书徐乾学救援，陈梦雷免死，改戍奉天（今辽宁省）尚阳堡。陈梦雷踏上了北上之路，又经过了池州。这时，也同是阳春三月，杏花依旧盛开，美酒依旧飘香，可陈梦雷的心里却充填着被朋友欺骗的冤屈和发配戍边的悲伤。在杏花村的黄公酒垆，他闷闷地喝完一壶黄公酒后，提笔在墙壁上写下了一副对联：

至今村酿黄公酒，

依旧花开杜牧诗。

    情景如昨，命运却迥然不同了，去奉天的日子，是祸是福，有谁能料到呢？

    （注：这是唯一收录到《中国古典文化精华·楹联》山水名胜篇的、描写池州杏花村最著名的一副楹联，也是隐含泪水的一副楹联）

（王征桦搜集整理）

画中行　吴旭东摄

千载风流忆顾公

唐武宗会昌四年（844年），杜牧来到池州任刺史。在两年多的任期内，他踏遍美丽的池州山水，留下40多首诗歌，描写了贵池齐山、清溪、九华山、杏花村的美丽风光，甚至包括青楼酒肆在内的人物风情。最为著名的就是描写杏花村的《清明》："清明时节雨纷纷，路上行人欲断魂。借问酒家何处有？牧童遥指杏花村。"从此以后，杏花村便名扬天下。历代文人，慕名而至，品酒赏景，吟诗作赋，留下了千余篇描写杏花村的不朽之作。清康熙年间，村中的一位学者郎遂历经11年综合整理编纂了12卷《杏花村志》，约12万字。这套志书被收进了纪晓岚编纂的《四库全书》。纪晓岚在序言中写道："杜牧之为池阳守，清明日出游，诗有'借问酒家何处有，牧童遥指杏花村'句。"《杏花村志》成为唯一一部入选《四库全书》的村志，这在村志一类的著作中是绝无仅有的。因此，杏花村被后人誉为"天下第一村"！

古杏花村建筑丰富、人文深厚。经历史沧桑巨变，杏花村屡遭战火，村中的许多人文景观在战乱中销毁，不复存在。明嘉靖四年（1799年），池州郡丞张邦教官风清明，广纳贤士，寄情山水。他来到杏花村，触景生情，凭吊古人。他在古杏花村演武场前，兴建了一座形似杏花的凉亭，取名"杏花亭"，以此怀念古人，并撰有一副很有些感伤意味的对联：

> 胜地已无沽酒肆，
> 荒村忽有惜花人。

张邦教自封为"惜花人"。

然而，杏花亭也逃脱不了历史的淘洗，经过历代战乱坎坷，杏花亭几度倾毁，经过多次复建，才有了今天的模样。崇祯初年，池州郡守顾元镜探幽杏花村，珍爱杏花亭，追踪怀古，拨款重修。顾元镜漫步杏花亭，曾经看过当地父老乡亲给杏花亭题匾额"悠然见南山"，又称其为"有花、有酒"亭，于是便题对联：

> 马嘶芳草地，
> 人醉杏花天。

之后，顺治三年（1646 年）杏花亭毁于兵火，1675 年，池州知府周疆又重修一次。郎遂在《杏花村志》中，凭吊杏花亭曰：

> 亭台花柳书画中，千载风流忆顾公，
> 一自烽烟戎马后，空留诗句付村翁。

现在我们看到的杏花村中的杏花亭是根据历史记载原貌复建而成。

（罗以华搜集整理）

斜阳初染　吴旭东摄

杏花村巧对过渡口

享有"天下第一诗村"的池州杏花村内十二景闻名于世，流传着许许多多脍炙人口的史话和历史典故。

清代年间，杏花村白蒲圩渡口，嘈杂的人流、喧腾的古渡口，穿梭的舟船，具有"蒲花如霞""荷花满圩"的乡野水景，浸濡着古老文化的润泽，反映了杏花村历史进程的吉光片羽。杏花村里居住的人们大都会作诗吟唱，对酒当歌，在白蒲圩渡口尤为明显。来往过客，没有一定的诗联功底，恐怕上不了船。杏花村里有个叫张大脚的人，在杏花村白蒲圩以摆渡为生，他读书不多，却聪明过人，常常信口编个对联让过客们对，对上了可以上船，对不上等两个时辰后再上船。富家子弟对不上，收双倍的渡费。所以，也有不少文人墨客慕名前来坐船应对，杏花村里的文风因此家喻户晓。

有一年春天，下午黄昏时分，天下起了绵绵细雨，一位山里走亲戚的小伙，来到杏花村白蒲渡口，准备过渡时，却看到渡口边蹲着两个人，感觉奇怪，他们怎么不上船？他顾不上打听，便喊船夫，恰巧，这天是张大脚当班，就对这小伙子说了过渡口的条件，小伙子见张大脚五大三粗的，心想他哪能对出什么对子，就说："请出上联吧！"张大脚在渡口对第一次坐船的客人都以季节、气象为题。由于春季气候反常，刚才还晴日，现在却风向突变下起了雨，张大脚顺着反常的天气张口就道：

"春分破菜篮。"

这是形容阳春三月的江南杏花村，阴雨绵绵，空气清新，春天的雨水像个破菜篮一样，说晴天，就下雨。小伙子多少也对杏花村村情及民俗有所了解，想到，每年杏花村白蒲圩渡口一般在夏天都要对小舟、渔船用桐油打底、修补，防止船漏损坏，即刻应对：

"夏至补舟船。"

张大脚随即又出一联：

      "晴天过河船搭脚。"

　　虽然字面很平常，仔细一想，还挺难对，雨也越下越大，小伙子在渡口边打着一把黄雨伞来回思索，如对不上过两个时辰天就黑了，忽然，触景生情，对出下联：

      "雨夜行路伞遮身。"

白浦渡　方再能摄

　　张大脚说："对得好，请上船吧！"话音刚落，蹲着多时的两个人站起来要上船，原来这两个人是富家子弟，让张大脚难在这里有一个多时辰了，张大脚说："等等，这是人家对上的，你们想白占便宜可不行，这样吧，赶上天黑下雨，饶你们一次，不过，这位小伙的船钱得由你们出。"那两人唯唯诺诺连连答应，随之上了船。这位小伙子对杏花村白蒲渡口对联过渡感到很稀奇，想起来也挺有趣，恰巧，对岸划过来一只小舟，为了避雨，未停在渡口指定位置，小舟底部与洲滩碰擦发出声响，搁浅在沙滩上，小伙子见了突发灵感，也出一联让船夫张大脚来对，小伙子念道：

      "划舟民过洲上，沙洲滩擦舟底下。"

　　船夫张大脚认为碰到高手了，一时也想不出切意的下联来，但又不甘示弱，刚好看到一个人急匆匆地下船，背着一袋食盐回家，一口气跑到渡口边的一处茅草搭建的棚屋下避雨，谁知大雨下个不停，屋檐水滴在食盐袋子上，张大脚急中生智，随即对出了下联：

"背盐人站檐下，屋檐水滴盐包上。"

上联和下联分别有上、下和其他谐音字镶嵌在联中，惟妙惟肖，对仗工整，大家欢呼叫好，小船上，一阵欢歌，张大脚使出全身力气，趁着雨势，将客人送到了对岸。

（钱立新搜集整理）

金牧童梦中穿越　杏花村再续传奇

　　杏花女的故事随同杏花村老窖已经飘过千年，在人们的口中流传不绝。如今的杏花村已今非昔比，四海闻名，游人如织。走进杏花村，你就走进了一个梦的世界、诗的海洋……

　　杏花村酒肆旁，一位将着银须的老牧童蹒跚而来，手捧紫砂壶，慢悠悠地坐下，神神秘秘地对我侃着新发生的故事：

　　杜公还是这里的常客，似乎还守着昨日吏治的规矩，长袍冠带。而杏花更加楚楚动人，时而清谈不歇，闲暇时学会了对着视频向杜郎倾诉心迹。

　　又是清明将至，只因不再拥有公车，杜郎说想乘坐高铁回一趟老家，去祭拜扫墓。姑娘噘着小嘴，脸上泛起了阴云，她不便干预，但奈何心中百般牵挂。

　　二月时节，微雨如酥，杏花园百鸟弹唱，游客纷纭，满园杏花竞相开放。担心情郎回乡的姑娘像丢了魂似的守在酒肆门口，等雁归来。偶然有骚客登门拜访，杏花热情相迎，相互吟诗酬和。一天，一骚客意欲趁相公未回家之际调戏姑娘，便出一上联试探：

　　　　"幸遇相公回故里。"

　　谁知姑娘非常机警，含笑巧妙应道：

　　　　"恭逢墨客拜师娘。"

　　骚客不肯罢休，于是再度调侃：

　　　　"那人若是梁山伯。"

　　姑娘毫不隐瞒自己的态度，坚定果断地说：

　　　　"在下甘为祝英台。"

　　那墨客没占着便宜，自觉失去颜面，便又紧追一句：

"日偏谁扶竹竿立?"

姑娘不屑一顾:

"身正何愁虚影斜!"

骚客未难倒姑娘,穷追不舍地连出了两三联,都被姑娘不假思索地接口对上。这时,看客一片喧哗:"何方奇女,才气如此了得!"有人不禁问起姑娘芳名,想一探究竟。姑娘腮边泛起红晕,羞涩地指着堂前的题名联,众人一看但见上面题着:

但凭春水浇红杏,
且借火光烧彩云。

杏花村巧对过渡口　吴旭东摄

那骚客看了几遍,细细思忖之后,恍然大悟,连忙拱手道歉:"刚才多有失礼,请姑娘海涵!原来才女是尧杏花,才华堪比清照和蔡琰。"大家说得正浓时,一官人模样人拱手而进,众人迎面问道:"先生是谁?"官人未自报家门,信口诌了一联:

"半边林靠半坡土,
一口牛悬一卷文。"

众客人略作思索后,慌忙跪下,说:"小人有眼无珠,不知刺史大人驾到。请大人恕罪!"刺史大人笑着一一扶起,招呼大家落座,自己也拂了衣襟按宾主坐下。

这时，杜公才说起缘由，因为事务繁忙，抽不开身，回乡之事只得日后计议。杏花自然喜出望外，捧出了千年老窖，说："奴家今日开心，要好好招待大家。"

老牧童描述得绘声绘色，我也听得如痴如醉。

不知什么时候醒来，已是晨曦初露，梦中情景依然历历在目。

（王韩炉搜集整理）

杜牧巧题铁佛联

晚唐诗人杜牧，于会昌四至六年（844—846年）任池州刺史。在此期间，武宗鉴于寺庙过多，僧尼成灾，"是十分之财，而佛得其六七"，遂下决心于会昌五年下诏毁禁佛教。全国计毁寺庙44600余所，还俗僧尼26万多人，解脱奴婢15万多人。当时士大夫中很多人不以为然，而杜牧非常赞同。他认为奸商豪富，贪官恶吏，自知其罪，捐钱求佛。"权归于佛，买福卖罪，如持左契，交手相付。"从某种意义上说，杜牧可算是个无神论者，于是奉旨大力毁禁寺庙，池州府所辖地区，除佛教圣地九华山保存部分寺庙外，其余地区寺庙几乎尽毁。唯独府治所在地池阳县（今贵池区）西郊荒山野谷中的铁佛寺幸免于难。原因是该寺地处荒野，被人们遗忘，几乎无人来此烧香拜佛，该寺只有一懒僧，无以为生，只得去村镇挨门乞食。平日无所事事，吃饱了睡，饿了再去乞食，该僧自我嘲弄地戏题一联：

> 睡到三光天不管，
> 丢开八字鬼难寻。

"毁禁"浪潮过后，奉佛的善男信女，因无寺庙拜佛，都纷纷来到荒山野谷中的铁佛寺上香礼佛，其因而香火旺盛，僧人增多，庙宇得到修葺、扩建，焕然一新，盛况空前。据说那天八府巡按夫人也前来进香，身为地方官员的刺史杜牧也得前去应酬一番。这时，寺里住持僧铺纸磨墨，请刺史大人为新建的大雄宝殿题写一副楹联。杜牧是积极赞成"毁禁"的，感到为难，当着巡按夫人和众多热诚的善男信女面前，不便推辞，于是，灵机一动，巧妙地为铁佛题写这样一副楹联：

> 有人相说乃佛，有我相说乃铁，本来即铁是佛，即佛是铁；
> 执尘空见为铁，执慧空见为佛，其实何佛非铁，何铁非佛？

这副楹联，看似模棱两可，可仔细推敲，却明确无误地表达他对铁佛的否定。

后来有好事者，曾为此事戏题一联：

巡按夫人乘兴赶庙会，玩玩乐乐，乐乐玩玩玩乐够；

池州刺史无奈巧题联，是是非非，非非是是是非明。

（谢海龙、檀新建搜集　王义礼整理）

铁佛禅寺

奇秀万罗山　传奇珍珠寺

万罗山景区位于池州城南，由江祖山、清溪河、万罗山三大景点组成。山上有江祖亭，临河有江祖石，山下有闻名千古的李白钓鱼台。清溪河秀丽清幽，万罗山中林木参天，翠竹如海，山坳有重点寺庙珍珠寺。

万罗山，海拔 163 米，山势不高，奇秀无比，可用"神奇、玲珑、天然"六个字来概括。

从江祖村，乘乌鸦排渡清溪河，登上南岸，有条石级山道通向万罗山山坳，沿路旁右侧有一尊奇岩，藤萝披挂，形似仙童侍立，名叫"童子石"，人称"童子守山门"。沿石阶而行，曲径通幽，一路古木森森，翠竹遮阴，山花吐艳，暗香潜流。绿荫丛中，一堵粉墙隐现，上书"珍珠禅寺"四个大字。山门前有一口岩石砌成的放生池，池的两边，有一对巨大的古枫冲天而起，春夏之际，似两柄擎天玉幡；金秋时节，丹枫似火，形似两支巨大的红烛。

奇秀万罗山　齐太平摄

　　珍珠寺，三面环山，一面临清溪，沉浸于绿波之中，仿佛一张荷叶托着一颗晶莹的明珠。珍珠寺古称"元帝殿"，始建于宋代，清乾隆三十年（1765 年）、道光九年（1829 年）又先后两次重建。记载古寺历史的石碑，至今尚存。珍珠寺的名字，应是清光绪九年（1883 年）以后命名的，因为在光绪九年编纂的《贵池县志》中尚未有珍珠寺的记载。珍珠寺殿宇是按照九华山肉身宝殿的格局建造的。前后三进，前殿中间是客堂，两侧是寮房；二进是佛殿；最后一进由笔陡的石级攀登而上，是藏经堂。古时佛殿中的两侧有楹联：

> 咏罗峰，峦叠成云，紫竹来前，荒山一座；
> 题江祖，诗清如水，青莲去后，钓石千秋。

　　可惜，珍珠寺庙宇被日本侵略军飞机炸毁，1948 年由惟祥和尚化缘重建，后殿至今仍是一片废墟。后来，佛像被全部捣毁。如今，万罗山已得到了保护，珍珠寺也进行了整修，并有僧侣住寺，暮鼓晨钟，香烟袅袅，为万罗山增色。珍珠寺东侧的岩壁下，有"李白洗砚池"。一泓清泉，终年不涸。相传李白在此洗过笔砚。

　　拾级百步，有"通天门"。四块万吨巨岩在悬崖上垒成一座十余丈高的石城门，气势雄伟，巍巍壮观，令人叹为观止。

　　万罗山还有一个美丽传说：

　　相传，在万罗山脚罗峰村，有个罗员外，家藏万贯，养有一女，年方二八，长得如花似玉，是老员外的掌上明珠，取名叫"珍珠"。有一天，珍珠姑娘在清溪河边洗手，不慎跌落水中，被一个叫汪水生的渔民救起，汪水生家里非常贫穷，但长得却眉清目秀，两人一见钟情，深深相爱。珍珠姑娘为感谢救命之恩，以身相许，遭到罗员外极力反对，并放火烧了汪水生的渔船，又吩咐家丁将汪水生捆在一块大石板上，沉进了江祖潭。珍珠闻讯后，悲痛欲绝，纵身跳进了水中，追随汪水生而去。家人将珍珠小姐葬在罗峰山上。谁料想，汪水生水性过人，死里逃生，当得知朝思暮想的罗小姐为自己殉了情，不久便削发当了和尚。他四处化缘，在罗小姐墓地上建起了一座庙宇，并在大门上贴了一副对联：

> 万杆竹，万株松，鸟来鸟去云窈窕；
> 罗远峰，罗近岫，寺南寺北佛慈悲。

　　以此来寄托自己对心爱的姑娘的怀念，还将新落成的寺庙以小姐的名字命名为"珍珠寺"，一直沿袭至今。

（丁育民、钱立新整理）

张英撰联翠微亭

清朝时，安徽桐城有个铁匠叫张秉彝。张秉彝打铁的技术可是桐城附近十里八村都很有名气的，为人和蔼可亲，有着非常好的人缘。他的儿子张英，字敦复，号乐圃、龙眠庄叟、倦圃翁。幼时一边随父亲打铁，一边刻苦熟读经书。

张英在清康熙二年（1663年）时，也就是26岁的时候考中了举人，康熙六年时，他刚刚30岁就考中二甲第四名进士，从此步入了仕途。随着鳌拜的病死和鳌拜余党被清除干净，大清王朝的中央内部缺少大量有用的人才。就在这个时候，才华横溢的张英脱颖而出，先担任清朝的日讲起居官，随后不断升迁，至翰林学士，兼礼部侍郎。此时，清朝的内部，党争激烈，稍有不慎，便会万劫不复。"三藩之乱"平定后，张英请假回乡葬父，巧妙地避开了斗争的旋涡。

台湾问题解决之后，张英受到明珠的提携，担任了皇太子的师傅，可就是因为这件事，他被怀疑为明珠的同党。因为明珠集团的阴谋覆灭，张英理应受到牵连，但张英以他的坦荡和冷静又渡过这一关。

1701年，64岁的张英觉得自己的年龄实在是太大了，身体越来越差，多年的朋党之争让他身心交瘁。所以，他再次请求致仕，也就是退休回家。这一次，康熙皇帝答应了他的要求。此后，张英回到了安徽桐城龙眠山老家。

"英自壮岁即有田园之思，致政后，优游林下七年。"平生向往山水之乐的张英终于有时间实现优游林下的愿望了。所以，他一退休，就来到了风景秀丽的江南池州。在此二十多年前，他还为池州府重修府儒学而撰写过碑文。听说张英来池，池州上下官员、文人墨客都非常高兴，陪着他游览了贵池的风景名胜，其中就有齐山。

齐山，实际上是由十余座小山峰组成，最高峰海拔仅八十七米，方圆约十里。山势从西南向东北绵延，直抵平天湖畔。此山小巧玲珑，三面环水，奇境藏幽。山以石胜，尤以洞奇。齐山洞天，昔为池阳十景之一。

张英在山上探幽寻胜，对奇石赞不绝口：

> "无岩不是玲珑体，
> 有石皆成皱瘦纹。"

张英说，要是春天来时，定会有芒草散发着清芳。可现在时值暮秋，张英登翠微亭，望着滚滚长江，百舸争流。回看四周，秋风吹着落叶，沙沙作响，又别有一番风味。

"取笔墨来！好久没有这么轻松了！"

张英兴致高涨，吩咐随从拿来笔墨纸砚，在翠微亭中坐下，清风拂面，才思泉涌，为齐山写下了一副著名的楹联：

秋日登临，天高气爽，看长江滚滚，木叶萧萧，曲径黄花飞露；
春时寻胜，洞壑幽深，听流水潺潺，松涛烈烈，奇峰芒草清芬。

（王征桦搜集整理）

联寄齐山情

齐山顶上，诸子临亭，春风阵阵吹新绿；
古洞门前，华英益日，画角声声奏凯歌。

文友雅兴，相约同游齐山。一行六七人，驱车来到了齐山正门，四根粗大方柱竖起的石牌坊，门楣上"池阳胜境"四个大字十分醒目，石柱底端的两个石狮子，栩栩如生，像是在迎送着过往的游客。

顺道直上，我们首先来到了岳飞广场。中央是石雕像，线条粗放，轮廓分明。侧看，宋代爱国名将岳飞的衣袂刚直壁削；正看，马蹄奋起，将军怒目。骏马欲带主人踏破贺兰山阙，直捣黄龙；将军紧锁剑眉，似在沉思下一步的战役规划，又似在慨叹自己壮志未酬。雕像底座刻有岳飞游齐山时所作《登翠微亭》中的著名诗句。广场北面的陡峭石壁上刻有"还我河山"四个大字，面对石壁沉思，我仿佛看见岳飞率领岳家军沙场厮杀、金戈铁马的情景，又仿佛听见这位民族英雄高唱《满江红》的悲怆之声。崇敬的心情油然而生，我不觉心生一联：

"金戈铁马，壮志安邦，一声喝令山河在。"

好气势！文友异口同声地说。接着顺道而游，我们来到了"冶春园"。冶春园是按照当年齐山书院的格局兴建的，是一座具有明清风格的古典建筑群，造型古朴典雅，结构精致灵巧。我们仿佛走进了苏州的小庭院，东一丛阔叶芭蕉，西一蓬孝竹修篁，溢出缕缕幽丽。正厅是纪念清官包拯的"忠廉堂"。门柱上有黑底金字的长联：

照千秋念当年铁石冰心建谠言不希后福，
闻百世至今日妇人孺子颂清官只有先生。

步入堂内，包拯铁面无私、清正廉明的形象随即跃入我的眼帘。联想到当今的社会万象，不禁感慨万分：

"义胆忠心，青天耀日，七尺须眉鬼魅惊。"

仔细一想，这不正是岳飞广场的下联吗？众友掌声一片。

拾级而上，不觉来到"翠微亭"。轻风丽日，平湖波光，绿柳婆娑。友甲诗兴大发，随口吟出上联：

"清明丽日，独倚楼台，凭栏远眺湖边柳。"

一时暂无好对，面面相觑。遂继续一路览胜，一边搜肠刮肚。友甲想起不久前一齐同游的石门徽州古道、蟹子峰的景致，稍作停留便脱口吟出了下联：

"谷雨幽烟，齐来故道，携杖观摩岭上花。"

好对，好联！大家齐声赞道。

继续前行，前面就是"观音洞"。洞正中一块巨大的人形石，恰如一尊观音慈祥地立在莲花之中，从洞顶上掉下来滴滴泉水，正好滴在下面一个酷似香炉的大磐石上，传说这就是观音菩萨洒下来的慈悲救世的甘露。友乙心最慈，见此洞景，双手合十：

"度世成佛，慈悲南海施甘露。"

我想起刚经过的寄隐岩边，包拯亲题的"齐山"二字，笔锋遒劲，依崖耸立，顿时来了灵感：

"挥毫寄隐，风雨齐山藏洞天。"

一语双关，恰到好处。文友又是一阵叫好。

一路欢悦，一路歌声。天色渐晚，正欲返程。忽见崖边红霞一片，正是杜鹃盛开，我忽地想起几天前去灌口采茶，顺道拜谒仰天堂的情景，承接友甲的上联，心中暗喜。我也有了一副对联：

"清明丽日，独倚楼台，凭栏远眺湖边柳；
谷雨闲时，相约灌口，借道高攀月下花！"

又是一片欢呼声……

山顶的晚霞和着微风轻洒在平静的湖面上，水天一色。远处的"望华楼"在晚霞中熠熠闪光。见此美景，友丙欣喜万分，不觉吟出上联：

"举目云依山上塔。"

此刻，我们正由南面下山，"碧桂园"高楼清晰地倒映在水中，几只野鹤正在湖面上寻欢觅食，俨然一幅美图，我不禁脱口而出：

"低头鹤立水中楼。"

掌声在湖边此起彼伏……

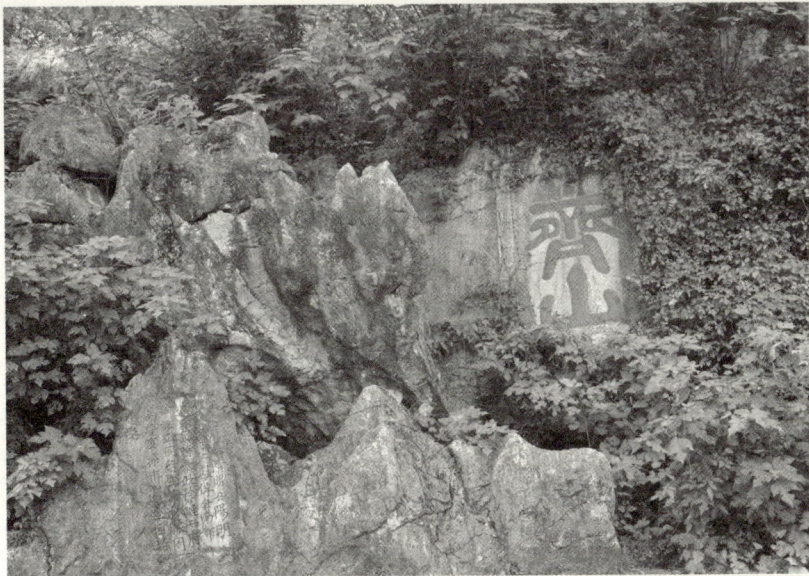

包拯手迹

齐山之旅，诗意未尽。大家似乎皆无回家之意。难得相聚，喝酒去！

于是随意来到南门一家新开的酒店。友丁兴趣正浓，首先挑逗：友们都知我不胜酒力，今晚我吟一上联，哪位文友一支烟工夫即对下联，我即痛饮一杯，否则允我不饮。大家齐声赞同。待酒菜上齐，酒杯斟满，友丁清清嗓子吟道：

"齐山顶上，诸子临亭，春风阵阵吹新绿。"

短时间一片寂静。丁窃喜，今晚又可避酒了。我正不服气，遂请店老板作证，不信就对不上来。店老板也不推辞，带着名片前来就座。我一看名片，"秋浦河边"，再看桌上十几道名菜将一盆超大火锅围在中间，热气腾腾。心中一亮：

"秋浦河边，众星捧月，古韵悠悠唱太平。"

于是高潮迭起。店老板和众友见证，友丁也不耍赖，硬着头皮把满满一杯酒喝得一干二净……

（王韩炉搜集整理）

包公四眼井

　　包拯（999—1062 年），字希仁，北宋庐州（合肥）人。包拯 28 岁时，在河南开封考中进士，开始仕宦生涯，先后任知县、知府、西北转运使、开封府尹、监察御史、天章阁待制、龙图阁直学士、枢密副使（与宰相并立）等职。包拯为官清正，执法严明，体恤民情，不畏权贵，欧阳修称赞他"少有孝行，闻于乡里；晚有直节，著在朝廷"，人称"包公""包青天"，死后谥为"孝肃"。至今，贵池有条老街即被称为"孝肃街"。

　　包公井，俗称"包公四眼井"，凿于孝肃街东街，是池州城内著名的古迹。该井盘凿四个井眼，每个井眼各置一淡橘色的花岗岩井圈，较为特别，并由此演绎出一段看井衙役借机收钱，包拯罚三个贪心衙役各凿一个井眼的故事，以此警示贪官污吏，颂扬包拯一心为民的思想。

　　话说北宋至和二年（1055 年）十二月，包拯迁任池州知府，不想，次年夏季江南秋浦一带久旱无雨，旱情十分严重，城东的清溪河、城西的秋浦河、城南的平天湖几乎都要干涸了。城内用水，更是困难之极，百姓无奈只得翻过城北的青峰岭到池口江边担水回家。城内造成如此严重的缺水之患，这无疑让包公心急如焚。一日，他悄悄走在府厅墙外，却意外发现石阶下有几根小草葱绿异常，料想此处地下定有泉源，于是，他亲自带领衙役破土挖井，挖至一米、两米、三米……皆不见其泉。衙役有些懈怠，然而包公却执意而为，命衙役继续深挖，不想，挖至四五米时，果然得水，并且泉水汩汩，包公甚喜，忙命衙役请来石匠，以青砖砌壁，凿石为井围。井成之时，喜讯传开，全城百姓奔走相告。包公深深懂得"井"在此时此地对于城中百姓的生存意义。为防止百姓因抢水而发生纠纷，包公特意遣派四个衙役轮流守护，维持秩序。然而，出包公意料之外，那四个衙役中竟有三个打起了馊主意，每日在井边看守时，以看水之便，敲诈勒索，收取小费。这自然令满城百姓深恶痛绝。事隔不久，此事被人传到包公耳朵里，包公火冒三丈：我挖此井为解百姓之困，不曾想你们三个却暗收小利。于是，指定那位恪守职责的衙役监守井边，杜绝收费；同时，把三个衙役收来的钱逐一还给百姓；并且下令，罚那三个衙役每人必须紧靠原井各打一口井眼，以将功补过。三个衙役，慑于包公的威严，每天用心开凿井眼，诚心所致，井成，四泉清洌，泉眼相连，构成方形。时人称之为"包公四眼井"。

包公四眼井　松针摄

包公四眼井，据传与长江相通，不但久旱不涸，而且水质甘洌。其传说更为神奇，说它和合肥包公祠内的廉泉井水一样，如果贪官污吏等喝了这井中之水，必定立即头痛，故亦名"廉泉井"。

后来，元朝兵马进犯池州，曾肆无忌惮。据传，有一元军头目过孝肃街时，饮此井水，顿然头痛眼花，于是气急败坏地派手下小卒填泥塞沙，封了此井。据史载，直到明英宗正统二年（1437年）浙江临海人叶恩任池州知府时，才重新疏浚这四眼井，并请工匠凿石栏以护井，立石碑，正面刻"包公井"三个大字，背面刻《包公井记略》，以记述疏井经过，颂扬包公美行。其井记赞曰："井无地不有，而公所凿，特系其姓，阅数百年而不易者，岂以井哉？为之铭曰：泉之清兮公之洁，泉之芳兮公之烈。"该碑在"文革"时被毁其上部，今断碑犹存。清雍正十年（1732年），山西人李暲在池州任知州，再次浚井，在井上建一包公亭，以庇护此井，并在亭柱两侧刻上楹联以纪念包公的懿德。联曰：

> 廉泉四眼井，
> 青天一包公。

如今，亭已早毁，残碑尚存，井围犹在。睹物遐思，更能激起人们对"廉泉四眼井，青天一包公"的敬畏之情。

（孙淑娟搜集　吴毓福整理）

石门高的来历与传说

　　棠溪石门村西的峡谷里的两块巨形怪石，夹河而生，形似城门，河水从"门"中喷泻而出，故而得名"石门"。这里还有一段民间传说：金地藏从新罗国（今朝鲜）渡海东来，经过这里，见幽谷中祥云翩翩，"石门"里飞泉沸腾，怕日后水妖作怪，便请当地处士高霁在"石门"岩墩上造一座石头小庙，供神镇妖。庙砌好后，金地藏用木鱼槌柄在庙门石柱上题了一副上联：

　　　　仙水仙山仙世界。

石门高石板路　吴旭东摄

高霁当即对了下联：

> 石门石壁石弥陀。

当高霁写完搁笔抬头看时，高僧金地藏早已无影无踪了。

石门高，在历史上曾经历了两次毁灭性的打击。第一次是瘟疫流行。根据石门高《高氏宗谱》记载："宋初之际"，石门高"三遭恶疫，人多失散，逃疾他去，只存祖万显公内孺人孙氏，不畏疫之恶，朝夕调理，多得痊愈，以传香火，绵绵不绝"。另一次是在清咸丰五年（1855 年）三月太平天国军队占领池州城，"设官征收钱清"，"石门高氏因不投册完粮，扎寨拒守"。太平军帅吴采蘋率师攻打石门高。"三日未克，后从山背僻径抄入。"攻破山寨，血洗火烧石门高（见《贵池县志·兵事》）

如今石门高已有班车直达，却依然以一派古色古香的城堡式的风貌，深藏在崇山峻岭之中。石屋石院，古藤攀墙，麻石铺道，山泉淙淙；村中还有一株三四人合抱的古老银杏，冲天而立，更增添了山村石门高的古朴风貌。

（陈春明搜集　丁育民撰文）

李白与谢杨儿

白面白鸡啼白昼，
黄溢黄犬吠黄昏。

这副对联，相传为唐代大诗人李白在天宝年间（742—755 年）游秋浦时所作，流传很广。伴随着这副对联，古秋浦县治地至今还传颂着李白与谢杨儿联对的佳话。

唐代秋浦县（治所在今殷汇镇石城、沧埠一带）隶属宣州。大诗人李白因唐玄宗李隆基听信谗言，被"赐金还山"，离开京师，漫游天下。其间他在游历宣州时（今宣州市）应属县秋浦县令崔钦的邀请，来到秋浦县。秋浦山川秀美，风景如画，使他兴奋不已，诗兴大发，挥毫泼墨写下《秋浦歌》十七首："山川如剡县，风日似长沙"（其六）；"绿水净素月，月明白鹭飞"（其十三）；"水急客舟急，山花拂面香"（其十一）……这年李白五十岁左右，虽被谗离京，但雄心安在。在秋浦，李白携金陵子月夜在城郊鸭树湾（今殷汇镇灌口村）引吭高歌《猛虎行》："朝着'猛虎行'，暮作'猛虎吟'……我从此去钓东海，得鱼笑寄情相亲。"鸭树湾与河边谢（村庄）隔河相望，因歌声激越、动情。时河边谢家村，为秋浦名门望族，南朝谢朓家族后裔。其谢员外有一小女，名杨儿，生得乖巧，父母视其为掌上明珠，杨儿自幼熟读诗书，时年十一二岁，隔河相闻竟听得如醉如痴，为李白的才情所折服，对李白充满着敬意。

过了些日子，李白将要离开秋浦，过白面渡（铺），经杨村铺、黄溢铺去江西。消息传开后，久有想见诗仙李白的谢杨儿，要父亲一定带她一道去送送李白。父亲答应了。白面渡（铺）距秋浦县城尚约十里，是古时秋浦送别重要官员、客人的场所。一个深秋的清晨，东方刚发白，谢杨儿随父及秋浦县名绅、名流齐聚白面渡口，等候李白的到来，与李白作别。一时白面渡口，人欢马鸣，声音鼎沸，渡船也被装饰一新。这时，李白携金陵子在官绅的簇拥下，一路谈笑风生而至渡口，众人指指点点，向李白介绍渡口的山水之名，当介绍到白面山（白面山为卧虎形，其正面岩白如雪故称）时，日出前的红霞弥漫天际，白面渡口笼罩在红霞中。当人们沉浸在美景之中时，忽听到一声高亢的鸡鸣，触景生情，李白脱口而出：

"白面白鸡啼白昼。"

金陵子道，学士好一个上联，并轻声道："下联呢？"李白一时语塞，仰望苍天。这时金陵子灵机一动，高声说道："刚才学士口占上联'白面白鸡啼白昼'，望有对出下联者，将赠白璧玉佩一双。"瞬间，渡口一片沉寂。秋浦名贤、名流、士大夫各自沉思，但都找不出合适的联语应对。崔县令见状，又高声道，凡对出下联者，赐"大红宫袍一件"。片刻之后，突然，一串清脆的童音"我能对！我能对！！"划破沉寂的局面。只见一个身着红衣绿裙、头扎两根小辫的小姑娘，连蹦带跳跑到金陵子的身边，拉着金陵子的衣裙，望着李白。金陵子抱起小姑娘，李白点头。小姑娘不慌不忙道：

"黄溢黄犬吠黄昏。"

围观的人们松了一口气。

黄溢位于去江西庐山官道上的驿铺，也是长江南岸的重要津渡，距白面铺约六十里。古人步行，早上从白面渡过秋浦河，黄昏即可抵达黄溢铺（未到过黄溢的李白当然不知道。但从对联的规范看，它是对的）。

秋浦河畔　王庆东摄

李白望着小姑娘，笑着说："这是绝对，我一时也对不出，你这等聪明，了不得呀！"小姑娘见李白表扬，更得意了。她忙说："去年冬天，我随父亲乘船去九江，黄昏抵达黄溢铺，停船准备上岸，刚下船，就遇上一只大黄狗，对着我'汪汪''汪汪'地大叫，吓得我躲到父亲的身后，等父亲赶走了大黄狗，我才敢走动。因此，黄昏、黄犬、黄溢这几个名字我记得特别牢，忘不了。刚才听李学士说出'白面白鸡啼白昼'的上联，我就想到了'黄溢、黄犬、黄昏'这几个词，父亲平日里教我联语的章法，也涌上心头，于是我就不管三七二十一，对出了'黄溢黄犬吠黄昏'的下联。"说到这里，小姑娘挣脱了金陵子的怀抱，学做大人的样子对着李白躬身，双手作揖说："李学士，小生这厢有礼了。"谢杨儿讲完，渡口一片欢笑声……

李白走了，谢杨儿得到了白璧玉佩和红色宫袍，满载而归。

李白过黄溢铺，才知小姑娘联对不虚。

光阴似箭，日月如梭。十多年后，李白因追随李璘王平定安禄山反叛，被其兄唐肃宗视为叛乱，对其用兵，李璘王兵败被杀，李白获罪流放夜郎。后遇赦获释，再游秋浦。夜宿公馆，听到了早年的《猛虎行》，李白心潮澎湃，激动不已，第二天清晨就前去拜望，令李白惊喜的是，演唱者竟是当年秋浦白面渡（铺）联对的小姑娘谢杨儿。在叙旧中，李白为谢杨儿题诗一首：《闻谢杨儿吟〈猛虎词〉因有此赠》。诗曰："同州隔秋浦，闻吟《猛虎词》。晨朝来借问，知是谢杨儿。"（《李白集》）这也是李白在秋浦的最后诗作。

李白与谢杨儿的千古绝对"白面白鸡啼白昼；黄溢黄犬吠黄昏"永久地留在秋浦人们的心坎里，世世代代传颂。

（汪春才搜集整理）

桂鳌西庙吊昭明

斜阳明月，到此停车小住，领略些三里丹枫，满庭竹影，读秦汉辞赋，锦绣文章，沥血呕心垂万世；

暮霭平湖，归来荡桨扁舟，蓑笠间一竿钓雪，半卷离骚，想贵口鱼香，清溪水好，迎风把盏吊千秋。

这是明朝举人桂鳌为缅怀昭明太子在西庙文选楼题写的一副长联。昭明，即昭明太子（501—531 年），南朝梁武帝萧衍的长子萧统，字施德，天监元年立为皇太子。然英年早逝，未及帝位，谥号"昭明"，世称"昭明太子"。

《南史》本传称，萧统少小风度卓尔，天资聪慧，"读书数行并下，过目皆忆"，长而更喜"引纳才学之士，赏爱无倦"，并且性爱山水，四处游读。他曾多次来到自己的封邑石城，卜居秀山，编辑文选。同时，他还喜好在秀山脚下垂钓秋浦花鳜，并且盛赞此处"水好鱼美"，于是，玉镜潭一带被御封为"鳜池"。又因鳜者，鱼中之贵也；"鳜"与"贵"谐音，故五代时易县名为"贵池"。昭明钓台为中国十大古钓台之一。

昭明太子，在贵池地位显赫，不但在于赐予"贵池"美名，还在于首编一部古今瞩目的《文选》。《文选》，亦称《昭明文选》，是我国第一部诗文总集。在古代，其是文人必读的教科书。千百年来，流传不衰。隋唐以后，科举以诗赋取士，《文选》自然成为最好的范本。故杜甫曾教育其子宗武，必须"熟精《文选》理，休觅彩衣轻"。陆游《老学庵笔记》里还记有宋代流行的一句谚语："文选烂，秀才半。"

相传天监十八年（519 年），古石城大旱，田地龟裂，禾苗枯死，百姓四散逃荒。萧统闻讯，于是赶来石城，开仓放粮，救济灾民，使石城百姓度过大灾之年。因此，萧统在石城百姓心目中，被视为救星，奉作土主。中大通三年（531年），萧统不幸去世。石城百姓，因敬昭明之德，仰昭明之才，特向朝廷求得太子生前衣冠，于石城秀山筑太子衣冠冢和太子庙。太子庙，是为祖庙。由祖庙之联：

> 四壁松萝秋浦月，
> 八方风气秀山云。

可以想见昔时太子庙四围风景卓绝，月照秋浦，云聚秀山，松萝披拂，风气清美。只可惜，秀山胜迹，早已不存。因避"水打秋浦县"连年的洪水侵袭，以及扎寨在唐田乌石山义军的骚扰，唐永泰元年（765年），遂将古石城县治迁往贵口（今贵池）。为便于池城百姓祭祀昭明，于是就在郭西四里处的孔井，重建昭明太子庙，又叫郭西行祠，尊称文孝庙，俗称"西庙"。

西庙，唐宋时为三进建筑，庄严肃穆。正祠，供太子像，三进为文选楼。南宋时，与杨万里、范成大、陆游并称为"南宋四大诗人"的尤袤，曾逗留贵池，朝谒西庙，并重刻《文选》，其手迹跋曰："庙有文选阁，宏丽壮伟，而独无是书之板"，为此，特刻《文选》，书成于淳熙八年（1181年），"以慰邦人，所以尊事昭明之意云"。可见，在南宋时，尤袤发起注刻文选，即是贵池西庙崇祀昭明的又一高峰。

国公庙　钱立新摄

时光荏苒，岁月流年。到了明清时期，西庙虽时有修葺，然祭祀人流，却络绎不绝。据说，西庙，庙宇高耸，石甬纵横，枫荫匝地，竹影婆娑。每至秋来，更是"秋林丹叶，三里如霞"。故"西庙霜枫"古时即列入"池阳十景"之一。

明朝弘治戊午（1498 年）举人桂鳌，字用之，贵池人。乃文乃武，正德中授广信府（今上饶市）同知，后以功擢升思恩府（今广西武鸣县）知府，致仕而归，兴文讲武，《江南通志》和《大清一统志》均有其传略。桂鳌，作为邑人，致仕而归，兴文讲武，曾为西庙修葺做出卓越贡献，不但撰有《重修西祠记》，还为西庙文选楼题写一副长联，以吊昭明。其联云：

斜阳明月，到此停车小住，领略些三里丹枫，满庭竹影，读秦汉辞赋，锦绣文章，沥血呕心垂万世；

暮霭平湖，归来荡桨扁舟，蓑笠间一竿钓雪，半卷离骚，想贵口鱼香，清溪水好，迎风把盏吊千秋。

上联，"斜阳明月，到此停车小住，领略些三里丹枫，满庭竹影"，皆言西庙胜迹非凡，风景卓绝。而"读秦汉辞赋，锦绣文章，沥血沤心垂万世"，是为称誉昭明才华横溢和编选《文选》的不朽功勋。

而下联，则以点带面，点出贵池古"池阳十景"的其中三景，即"南湖烟柳""贵口归帆"和"清溪夜月"。"暮霭平湖"，平湖，即南湖。在贵池城南，以翠微堤与东湖分界，旧时称齐山湖，白沙湖，又称平天湖。李白《秋浦歌》诗云："水如一匹练，此地即平天。耐可乘明月，看花上酒船。""想贵口鱼香"，贵口，即贵池池口。唐永泰时，州治从石城迁至贵口。古为"渔港"。"清溪水好"，清溪，即清溪河。李白诗云："清溪清我心，水色异诸水。借问新安江，见底何如此？……"其实，清溪，分为上清溪和下清溪。此处当为下清溪。正如清人诗云："月到清溪好，溪清月倍清。一村人语静，双塔佛灯明。""想贵口鱼香，清溪水好"，其实是对昭明赐语贵池"水好鱼美"的奉祀。至于"蓑笠钓雪""半卷离骚""迎风把盏"，更凸显一种野逸之情。

此联，作为长联，内容丰赡，意境高远，既囊括了西庙风景人文，又点出了贵池的江南名胜古迹。此长联，不但表达了作者桂鳌对贵池风景胜迹的赞美和对昭明太子的虔敬凭吊，而且流露出桂鳌作为乡邑致仕而归后的诗意、旷达和飘逸之情怀。品读此联，的确如诗，如词……

（吴毓福搜集整理）

李白联句石门高　九子改名九华山

　　唐天宝年间，李白因触怒朝中权贵，被谪离京，寓住金陵。

　　一天，李白接到好友高霁的来信，邀请他去池州欣赏山水。李白喜不自胜，略略收拾一下行装，便动身了。

　　高霁也是一位诗人，在京都的时候，李白和他志趣相投，交谊很深。因为朝中奸佞当道，他又不肯趋炎附势，就离京返乡，隐居在秋浦（今安徽省池州市贵池区棠溪镇）石门山中的桃花坞。李白来到秋浦县后，沿秋浦河上行，又折向龙舒河，转弯抹角来到高霁家。两人相见分外高兴。高霁陪同李白游览了石门八景，在螺星石、石弥陀、石门河滩处，李白十分赞赏地说："君家真乃神仙府也。山川风物，兼有浙江会稽、湖南洞庭之美，实在令人羡慕。"

平天湖　草地摄

　　高霁笑道："秋浦之美，不及九子山之一二，哪里说得上令人称羡呢？"

　　李白惊问道："什么九子山？真有这般美妙么？"

　　高霁微笑道："九子山本来叫陵阳山，其山秀奇，确不多见也。"

李白道："那我们明日即去游览，你看可好？"

高霁说："请勿急，我有个朋友叫夏回，住在九子山脚下，他对山上的景物十分熟悉，对诗仙你又非常敬佩，知道你要来，老早就跟我打过招呼，你一到就要我给他去信，他就来拜访你。我已经请人送信去了，一两天内他就会来的。等他一到，我们就一道登山。"

李白听了忙问："你说的是不是夏侯回？"

高霁道："正是他。"

李白哈哈大笑道："好哇！他可是唐宣宗（李忱）大中年间宰相夏侯孜的长辈啊！久慕大名，正该前去拜望，岂敢让他来呢？我们还是明天就去吧。"

高霁拗不过他，只好于次日动身前往。不想途中就遇上了夏侯回，三人满怀喜悦地来到了夏侯回的家。

刚坐下，又恰遇韦权舆来见李白。于是四人同桌坐下，开怀畅饮。

高霁说："今日之会，实在难得，不可无诗，我们来作诗吧。"

李白说："不忙，我看此山九峰如莲花，不如叫九华山。"

夏侯回听了大声叫好："这个名字改得好，改得好啊！"大家也同声赞赏。

李白微微笑道："既然诸公都同意，我们就用山的更名来联句吧。"

其他三人都一致请李白先吟。李白也不推辞，出口吟道："妙有分二气，灵山开九华。"

高霁沉思片刻，接吟道："层标遏迟日，半壁明朝霞。"

韦权舆道："积雪曜阴壑，飞流喷阳崖。"

李白拍案叫绝，接吟道："青莹玉树色，缥缈羽人家。"

高霁忙说："好了，好了，再联下去，把话说尽，反而不美，我看不如到此为止。"

韦权舆道："对，再请李先生写个序吧。"

李白当即写道："青阳县南有九子山，山高数千丈，上有九峰如莲花。按图徵名，无所依据。太史公南游，略而不书。事绝古老之口，复阙名贤之纪，虽灵仙往复，而赋咏罕闻。予乃削其旧号，加以'九华'之目。时访道江汉，憩于夏侯回之堂，开檐岸帻，坐眺松雪，因与二三子联句，传之将来。"

夏侯回收下了这诗和序，道："今日之会，使蓬荜生辉；诸公的诗句，令此山生色。"

当下，四人高兴万分，对酒抒怀，畅谈不绝。九华山之名，从此以后也就传开了。

（陈春明搜集　幽洛撰文）

神仙河谷"大王洞"

大王洞美，迎来四海名流，品水吟诗茶当酒；
胜境景奇，搜得千秋逸事，游山纪兴笔生花。

这是纪振亚老先生为大王洞题的一副楹联。纪振亚于 1920 年出生，系贵池殷汇镇人，黄埔军官学校第十七期毕业生。

大王洞之小天桥奇观　潘秀来摄

　　在贵池区牌楼镇穿山村双螺山山麓，相传宋太祖赵匡胤征平群雄时，北汉刘钧以汉室正宗自居，称"忠佑大王"，坚持抵抗宋军，终因寡不敌众，兵败退至贵池秋浦县。正当走投无路、危机四伏之时，忽见一只白犬腾空而起，化作一条巨龙，穿山而过，一股青烟缭绕过后，山体呈现一处豁大的洞口，凉风习习。也许这是天意，刘钧迅速率领军队潜入洞中躲藏，避免了一场全军覆没的危险。大王洞因此得名。

　　原在洞旁有忠佑大王庙和建于宋代的多福寺等古迹，今已毁。大王洞前有天然大石桥名为"天桥"；洞内有河谷，清幽葱郁，名"神仙河谷"。全洞由大小天潦（俗称"大小天牢"）和大王洞组成，全长 2200 多米，呈丁字形，吸引无数游客前往，成为秋浦河畔一颗璀璨的明珠。

　　中国楹联学会常务理事、中华诗词学会与中国民间文艺家协会会员白启寰同志（1939 年生，籍贯安庆市）于 20 世纪 80 年代末来池州贵池大王洞游玩，即兴发挥，现场撰联：

> 云封水面，树合岩头，岂只奇山环异水；
> 石笋天桥，路通仙谷，居然幽境出壶天。

（钱立新搜集整理）

太白楼联仰诗仙

太白楼在池州市贵池区桃坡镇乌石村、龙舒河畔之水车岭下的烽火台旧址上。乌石村因村东石壁为乌石而得名，古称"虎林城"，为三国时东吴之军事重镇之一。

唐代大诗人李白在池州境内曾三上九华，五游秋浦。天宝十三年（754年）春季，李白曾到乌石的龙舒河畔水车岭，写下《秋浦歌》十七首之八"秋浦千重岭，水车岭最奇，天倾欲堕石，水拂寄生枝"的诗句。后人为纪念唐代大诗人李白，将水车岭的主峰称为"翰林山"，并在此兴建太白楼。太白楼始建于明代嘉靖年间，依山傍水，建筑规模宏伟，有三进大殿，第一进为"灵官殿"，俗称"三官堂"；第二进为"关公楼"，俗称"关帝庙"，大殿柱子上书有二副楹联，分别是：

万古丹心盟日月，
千秋义气表春秋。

将相才能王者度，
英雄气节圣人心。

太白楼第三进为太白楼正殿，李白坐像摆放在正殿中间，坐像两侧的石柱上分别刻有楹联：

在昔万言曾倚马，
而今百代仰雄才。

可惜，太白楼古建筑最终毁于"文革"期间，仅存荒凉的古遗址，如今，当地的人们只能从记忆中描述太白楼的气势壮观、宏伟庞大，怀念伟大的诗人李白留下的光彩。

（钱立新搜集整理）

"小丑"巧对惊乡绅

贵池县城西边的杏花村，抗日战争前酒店林立，比较兴旺，也经常演草台戏。有一次，一个黄梅戏班子在草台演出，刚演出一半，一阵雨把观众冲散了，只得暂时停演。有几个文绉绉的乡绅，因看戏不成，就坐在酒店饮酒聊天。其中一个年长的乡绅文思涌动，信口占一上联，要求在座的乡绅对应。其上联是：

"在杏花村，吟杏花诗，喜饮杏花酒。"

谁知在座的乡绅没有一个人能对应。于是，大家你望着我，我望着你，正在发怔。这时，戏班子有一个演小丑的艺人，瘦小个子，大家都叫他"小瘦子"，因下雨停演，身上被打湿，想到酒店弄二两酒喝，赶赶寒气。他边进门边发牢骚地说：

"唱黄梅戏，遇黄梅雨，可恼黄梅天！"

"小瘦子"一抬头，见几个乡绅饮酒，便走上前去，想"打秋风"讨点酒喝，那老乡绅一看是戏子，便轻蔑地说："你把我的上联对上了，我给你酒喝。"于是，说出刚才出的上联，"小瘦子"哈哈一笑说："我刚才进门就对上了！"接着把刚才发牢骚的话重述了一遍。众乡绅一个个瞠目结舌，只得请他入席饮酒。

一次，"小瘦子"受班主委托，到贵池山区联系演出事宜。这个山区有两个一二百户的村子，一个村子全姓刘，另一个村子全姓李，刘、李两个氏族比较和睦，每年新春，两姓轮流请戏班子送戏到对方演出。他们有个不成文的规定：送戏的一方带对联到对方戏台贴，迎戏的一方负责搭台。对联内容必须与戏有关，还要体现两姓友好。联文每年更换，不得重复。如果送戏的一方写不出好对联，就请迎戏的一方写，送戏的一方搭台。由于李姓氏族读书人较少，年年写，写不出高水平的对联；而刘氏门中读书人较多，因此，近几年无论是送戏还是迎戏，都是由刘氏族人写对联，李氏族人搭台。这在李氏族人中是个丢面子的事。这年，又轮李姓送戏，"小瘦子"来此联系演出，听到李氏族人诉说苦衷，便自告奋勇为李姓代拟了联文，用大红纸写好，关照先贴上联，等戏一开台再贴下联。

谁知上联一贴到刘氏宗祠门前搭的戏台上，整个村子一下闹开了锅。为什么呢？因为上联是这样写的：

　　　　骑牛过黄河，老子李。

刘氏族人认为：你李氏宗族多年写不出戏联，今天一写戏联竟然称起"老子"，目中还有我们姓刘的？人们纷纷找族长要求向李姓兴师问罪。族长毕竟有头脑，说等把下联贴出来，再与他们算账。

"打闹台"的锣鼓一转，戏就要出台了，于是李姓族人这才把下联贴出来，台下顿时爆出如雷的掌声。原来，下联是这样写的：

　　　　挥剑斩白蛇，高祖刘。

上联引老子李耳骑牛过黄河上嘉峪关的典故，下联用汉高祖刘邦芒砀斩蛇起义的故事，均是古戏文中表现过的。对联把李姓归宗于古代哲学家老子，而称刘姓源出汉高祖刘邦，刘氏族人自然高兴。

从此，这位演小丑的"小瘦子"红遍江南。据传，这个"小瘦子"就是黄梅戏江南名丑贵池县吴田老艺人严长明。

（谢海龙、檀新建搜集　王义礼整理）

钟舞表演　钱立新摄

花庙古道古桥联

"画里乡村"棠溪镇，位于贵池区南部山区。山上溪流纵横，野生棠花树遍地。因其历史悠久，名胜众多，人文荟萃，唐宋时期，当地诸多村庄十分兴旺，这里曾是重要的交通枢纽。

至今，棠溪境内还保存着一些古道。花庙古道就是古代池州府与徽州府相通的一条商道。花庙古道旁的古树众多，当地有一棵三四百年的老桂花树，繁盛的树叶如盖，遮天蔽日。现在，花庙有数座古祠堂。大岭峡谷一带，自然风光更是引人入胜。

静谧的花庙村胭脂古桥　谢海龙摄

胭脂桥坐落在花庙村南，为明代所建。它是花庙古道上保存较为完好的一座石拱桥，数百年风雨洗礼，仍不减本色——古朴而典雅，如同一位沉睡良久的老妇人。时过境迁，桥体依然坚固如初，偶尔也有挑担的村民和游客踏桥而过，流连忘返。但是，在数十年前，当地曾多次遭受特大山洪，致使桥面部分损坏。此桥在1999年被列入贵池重点文物保护单位，现在急待文化部门组织修缮，恢复原貌。

据《贵池县志》记载：胭脂桥位于花庙村南双溪口。明代建，为单孔石拱桥，长21.2米，宽5米，高5.5米。桥上的石拱，色类胭脂，民间传说，当地有个叶姓女子，目睹行人涉水之苦，用她积蓄的胭脂粉钱造此桥，乡人公议此桥名为胭脂桥。

胭脂桥建在花庙古道上，是漫漫古道上一颗耀眼的明珠。桥头树木掩映，桥身藤蔓缠绕。走到桥下，抬头细看，不觉心生感叹。桥拱成一个半圆形，与桥下的河面倒影正好成一个整圆。自古以来，溪水不断。明媚的阳光下，潺潺的河水在沙砾密实的河床上静静地流淌着。此情此景，如诗如画。

对于花庙的古徽道和古桥的历史，当地流传着这样一副对联：

烟霞问询，曰明曰宋，古徽道上，棵棵棠棣自晓；
风月相知，论善论美，胭脂桥下，潺潺溪水长流。

当地年老的村民说：很久以前，这段溪流上是没有桥的。胭脂桥建成后，还有一个凄美的民间传说。以前，花庙村民过河时多是赤脚蹚水。明代万历年间，一天山洪突发，一位勤劳的青年挑夫不幸被咆哮的洪水吞噬。挑夫的妻子悲痛万分，决意要在此处河上修一座石桥，以寄托对亡夫的怀念之情。她行大善，一天天积攒着脂粉钱，用以修桥。不久，这座纤巧秀丽的拱桥就建成了，使得往来的乡民从此不再受涉水之苦险。积德虽无人见，行善自有天知。胭脂桥的这些传说，如今还在启示着后辈行善积德、福泽子孙。

（谢海龙搜集整理）

县令赐联童溪桥亭

　　墩上街道罗城村过去有一条古徽道通往山外。相传，当地有一位家道殷实的大户人家，每天看着来来往往的商人旅客，行色匆匆又极度劳累，就出资在徽道上兴建了一座亭子，供来往商旅歇脚小憩。那时商人旅客来往不断，衙门官员、当差、上九华山的香客也时常从这里经过。

　　当地一户姜氏人家，看别人修桥补路，做些积德行善的事，也想为过往商旅做点力所能及的善事。于是和家人商定，在亭子里摆了一个茶摊，每日早早地来到亭子用活火慢慢地煮好壶茶，只待歇脚的旅客饮用。因为煮茶的水都是清澈透明的山泉，加上正宗的煮茶器皿和得当的火候，煮出的茶味道清爽醇厚，客人喝了没有不说好的。

渚湖姜　吴旭东摄

主人天天经营着小茶摊，早出晚归，四季不停。有一天，一位头戴官帽、身着官袍的县令和一位秀才打此经过，看有人摆着茶摊，便下马整衣，将马儿系好，来到亭子内就桌坐下，要了几杯刚煮好的绿茶。也许是骑马走了不少路，加上天气稍微有些热，觉得有些疲惫。这时，一股淡淡的幽香飘入鼻孔，他们顿觉神志清爽，再闭上眼睛轻轻地抿几口，只听有人说："好茶，好茶！清爽可口，茶汤通透，茶味醇正。"其中一人问："此水取自何处？"主人随即用手一指山上，说："就取自那山谷的清泉。这水甘甜清澈，是泡茶用的好水。"几位客人连冲了几杯茶水，边喝边聊。正待要起身赶路，主人说："承蒙大人和各位先生夸奖。想请你们给我这小茶摊题一副对联，如何？"县令大人看这茶主人厚道行善，有心想褒扬一下这小茶摊，就顺手指着坐在对面的秀才说："何修，你才思最敏捷，此事就交给你吧。"

那书生也不好推辞，稍微沉思了片刻，联想到历来官场风尘劳碌，难得空闲在此细品茶，并享受这郊外芳踪胜景，早有了腹稿。待主人准备好笔墨后，随即提笔蘸墨，写下了这样一副对联：

眷彼芳踪，连朝鞅掌风尘，敝车赢马；
请君小憩，有此在山泉水，活火烹茶。

写好后，书生又落了一行小楷款识"大清秀才何修题"。

20世纪六七十年代，这座徽道茶亭还坐落在山边，上面对联和款识还清晰可见。但后因开山修路，亭子被毁。

（柯其正搜集整理）

李阳河戏联堪教化

陈霸先，无事望投机，岂知物换星移，水色山光皆属我；

王逸少，有文难入选，直至气清天朗，诗人才子不容他。

这是今贵池区乌沙镇长江边上李阳河村古戏台台柱两侧的一副戏联，传为民国庠生张鸿宾所作。

李阳河，自古既是滨江要地，又是兵家要地。此处人口密集，生息繁荣，热闹非凡，旧时设有戏台。

上联中的陈霸先（503—559 年），字兴国，小字法生，吴兴（今浙江长兴）长城下若里人，汉太丘长陈寔之后，南北朝时期陈朝开国皇帝。他在位 3 年，于559 年驾崩，葬万安陵，谥曰武皇帝，庙号高祖。

明人归有光就曾评价陈霸先"恭俭勤劳，志度弘远，江左诸帝，号为最贤"。现代历史学家卞孝萱也曾经评价道："陈霸先是南朝难得的英主。他从一个村官成长为将军，又由将军黄袍加身，承担下了一片支离破碎的江山。可以说他和他所建立起来的陈朝虽然短暂却非常重要，而陈霸先本人堪称南朝的第一英主。"

就是这样一位"南朝的第一英主"，却因为"无事望投机"，而导致 32 年之后自己打下的江山，在孙子陈叔宝手上轻易地丢失了；并且，还上演了一场掘陵鞭尸的荒诞笑话。

陈武帝的万安陵在陈朝灭亡后便被掘毁。据《北史·孝行传》记载：陈亡后，陈霸先政敌王僧辩之子隋朝将领王颁，纠集其父旧部，夜掘陈武帝陵，剖棺鞭尸，轰动一时。这便成为中国历史上鞭尸的第二人。陈武帝陵的特殊遭遇，引起古往今来世人的无限感慨。清代著名学者陈文述咏《陈武帝万安陵》诗写道："当年僧辩平侯景，太室铭刻定不祧。立长有心图却敌，背盟何意出同僚。本容方智生南国，终遭萧庄死北朝。无复万安陵寝在，空余石马势腾骁。"一代枭雄陈霸先虽在复杂的政治斗争中登上帝座，但死后难免遭到仇敌之子的掘陵鞭尸，空余"石马"（即石麒麟）守护荒冢。清代袁枚亦有一首《梁武帝疑陵》长诗，实际上写的就是陈武帝万安陵，诗中写道："古来万事风轮走，除出虚空无不朽。忽逢拦路两麒麟，欲诉前朝尚张口。一麟腹陷泥沙深，一鹤僵蹲山角阴。牙须剥落湖爪尽，风雨千年石不禁。旁有穹碑无文字，万万蝇书记某吏。蛮首有穴当胸穿……又闻地名石马冲，毋乃陈祖万安富。当时须根和骨掘，规模那得还丰隆。是梁是陈语正哗，东风一阵吹烟沙。黄图我欲披皇览，白骨人谁认帝耙。"陈武帝陵寝被掘，尸骨被鞭，石天禄麒麟作为目击者，欲说无语，欲哭无泪。

乌沙马石矶　钱立新摄

下联中的王逸少，即王羲之（321—379年），字逸少，原籍琅琊临沂（今属山东），生长于江苏无锡，后迁居山阴（今浙江绍兴），中国东晋书法家，有"书圣"之称，后官拜右军将军，人称王右军。其书法师承卫夫人、钟繇。王羲之无真迹传世，著名的《兰亭集序》等帖，皆为后人临摹。

"有文难入选"：即是慨叹王逸少的《兰亭集序》竟然没有入选《昭明文选》这部显赫的诗文总集。《昭明文选》共编选了自周至六朝期间130余位诗文大家的作品700余篇。各个时代文学的代表人物，有屈原、宋玉、司马相如、司马迁、扬雄、班固、张衡、曹植、王粲、陶潜、陆机、潘岳、谢灵运、谢朓等，唯独王逸少之名被排除在外。这正是后代"诗人才子不容他"的文坛怪象的起因。

无怪乎南宋洪迈《容斋随笔》云：王羲之，字逸少，在东晋时，是温峤、蔡谟、谢安一类人。可由于他平生自视清高，不为人役，所以在功名成就上，没有多少值得一提的事迹。他的高尚品德和卓越见解往往被其书名掩盖，后人只是称颂他的书法。唐太宗颂扬其书法尽善尽美，以至于用"心摹手追"一词来评论他于书法的影响。然而他的为人处事，则无一词评论。可见他的这一技之长，所造成的累害是多么大啊。

王羲之的诗文，留存下来的并不多见。单说诗歌的话，传世的应该仅此一篇《月仪》："日往月来，元正首祚。太簇告辰，微阳始布。馨无不宜，和神养素。"而说起文章，无疑是他最为著名的《兰亭集序》："永和九年，岁在癸丑……是日也，天朗气清，惠风和畅，仰观宇宙之大，俯察品类之盛，所以游目骋怀，足以极视听之娱，信可乐也。"

篇首乌沙李阳河戏台联，应该涵括了以上故事内容，评古论今，幽默诙谐，借戏论世，充满哲理，给人以教化的意义。

（吴毓福、徐琳搜集整理）

☖☖☖☖☖ 文化名人类 ☖☖☖☖☖

巧对明太祖　黄观中状元

　　黄观，贵池清溪金十墩人，元至正二十四年（1364年）出生。他自幼聪颖勤奋，治学严谨，注重时论，不尚浮文。

　　明洪武二十三年（1390年），黄观以贡生入太学，同年八月，在南京应乡试，中解元，次年应会试，中会元。是年参加由明太祖朱元璋亲发策问的殿试中状元。黄观从童生到状元，所向披靡，不仅顺利通过了六次考试（县考、府考、院考、乡试、会试、殿试），而且均得第一名。时人赞誉道："三元天下有，六首世间无。"在黄观之前，也有唐朝的张又新、崔元翰，宋朝的孙何、王曾、宋庠、杨寘、王若叟、冯京，金朝的孟宋献，元朝的王崇哲"连中三元"。所以说连中三元并不稀奇，稀奇的是黄观不但得中"三元"，而且在入太学前的县试、府试和院试三次考试中，也均是第一名。在历代科举考试的成绩上，黄观取得了六个第一名的奇迹。贵池上清溪的黄公祠（已毁）就曾有一副楹联：

> 三元天下有，
> 六首世间无。

　　明洪武二十四年（1391年），27岁的黄观在取得解元、会元后，于四月份赴南京参加明太祖朱元璋亲自策问的殿试。朱元璋曾为放牛娃、农民起义军首领，击破各路起义军后，在应天府称帝，国号大明，年号洪武。其可谓一介武夫、放牛娃，可这位农民出身的朱元璋当了皇帝后崇尚文化、注重教育。殿试这天，太祖突发奇想，让殿试院先准备好的题目不用，想起昨夜与大臣、嫔妃温酒畅饮至深夜，直至温酒已冷，方才尽兴而归。自己便大脑一热，在殿上出了个：

> "冰冷酒一点二点三点。"

　　这样的又通俗又乏味又怪异的上联是殿试题目。此上联从字面上来看，冰冷酒均为左右结构，左边分别是一点（行草书冰字左上角一点）、二点、三点，一点二点三点有数字"一二三"又有重复的三个点，可谓奇特又难对。时间一分一秒地过去，参加殿试的才子们没有一个想到好的答案，眼看考试时间就要结束，才思过人的黄观左思右想想出的几个对子都不满意。时值四月，突然一阵清风吹来，花香扑鼻，黄观抬头看到窗外院子里的丁香树随风而动，丁香花开得正艳，脑子一动脱口而出：

"丁香花百头千头万头。"

明太祖大喜，对黄观说："佳对。"三天后，明太祖封黄观为殿试的第一名，即状元。

（韩立德搜集　陈春明整理）

黄观遗址　钱立新摄

乾隆微访遇梅姐

某年，乾隆微服私访来到江南，行至梅冶（今称梅龙镇，相传为历朝铸钱之所），正是阳春三月，姹紫嫣红，百花盛开。

一天，他撇开随从，只身便服游览，头戴瓜皮帽、身着马褂袍、自称江湖客商，满面春风来到镇上，瞻仰了罗隐父子旧址和晋朝伏波将军郭璞的憩息庄园，又四处流连。看不完的山水名胜，令他心旷神怡。一连数日，他渐感体力难支，想到镇上找个旅店安歇一时。

梅冶镇有爿梅家饭店，兄长人称梅大哥，小妹人称梅小姐。据说他们原是名儒后代，知书识礼，为人厚道，买卖公平，所以生意也较同行兴旺。这天午后，这位洒脱的江湖客商走进店来，敲响木鱼，打算先喝上几杯，再来投宿。此时店里事多人少，尽管木鱼频敲，一时无人接待。客商以为老板在休息，于是，随口吟道：

"木鱼阵阵催东起。"

话音刚落，从后堂响起了银铃般的声音：

"雅客声声唤我来。"

忽见屏风内闪出一位少女，前来道歉接风。商人抬头一看，半晌说不出话来。原来此女虽是村姑，却天生丽质，语言得体，举止非凡。一阵轻风吹过，他才从惊异中镇静过来，拱手说："过路商人，图个方便。"接着要了两个菜、一壶酒，自斟自酌起来。说也奇怪，一贯矜持庄重的梅小姐，一见此人眉目清秀，气宇轩昂，一颗春心不觉为之一动。短暂接触，不禁与他眉来眼去地攀谈起来。对答中，客商感觉到此姑娘还是一位才女，于是一边小酌，一边感叹：

"背浴佛光，山清水秀人亦美。"

姑娘感觉客商有意在夸她，脸上泛起红云。她隐约感到这位客商气宇不凡，必有来头，于是随即应道：

"身逢海晏，物阜民丰志更坚。"

回赞十分得体，两人由此放开拘束，从梅冶镇谈起，天南地北，说古论今，越谈越浓。就这样，白天客商忙"生意"，傍晚回到店堂，几天时间，姑娘已是魂不守舍。梅大哥看出妹妹心思，心想：妹妹已长大成人，尚未婚嫁，这位客商虽年长，却相貌堂堂。妹妹若与他姻缘有分，日后生计倒也不愁。于是，他招呼妻子，晚上备几个好菜，拿出封缸蜜酒，招待客人。妹妹见哥哥如此盛情，正中下怀，也就从中作兴。晚餐，一家三口陪同客商，在后院来了个"开琼宴以坐花，飞流觞而醉月"。这天晚上，梅小姐与客商继续长谈不舍，双双立下海誓山盟。当夜由哥哥主婚，嫂嫂做媒，拜了花烛。

待哥嫂离去后，洞房中的姑娘更加妩媚动人，于是借着酒意，含情脉脉地吟出一联：

"绿蚁浮杯，青梅酒熟凭君醉。"

新郎更是怦怦心跳，想起这次意外惊喜，情不自禁地吟出下联：

"蓝田得玉，红烛春浓任妹欢。"

说着，他温情地将姑娘拥入怀中……

梅龙古代冶炼遗址

　　商人与梅小姐成婚以后，如胶似漆，一连数日，耳鬓厮磨，互诉衷情，编织日后憧憬。婚后第七天早上，梅小姐面露羞涩，叩见兄嫂，欣喜万分地说出了妹夫是当今万岁乾隆皇帝的真情，并说有刻字金扇坠为凭，今年五月初五将全副銮驾，迎亲进宫，立她为妃子。还说他因有急事，不可久留，要直赴姑苏。兄嫂初听将信将疑，待看过金扇坠，再联想近来传说的消息，也就打消了疑虑。

　　光阴似箭，转眼到了五月端阳，梅小姐梳妆打扮，准备迎驾。谁知五月、六月直到七月，也不见迎亲踪影。梅小姐失望了。嫂嫂因心有嫉妒，不免流露出刻薄讥讽言语，加上外界流言蜚语的刺激，可怜梅小姐自认命苦，悔恨不已，一气之下，投江自尽。

梅龙钱溪　钱立新摄

　　乾隆本也是人间情种，岂能忘记聪明贤淑、闭月羞花的爱妃？只因梅小姐一时高兴，将枕上预约的八月十五佳期误听为五月初五。当年八月上旬，钦差率领全副銮驾，直奔池州府而来。不数日，迎亲队伍来到西门外江边驻扎。当銮驾行至江口乡查村畈时，听当地传说，梅小姐已投江殉情。钦差闻讯，就地暂驻，派人前去探听虚实。原来，梅小姐以为皇帝忘情负义，确于七月七日投江自尽了。

　　乾隆得到飞报，甚感震惊，悲痛之余，遂作挽联一副追赠爱妃：

最怜儿女无知，犹依枕上娇啼，问爱妃重归何日？

但愿苍天有眼，能补人间缺憾，许良缘再续来生。

后来，乡民为纪念这段凄美爱情，将西面沿江一带更名为驻驾，江口查村畈附近改为銮宫畈，梅冶镇西畈村称为西銮畈，梅冶镇改成了梅龙镇。

（王韩炉搜集整理）

武状元联句翠微亭

　　南宋华岳，贵池人，为武学生时，轻财好义，敢于直言。宋宁宗嘉泰四年（1204 年），金朝由于与蒙古连年交战，国库空虚。韩侂胄为了立盖世功名以稳固自己的地位，开始准备北伐。看到每况愈下的国事，想到朝廷在此种情况推行的穷兵黩武政策，身为太学生的华岳忧心如焚，他不畏权贵，不人云亦云，毅然上书皇帝，要阻止这场毫无胜算的战争，并说此次北伐必败。

　　华岳说："如果北伐得胜回朝，就把我悬头示众四方，作为欺君罔上的告诫。"这还得了！以武学生的身份纵论军国大事，本就违规，未出师前就说要败，岂不是搅乱军心！华岳的行为触怒了权臣韩侂胄，他将华岳打入牢狱，关押在建宁。

　　建宁郡守傅伯成，看到华岳因言获罪，为国家而落难，非常同情，暗中命狱卒放出华岳，许其自由出入。但好景不长，傅伯成很快被调离了建宁。新到的郡守李大异，将华岳第二次投入狱中。身处逆境的华岳并不气馁，而是愈加发奋学习，正如其在《狱中纪事》诗中所写：他是"煮饭只烧沽酒罐，读书权借守囚灯"。开禧元年（1205 年），韩侂胄决意对金开战，竟连连失利，韩侂胄后悔不已，几次遣使赴金求和，但金人不许。开禧三年（1207 年），宋、金互有胜负，战事相持不下，朝内主和派渐占上风。十一月二日，韩府设宴，众人酣饮至五更才散，韩侂胄的心腹周筠得到其政敌史弥远密谋杀韩的消息，再三劝阻其不要上朝，韩呵斥："谁敢杀我？"登轿赴朝，行至六部桥时，被夏挺、郑发等人揪下轿，拥至玉津园夹墙内杀死。韩侂胄死后，南宋献出其首级向金国求和，并满足了一切条件，双方订立"嘉定和议"，至此，宋、金战争告一段落。

　　北伐失败，韩侂胄被诛，使被囚三年的华岳重见天日，他先前的忧虑与预见也被事实所印证，朝内外对其高风亮节的人品更是推崇不已。面对这些，华岳极为平静，表现出一种宠辱不惊的风度。这时，他回到家乡，在贵池齐山书院读书习武。

齐山书院在府治南"寿"字岩下，六秀峰迎其前，三台峰拥其后，是个读书的好去处。在齐山还有唐代池州刺史杜牧建造的翠微亭，登亭一望，湖光山色尽收眼底。华岳常常在翠微亭上吟诵岳飞的《满江红》，激动之时，拔剑起舞，击节长歌。四里八乡的百姓，都知道在齐山翠微亭有个"翠微先生"，地方名士和官员也很敬重他，和他结交。

齐山翠微亭　方再能摄

四月暮春的一天，华岳和朋友们正在齐山翠微亭上畅谈国家大事。他们说起风雨飘摇的南宋朝廷，你争我斗，混乱不堪，没有一点生机活力，不禁扼腕长叹。

这时，有个朋友指着山下的东南湖面，说："你们看，那里有一只江鸥，快不行了！"大家循声看去，果然有一江鸥贴着水面，踉踉跄跄地在飞，分明那鸥有一只翅膀受伤了，快要飞不动了。朋友说就以这江鸥为题，先出一上联：

"鸥刷断翎翻水面。"

朋友的上联正合华岳此时的心情，此时的宋朝不正像这只江鸥一样，在挣扎，在带着伤痛求生吗？他看了一眼亭边，暮春的花快要凋谢了，一只蝴蝶正在花蕊上采着花粉。这朵花不正是自己吗？自己美好的理想如同花粉一样，却被像蝴蝶一样的权贵们肆意地玩弄、践踏。想到这里，他脱口而出：

"蝶抛残粉出花心。"

"对得好！工整，形象。"朋友们齐时喝彩。后来，华岳把这副联嵌入他的一首诗中，这首诗叫《池亭即事》："春风恰恰破桃李，池馆无人一径深。鸥刷断翎翻水面，蝶抛残粉出花心。诗怀搅我丹心破，节物催人白发侵。流水伯牙今已矣，世间那复有知音。"一年后，华岳在临安不负众望，一举夺得武举第一名。

（王征桦搜集整理）

纪门父子俩总兵

虎幄运嘉猷千载勋庸昭志事,
龙章颁宠命九天珪瓒耀蒸尝。

纪元宪（1563—1639 年），字蓋莪，明朝万历三十二年（甲辰，1604 年）中武进士，授守备，后任参将，副总兵，总兵，挂印将军，由子贵皇赐荣禄大夫，是贵池纪姓历史上所出最著名之人物。《乾隆池州府志》卷四十八"武勋"记载："纪元宪，贵池人，由武进士授汀、漳守备，升中营游击，寻擢广东东山营参将。既又升福建南路副总兵。未几，复升广东总兵都督佥事，晋神机营提督。……时东南数千里，倚为长城，朝廷喜无南顾之忧，故莅官数十年，非闽即粤，未尝一日他徙也。"

罗元信《金门碑林二考——"副将军纪公德政碑"与"参阃胡公功德碑"》一文对于明了纪元宪的为人、为仕情况可谓是极其珍贵的第一手资料。《明史》纪元宪无传，过去所见其材料均出于官修地方志，而此碑为万历四十六年（1618 年）所立，当时纪元宪尚健在，可见其内容是真实可靠的。此碑提供了几处重要的材料：第一，作为副官，竟然能让当地士民为其立碑，可见其与士卒同甘共苦之品质。第二，碑文记载了纪元宪的风采神貌，如"公隆准凤睛，有威重，性夷易，不乐为束湿"。第三，此碑说他"治军书稍暇，辄从容啸咏"，但诗文无存。作为贵池官声有载的历史人物，纪元宪为官为人均获得时人的赞誉。

纪元宪出生乡野，其祖、父均为平民，后反因子而贵，才被追封官位。纪元宪是通过参加国家武科考试才得以进仕的，可见他是通过自身学习而非祖上恩荫创造了自己绚烂的人生。作为朝廷倚重的武臣，纪元宪一生多在东南沿海的福建、广东、广西等处任职，他治军有方，治人有德，屡建战功。纪元宪在广西任上，亲手组建了一支亲卫队，虽只有 500 人，但他们训练度极高，装备极好。由于银饷充足，因此士气高涨。其前锋是 100 名铁甲朴刀兵，最适合丛林作战；两翼是火铳手，都配备最先进的追云火铳和拉发式手雷。亲卫队的核心火力是 20 尊"百斤小铜炮"，都驮在马背上，乃是火力和机动性的有机结合。浔州小村一战，打得来犯贼兵丢盔弃甲，尸横遍野，曾经穷凶极恶、不可一世的贼兵再也不敢胡作非为，冒犯桂地。纪家军一战扬威名，纪元宪总结数次成功战例提出的"机动化、火器化、职业化"建军思想得到同朝名将戚继光的高度赞扬和肯定。

纪元宪退休回乡后，时逢江北有土匪袁八佬时常到地处江南的乌沙寻衅滋事，为非作歹，扰民不断，百姓苦不堪言。纪元宪看在眼里，急在心里，他主动与地方官员联系，积极出谋献策。根据袁八佬昼伏夜出的匪性，纪元宪与地方官几经商议，决定在江心洲设伏擒拿土匪。是夜，月黑风高，袁八佬带着三十几个土匪，划着三条木船往乌沙而来，纪元宪和设伏兵民先放木船过了江汊，迅速拉起数道粗网拦住江汊出口，土匪们正欲登岸，忽闻岸上锣声阵阵伴着抓住袁八佬的呐喊声，袁八佬一下慌了神，狗急跳墙往出口处拼命逃，一窝土匪连人带船钻进了网中央，成了网中鳖。纪元宪设计智擒袁八佬，保一方平安，成就了一段美谈。

晚年的纪元宪留意家族文献，主持修订宗谱，可以凭自己的威望组织宗亲，修谱竟然"未三月而功成"，实在是高效率。这与他在主持修谱时体现的秉持公道、兢兢业业的品质是分不开的。

纪元宪不仅自己功德有成，还为培养下一代付出了心血，他虽是武举出身，征战之余，还能"治军书稍暇，辄从容啸咏"。其文武传家之举深深影响到孩子们，据《纪氏家乘》"文苑"载："三子纪悬照公喜读书，所为诗歌、古文，才气彪炳，卓然成一家言，时昆从间号称多才，然皆不得以文章傲也。著述甚富，其所作《沧浪》《衣袽》《豹雾》《梦兆》等集，犹有存者。"纪悬照文韬武略，无一不精，"明崇祯间由举人任安庆守备经史阁部征聘，历官至军都督府都督同知"，真可谓虎父无犬子。

纪元宪古墓葬，位于池州市贵池区乌沙镇花园村的仓基山。墓冢为圆形，花岗岩石垒就，高 1.5 米，直径 4 米，墓前立有清代重修的青石质碑记，正面刻文曰："皇明镇守两广挂征蛮将军印都督纪公尽衷讳元宪墓"，背面为墓志铭。墓周铺设花岗岩条石，墓周建筑仍存有华表，墓地另有明大学士吴南道题字"承宠怀邦"，左右石碑又刻有一联："君恩深岁月，臣节老风霜"，可惜 1964 年被毁。1986 年经市文化局批准，纪礼知等率族人筹资重立了总兵墓，为贵池县级文物保护单位。"小总兵"纪悬照墓则十分低调地藏于花园村一隅的芳草丛中，与"大总兵"纪元宪墓遥遥相望。

据池州地方志记载，池州城中原有纪念纪元宪的牌坊，早已无存。不过在文字的王国中，终于还是留下了父子俩总兵的点滴事迹，在纪氏族人的心目中，他们永远都是家谱链中最夺目的两颗明珠。

"虎幄运嘉猷千载勋庸昭志事，龙章颁宠命九天珪瓒耀蒸尝。"一副古楹联高度概括了父子俩总兵的卓著功绩，却道不尽他们丰富华彩的人生。

（张文泉搜集整理）

楹联圣手纪伯吕

> 东望石城春，唤杜牧何之？故国杏花太零落。
>
> 南招彭泽隐，问渊明在否？隔江杨柳要平分。

这是贵池人纪伯吕为安庆大观亭作的一副名联。

作者纪伯吕（1877—1952 年），贵池县舞鸾乡人（今池州市贵池区乌沙、晏塘一带），是以作武汉黄鹤楼、安庆大观亭楹联而名噪一时的民国楹联圣手。7 岁时，父亲去世，母亲杨氏抚育他成长。他生有异禀，但因家境贫寒，只好辍学打柴。十三四岁时，偷听村塾老师讲课，后得到老师的欣赏，得以免费上学。在乡间以茅屋构"啸乡别墅"，啸咏其间。1901 年到天津，为烈士潘子寅作挽联，产生很大影响。毕业于北洋警校，因受嫉妒，渡海到安东朝鲜边境。1907 年，母亲去世，回乡。不久游历安徽、浙江、广东、贵州等地。其间短暂从军后回到安徽，在省政府等处任过多职，又游历南方各地。1916 年，将自己的诗作 500 余首，编成 4 册，即请刚刚考入北京大学的王世藩为其作序，并请贵池老乡章兆鸿为其作序。1926 年秋天，他从上海回乡，将自己的行李包括诗集一并寄放到晏塘的一个侄儿家，谁知侄儿家发生火灾，将其各种证件以及诗集全部焚毁。后来只得凭记忆穷追枯索，追记下 100 余首，取名《啸乡剩草》。1927 年，北伐军第十军王天培部至安庆，因其对联优雅，受到军方邀请，任少将参谋长。1928 年任五河县长，其间将自己的作品集印行了 500 本，分别请友人方雷（1926 年）以及安庆皖省通志局的桐城光开霁（1927 年）、桐城陈澹然（1929 年）为其诗集作序。1930 年，回到贵池。作品除了《啸乡剩草》之外，还有一本诗集《沧河雪鸿集》。其著作大部分毁于"文化大革命"中。佚著《啸乡余集》日前被其后人安徽池州学院艺术系主任纪永贵教授发现，铅印竖排无标点，大 32 开，双面 26 页，即 52 个页面。

这副楹联虽题于安庆，但上下联写的都是家乡贵池的景点和与池州有关的典故。石城：古县名。汉置，隋改称"秋浦"，即今贵池区。石城故址在今贵池区西苍埠，一名"铁店"。因有东西二石山夹立如城，故名。杜牧，晚唐诗人。人称"小杜"（杜甫称"老杜"）。会昌四年（844年）在池州（今贵池区）任过两年刺史，作《清明》诗，使杏花村名扬天下。故国：这里指故乡。作者是贵池人，故称。"杏花"句：此联作于民国十八年（1929年）春，因贵池有杏花村，又当时正为"楼山奖学金"引起贵池学潮风波，故云。彭泽：县名，即今江西彭泽县。陶渊明曾任彭泽县令，因不愿屈迎上司而挂冠归隐。时作者正从五河县长御任归来，故云。"隔江"句：陶渊明隐居后门栽五柳，自号"五柳先生"。作者要平分陶渊明的柳树，实则要与陶渊明一样，甘愿过隐逸的田园生活。

安庆振风塔　松针摄

纪伯吕善诗文尤擅撰联，其撰联之才得到当时人的认可，可谓楹联奇才。所作楹联，用词贴切，意象翻新，创意恰到好处，读来舒意顺口。除安庆大观联，纪伯吕所作其他知名楹联还有：

玉笛落梅花，白云知否；琼楼卧仙侣，黄鹤来乎？自注："有吕仙睡像"。（武汉黄鹤楼联）

百家冠冕何须帝，六代江山只此楼。（昭明文选楼联）

杏雨又经春，过客当年此魂断；李唐无寸土，荒村终古以诗名。（杏花村杜公祠联）

两字齐山古，一笑黄河清。自注："齐山二字，公所书也。"（包公祠联）

立马翠微巅，笑我征衣满尘土；归鸿黄菊节，与谁携酒看湖山？（齐山翠微亭联）

肝胆文章成二妙，死生家国各千秋。（吴刘二公祠联）

遗书未订，壶园就荒，后死者责；浦水不波，齐山无恙，先生之风。（挽胡君东溪联）

（陈春明搜集整理　纪永贵审稿）

书生以联会杜牧

晚唐著名大诗人杜牧，在池州留下了许多脍炙人口的千古佳句，传颂至今。但也有一些鲜为人知的生活细节，不为所知。传说：杜牧在池州任刺史期间，闲暇之余，经常到杏花村一家酒店饮酒，一来了解民情，二来杏花村的风景赏心悦目，久而久之，杜牧成了小酒店的老常客。一日中午时分，天下着小雨，杜牧在一家小酒馆，点上几碟菜，刚喝上几杯酒，突然，来了一位书生模样的年轻人，名叫雷驷，自称才高八斗，文化功底深，是平天湖一带的小先生，村庄中的红白喜事都少不了他打理，什么天干地支、二十八宿星样样精通，前些年因赶考名落孙山，只好给当地一有钱人家放马喂羊打杂活，他心有不甘，一心想谋个正事做做，却又无从下手，有空便来杏花村借酒消愁，打发时间，听杏花村里的人说："池州有个大官姓杜的刺史经常来这里喝酒，可以投石问路，找点营生干干。"雷驷这个人性格怪异，心想，一个高官，还在这小酒店饮酒，不够档次，便不把杜牧放在眼里，想戏弄他一下，点上酒菜故意与杜牧同桌面对面地喝了起来，雷驷将杜牧的姓名两个字体拆开，想出了一副对联，高声喊叫：

"牛不识文字，绕着地上木柱来回转。"

恰巧，杜牧叫喊酒店伙计，便绕着木柱子来回转了两圈，杜牧知道来者不善，讽刺挖苦人，便上下打量着这位不速之客。前几天，听酒店掌柜说起有一个老常客经常来饮酒，这人可能就是雷驷，杜牧摸清了他的来龙去脉，便随口答道：

"马怎分日夜，淋得雨点田塍上下躲。"

雷驷惊讶万分，莫非这位官人，对我了如指掌，还知道我姓甚名谁，急忙向杜牧赔礼，求杜大人宽宏大量，不计较小人言语。俗话说，宰相肚里能撑船，杜牧根本没有在意他的不敬，便微笑着示意要与雷驷共同举杯，雷驷立马回应，站起身双手举杯，与杜牧共同一饮而尽。说话间，双方谈得投机，欢快。饭毕，雷驲同杜牧一起在杏花村里转悠，于是两人趁着酒兴，展开了以杏花村、平天湖为主题的对联大战，杜牧开口吟出：

"杏花村里游人醉。"

雷驲应道："我家住在平天湖岸边，还是以平天湖为落对吧！

'平天湖中鱼跃欢。'"

牧归　钱立新摄

杜牧随意抬眼看看，见杏花村不仅有杏花，还有许多果树名木，出句：

"杏花村东梨南桃西榴北橘果木甜。"

雷驲想到平天湖盛产各种鲜美鱼种，纯生态自然生长，味道鲜美，答道：

"平天湖春鲶夏鲤秋鳜冬鲫鱼鲜美。"

二人对答如流，不分上下，他们俩在杏花村里一边观赏杏花，一边对题，一联接一联：

"杏花村里赏杏花，
平天湖中游平天。"

通过联语，杜牧渐渐领略到这小子文采不错，对答如流，便有意增加一点难度，再来试试雷驲：

"杏花村里前后左右赏十里杏花，美景看不尽。"

雷驸缓了一下应答：

"平天湖中顺逆来回游万丈平天，逍遥乐个够。"

这时，杜牧虚晃一招，对雷驸说："现在我以平天湖出上联，你用杏花村对下联。

'平天湖中顺逆来回游万丈平天，览风景秀丽，见平天湖碧波荡漾，胸怀似平天开阔。'"

雷驸目瞪口呆，回想在杏花村所见所闻，赏花、观戏、听歌、饮酒，很长时间才对出下联：

"杏花村里前后左右赏十里杏花，观戏曲歌舞，品杏花村美酒佳肴，心情如杏花绽放！"

雷驸对这位杜刺史的才学、品行敬佩不已，决心好好做人，改掉班门弄斧、故弄玄虚的臭习惯。杜牧认为雷驸的文化功底不错，叫他练一些文房四宝的纸笔功夫，引导他在杏花村里开个书画店。后来，雷驸在杜刺史人格魅力的影响下，按照杜大人指点，不久便在杏花村开了个书画店，由此结识了不少文人墨客，从此他的书画店生意日渐红火。

（钱立新搜集整理）

杏花村北入口　方再能摄

杏花村地望之争　郎永清池州情缘

——有关杏花村文化研究学者郎永清先生楹联

千古名村牧郎指，
杏花雨处永清池。

"清明时节雨纷纷，路上行人欲断魂。借问酒家何处有，牧童遥指杏花村。"唐代杜牧的《清明》家喻户晓、广为流传。

同样，国内知名论坛一副对联"千古名村牧郎指，杏花雨处永清池"，点击量一路飘红，跟帖者络绎不绝。这副对联，把郎永清和杜牧对杏花村的贡献放在了同等重要的位置，渐渐地拨开了郎永清与杏花村的"缘分情结"。虽是网络论坛，也很有一定道理，没有杜牧的《清明》就没有今天的杏花村，没有郎永清的论证或许就没有池州的杏花村旅游商标，也就没有今天的杏花村文化旅游区。上联中"牧郎"表面上指有"十里杏花一色红"的杏花村由晚唐大诗人杜公的一首清明诗出名，"牧童遥指杏花村"，其中"郎"又暗指郎永清先生；下联春三月春光烟雨江南地一派诗意盎然，杏花雨飘洒清新的池州，"池"点题杏花村在池州市，澄清了地望之争；"永清"暗指郎永清先生，道出了郎永清先生与池州杏花村的情缘。

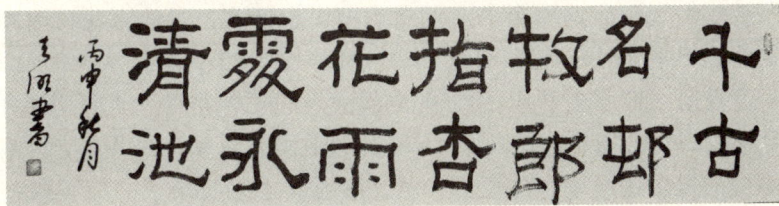

楹联手书　王友松摄

077

一位退休老教授对杏花村学术研究如此痴迷执着，一个非池州籍学者对杏花村地望之争如此关注，对这样一个在池州文化界知名度非常高、对杏花村宣传作出贡献研究学者，笔者带着好奇前不久慕名拜访了郎永清教授。郎永清先生，铜陵县大通人，铜陵县委党校原副校长，他身材魁梧、思维清晰，致力于安徽本土文化的研究，虽耄耋之年，但谈史论诗记忆力出奇得好，尤其谈到关于杏花村建设时，便滔滔不绝、亮点纷呈……

1999 年，退休后的郎永清一次偶然看到一本由山西人民出版社出版的《杏花村里泉如酒》，该书推论《清明》中所吟杏花村就是山西汾阳杏花村，郎永清感到有些疑问，同时萌发了考证杏花村的念头。

对于诗中所指的"杏花村"的确切地点，人们确实众说纷纭。当时争论较多的有四种说法，分别是山西汾阳、安徽贵池、湖北麻城和江苏南京。他说杏花村因《清明》声誉鹊起，据悉全国有十多处杏花村，后争论最多的是山西汾阳、安徽贵池、江苏南京和湖北麻城等城市的"杏花村"都比较有名气，而且均以《清明》中所写的"杏花村"自居，因为考证"杏花村"难度大，而且查询的历史资料必须十分权威，否则就难以让人信服。

五年时间，郎永清四处奔波购买历史书籍和资料，而且还多次自费到上海图书馆、上海古籍书店、上海文庙旧书市场等权威藏书部门查询历史资料，给湖北麻城市委书记写信，请求当地协助自己查阅有关资料，并且还向笔者展示市委书记的回信。郎永清通过查询清朝时的山西汾阳县志发现，县志上没有杜牧去过山西汾阳时的文字记载，而且山西汾阳常年是春旱，不可能出现"清明时节雨纷纷"的场景，最为重要的根据就是唐朝的汾阳县志上根本没有"杏花村"地名，这说明山西汾阳的"杏花村"至少是到唐朝以后才有。这个考证证明了山西汾阳的"杏花村"说法无法成立、不攻自破。

郎永清认为，对历史文化的阐释、开掘与发挥应科学有度，不能随意诠释，更不能牵强附会。杜牧《清明》吟的乃是安徽池州贵池城西杏花村，这在古代《江南通志》《池州府志》和《贵池县志》上均有详细记载，《杏花村志》作为全国唯一被收入《钦定四库全书》的村志，史志证实，贵池杏花村因晚唐会昌年间杜牧任池州刺史时春游杏花村，作《清明》遂成千古名村。

郎永清查询《四库全书》，而书中记载南京的"杏花村"直到明朝才逐渐出名，而且杜牧当时赴扬州上任，每次均途经现在的江苏镇江，并非支持南京"杏花村"学说的每次途经南京的说法。湖北麻城县志上收录了一篇《歧亭杏花村记》的文章，文章中注释明确写到麻城的杏花村是因苏轼经常与朋友往来村中，而且村中杏花盛开才因此得名"杏花村"。

郎永清在《四库全书》中的江南通志中发现有"贵池杏花村因杜牧而得名"

的文字记载，而且通过查询历史资料发现杜牧确实曾任贵池刺史，也有游览杏花村的历史记载。为了从另一方面证明贵池的杏花村就是《清明》中所写的"杏花村"，郎永清还查询了贵池的气象资料，证明了当地在清明期间确实多雨，符合"清明时节雨纷纷"的场景。郎永清还于 2001 年 4 月 2 日前往贵池杏花村探古寻幽，在蒙蒙细雨中领略了"清明时节雨纷纷"的意境。2002 年清明前后，他又对省电视台播放的 4 月 1 日至 4 月 9 日池州天气逐日作了登记，除 2 日和 8 日"多云"，其余 7 天全是雨天，清明那天是"雷阵雨转多云"，他说这些都说明，"清明时节雨纷纷"正是池州清明时节气候、物候的真实写照，《清明》吟杏花村当属安徽池州杏花村。这种严谨细致的学风值得我们学习。

本文作者赴铜陵采访杏花村研究学者郎永清教授（左）　　王友松摄

天道酬勤。他通过查阅大量历史资料、仔细考证研究后终于证实了《清明》中所写的"杏花村"是指安徽贵池。2003 年 5 月出版的全国史学类核心刊物《中国地方志》杂志刊登了他撰写的 1.3 万余字的长篇文章《"杏花村"地望之争辨析》，全文围绕杏花村归属何地展开考证，被评为安徽省社科优秀论文奖，否定了杏花村"山西汾阳说""江苏南京说"和"湖北麻城说"，认定杏花村归属安徽池州。

几年来，郎永清先后撰写了《〈杏花村志〉版本源流与比较》《评"杏花村"在玉山》等十余篇论文，刊发在国家核心刊物上。前不久，应《杏花村》杂志主编之约，郎永清教授所作的《承载历史记忆　传承历史文脉——读贵池〈杏花村志〉聚星楼刻本》，在《杏花村》2015 年"夏之卷"首发，又是一篇研究杏花村建设的研究性文献资料，进一步推动杏花村文化旅游区建设。

在谈到"杏花村"八年商标之争时，郎老至今仍记忆犹新。回顾历史，山西汾酒集团与安徽杏花村旅游公司对"杏花村"商标的使用权及归属问题存在争议长达八年。郎老也很自豪地说，作为安徽人，他的论文在杏花村地望之争中，作为专家学者权威论证取得了重大作用，作为安徽人他也很自豪。

郎永清说，各地关于"杏花村"地望之争也见怪不怪，本着尊重历史和实事求是的原则，通过考证予以澄清，做到"言之有物、言之有据、言之有理"，这是一件有意义、有价值、值得每位专家学者去做的事情。郎老目前在铜陵和上海两地居住为主，对杏花村研究仍没有停止，并且十分关注目前的池州市杏花村文化旅游区建设。他说在有生之年期盼看到池州杏花村文化旅游区建设如火如荼，形成气候，早日争创国家 AAAAA 风景区。

（陈春明搜集整理）

翰林待诏曹曰瑛

浅碧细斟家酿酒，
小红初试手栽花。

这副楹联，最早收录于清"西泠印社"创始人之一吴隐的《古今楹联汇刻》。有趣的是，此七言联，仅有 14 字，在 2004 年"上海国际商品拍卖有限公司"拍卖时，拍卖成交价为人民币 9350 元。

此联，从书法艺术的角度看，的确"玉润珠圆，馆体正宗"，其落款为：曹曰瑛。

曹曰瑛（1662—1722 年），字渭符，号恒斋，贵池缟溪曹村人，随父曹光国占籍京卫（今北京大兴县）。康熙朝翰林院待诏，内廷纂修，工诗文、书画。历代志书、典籍、家谱等，对曹曰瑛多有记载。譬如：

乾隆四十四年（1779 年），《池州府志·荐辟》："曹曰瑛，以文翰荐，特授翰林院待诏。"清代吴修《昭代名人尺牍小传》："曹曰瑛，字渭符，号恒斋，安徽贵池人，大兴籍，官翰林院待诏，内廷纂修，工书。"并附有曹曰瑛的书札手迹。清末张鸣珂《寒松阁谈艺琐录》，清末震钧《国朝书人辑略》，清代李玉棻画传《瓯钵罗室书画过目考》都有类似记载。清初名儒王岱与曹曰瑛交往颇密，《四库禁毁丛书丛刊·了庵诗集》卷十七有《为曹渭符画》二首、《赠曹渭符画》，《了庵文集》卷十二有《题曹渭符画册》，皆誉曹曰瑛丹青之雅。无怪乎，"扬州八怪"之一的高翔亦与曰瑛甚密。高翔名画《樊川水榭》现藏于上海博物馆。其画款为："樊川水榭寄以情。吾友马涉江句也，与余画意有合焉，高翔。"书款为："西郊游赏之二题，书似立亭老年台正之，弟曹曰瑛。"印鉴为："高、翔、曹曰瑛、渭符氏、文采风流今尚存。"

曹曰瑛，因早年随父北上，占籍京卫，羁留京城，思乡心远。从其留存的诗作，可以推测他至少曾有两次回到贵池故乡缟溪。他的《缟溪筑屋抒怀》是其一："环合溪山觅径通，诛茆喜在故园中。忽经三世百年客，小筑千峰半亩宫。入世繁华元幻梦，传家耕凿有淳风。奉亲倘获长居此，日侍琴书乐未穷。"《红楼梦》作者曹雪芹的祖父曹寅《楝亭诗钞》卷四中诗《渭符侄过慰有作，时颁诏入闽，恩许还家上冢，便道至白下》是其二："王程秋欲迈，间道子重过。多难怀兰讯，高眠共竹柯。真言温室树，嘉遁碧山阿。草草瞻家庆，还如泪眼何。"此诗所称"渭符"即是曹曰瑛。当时曹曰瑛奉命到福建颁诏，皇上允许他途中回贵池缟溪老家上冢，途经南京，曹曰瑛曾探望曹寅，于是，曹寅写就此诗，以抒曹家宗族关爱之情。曹寅诗中首句"王程秋欲迈"，与曹曰瑛《雨中过杏花村》（乾隆《池州府志》）的季节正好合拍："冒雨山行渐近城，酒旗依旧树梢横；杏花未解怜归客，秋日村边不肯生。"曹曰瑛赴岭南，康熙五十一年（1712年）内阁中书林佶《朴学斋诗稿》卷九：《曹渭符待诏使闽归，诗以送之》，可作为旁证。

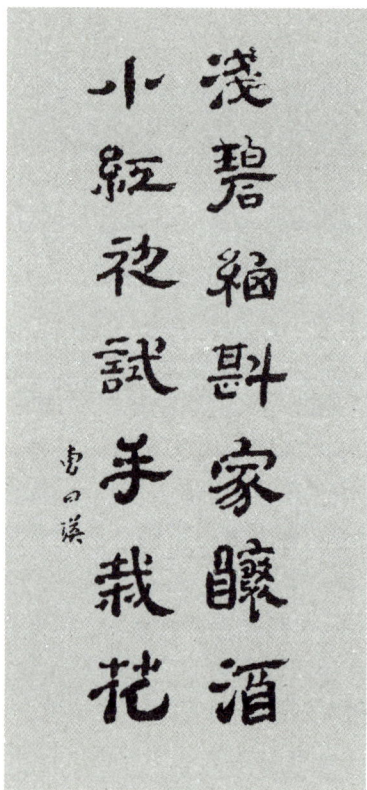

曹曰瑛真迹　草地摄

　　查阅贵池缟溪曹家秘藏乾隆二十九年（1764 年）的《曹氏宗谱》，宗谱里，既有曹曰瑛的画像，亦有《曰瑛公传略》。其传略文曰："公讳曰瑛，字渭符，号恒斋。乃余本房叔父也，侧闻叔父自成童时，即以诗文见重当柱，丁康熙三十三年得遇翰林侍……即如康熙五十七年，欣逢礼部奏请恭迎皇太后神主进太庙，并立皇碑，已经掌院派善书翰林狄讳贻孙、汪讳士纮先书碑文式样进呈御览，奉旨：这碑文乃系垂后大典，此字如何去得，内廷现有翰林曹曰瑛，朕知他写得好，着他在中正殿清净地方书写可也，钦此。若非圣主素所推爱，亦何得有此异数之简任耶？叔父名闻至此愈重，自京师传之各省，前来求字者车马临门，殆无闲刻……"

　　回到此联，此联应该是题赠予清康熙年间著名书画家、收藏家汪文柏的。据汪文柏《柯亭余习》卷二载："范石湖诗簿书遮断寻诗路，陆放翁诗菱角磨成芡实圆，一时拈出，曹待诏善汉隶，书联句见赠……"

　　其实，此联源于放翁七律《睡起至园中》之颔联："浅碧细倾家酿酒，小红初试手栽花。"

　　曹曰瑛，仅移一字，以"斟"代"倾"，然联之意境几乎不变。由此，可以看出曹曰瑛虽羁留京城，但对放翁晚年退居乡里的隐逸之情很是钦羡；同时，更流溢出曹曰瑛对贵池故里缟溪曹的"家酿"以及邻家小妹"小红"的绵长怀想……

（吴毓福搜集整理）

黄盖威镇古石城　灵气永钟白面山

　　古石城，即池州秋浦古县城遗址。《江南通志》载："石城故县，在府西七十里，地名铁店亦曰仓潭，以东西两石山夹河为城故名，汉置县。"石城，自西汉元封二年（公元前109年）始，至三国孙吴时，即为皖南兵家要地，有重臣名将长驻石城镇守。孙吴时代，黄盖曾任石城长。

　　黄盖，字公覆，零陵泉陵（今湖南永州零陵）人。东汉末年名将，历仕孙坚、孙策、孙权。早年为郡吏，后追随孙坚、孙权南征北战。建安十三年（208年）赤壁之战时，黄盖前往曹营诈降，并趁机以火攻大破曹操的军队，是赤壁之战主要功臣之一。因战功卓越，黄盖之赫名广为传颂。小说《三国演义》里曾演绎了"周瑜打黄盖，一个愿打，一个愿挨"的著名故事。孙权即位，诸山越不宾，黄盖曾活跃于镇抚山越的一线，前后九县，所在悉平，迁丹杨都尉。

　　据陈寿《三国志》、明《池州府志》记载：石城是古秋浦县（今属贵池）的县治所在地，居民主要是"山越"，即东越人的后裔。孙策、孙权兄弟在削平东吴大小割据势力后，广大山民仍未归附。他们以宗族为伍，能冶炼铜铁，制造兵器、农具，习武好战，随时都能与官兵作战。所以，从孙策平定江东到孙权当政后期，前后40余年，山越不归附一直是东吴首领最为头疼的心腹之患。孙权对付山越的政策是：强迫下山，定居村落，编户纳租，青壮皆兵。山民们对此极力反对，进行顽强的反抗。东汉建安年间（196—220年）赤壁大战后，原石城县官吏贪暴，激起山民骚乱，孙权任命三朝名将黄盖为石城长。黄盖上任后，便在县衙设立两掾，"分主诸曹"，并言明：本官无他能，徒有武功名声，疏于文治，现山越闹事，尚未平息，军务繁忙，因此，凡县衙一切政事都授权两掾分督诸曹（下属官员），纠举弊端。诸曹官吏，须听两掾节制，如有奸欺等不法行为，决不轻恕。开始，这帮官吏惧怕黄盖威名，一个个老老实实干事。时间一长，这些为非作歹的官员见黄盖不过如此，"不视文书，渐容人事"。于是，旧病复发，作恶多端。其实，黄盖闭着一只眼，也睁着一只眼，对这帮赃官的罪恶看在眼里，并进行了私访，查清了两掾不奉法之事。一日，黄盖宴请两掾全体官吏，欢宴中黄盖突然揭出两掾所犯的一桩桩罪行，责问两掾！二人大惊失色，跪地求饶。黄盖脸色一沉，严厉地说："前已有令，如有违法，决不轻恕，这并不是我吓唬人来欺骗诸位的。"当即喝令，把二掾赃官推出衙门，斩首示众。石城震惊，万民皆喜，县中诸吏，再也不敢胡作非为。

于是，黄盖威镇古石城，在东吴，一时传为佳话。

古石城旧址　方再能摄

因为黄盖任石城长期间，曾造福石城，惠及秋浦。当黄盖离任、去世后，石城百姓闻讯，无不悲戚。为表达永久的念想和祭祀，遂将黄盖的衣冠埋在石城附近、龙虎山下的毛竹洼里（今贵池殷家汇河东村），于是，就有了后来的龙虎山上、毛竹洼里"黄盖衣冠冢"的传说了。

白面山，据《读史方舆纪要》载："在府西南六十里，雪崖拱北，如傅粉然，下有白面渡。"白面山，自古即以"云崖拱北如傅粉，峭壁岑崎似碧玉"而成为古秋浦的一座风景名山。早在唐宋时，白面山即是诸多名士和禅师向往的隐居之地。白面山南和龙山，景幽独绝，灵气氤氲，在五代时，已由守讷禅师首辟为"寿昌院"（亦名灵庆院，宋代易名嘉祐寺）。守讷禅师，五代后晋福州人，中国禅教"法眼宗"的创始人法眼文益的弟子。《五灯会元》有其十八字简介："池州和龙寿昌院守讷妙空禅师，福州林氏子。"

南唐池州刺史王继勋，曾与好友夏鸿偕游秋浦，登白面山，谒灵庆院，并有诗《赠和龙妙空禅师》一首，留存于世，诗云："白面山南灵庆院，茅斋道者雪峰禅。只栖云树两三亩，不下烟萝四五年。猿鸟认声呼唤易，龙神降伏住持坚。谁知今日秋江畔，独步医王阐法筵。"夏鸿（晚唐文宗开成时登进士第），触景生情，有感偕游，亦步韵《和赠和龙妙空禅师》诗一首："翰林遗迹镜潭前，孤峭高僧此处禅。出为信门兴化日，坐当吾国太平年。身同莹澈尼珠净，语并锋铓慧剑坚。道果已圆名已遂，即看千匝绕香筵。"这两首诗，均收录于《全唐诗》763 卷中。

宋代绍圣年间，中书舍人、龙图阁学士蒋之奇，过秋浦，山中访友，亦写有《访夏氏白面山居》诗："白面峰峦碧玉堆，故人卜筑在崖隈。难寻荀鹤旧时宅，尚有昭明古钓台。满槛名花红胜锦，一溪流水绿如苔。七闽千里倦行客，两眼眵昏向此开。"

自唐宋而下，吟咏白面山的诗作，多散见于古代诗集和地方志书里，已成蔚然之态。缘于此，秋浦河畔的白面山，在世人心中，自然不仅仅是一座佛山，更是一座诗山。其诗意佛性、灵气所钟，无疑是白面山的精髓之所在。也许是造物主的有意布局，将这"佛性诗意、灵气所钟"的白面山，正好安置在古石城与龙虎山之间，并且，云崖拱北，俯眺龙虎，万古不变。

依托黄盖威震古石城的故事和白面山的毓秀灵气，旧时，曾有一乡邑才人，凭此而作一朝拜"黄盖衣冠冢"的祀联。联曰：

> 黄将军毅魄常护，
> 白面山灵气永钟。

（吴毓福搜集整理）

岳飞齐山吟联访民女

　　南宋爱国名将岳飞，于宋高宗绍兴十一年（1141年），由武昌北上抗金。途经池州时，登临城南齐山翠微亭，面对齐山的秀丽景色，满怀豪情地写下了千古传扬的诗篇《登池州翠微亭》，抒发他热爱祖国大好河山的真挚情怀。

　　当时，正值汛期，江水泛滥，齐山脚下的白沙湖、月亮湖连成一片，齐山几乎成了水上孤岛。岳飞在郡守陪同下，登上南门城楼，纵览水中齐山，豪兴勃发，意欲前往。郡守却委婉地劝阻说："将军，洪水势猛，登齐山必须绕道，路程太远，是否……"岳飞只是微微一笑，自言自语道：

　　　　"皆因洪水猛，
　　　　　更显齐山奇。"

　　郡守细想，登关览险乃将帅用兵之常事，便不再多言。护卫也熟知岳飞脾气，细语轻言，胜似军令。于是随岳飞策马出西门，绕道直奔齐山而去。

　　到了齐山，岳飞和护卫下马，信步登上翠微亭。岳飞纵览这秀丽的山光水色，不觉雅兴勃发，信口吟出一副对联：

　　　　"翠色盈盈投锦袍，
　　　　　波光闪闪映征衣。"

　　谁知岳飞下联刚刚吟完，忽听亭阶下草丛中传来一女子的吟诵声，虽然声调轻细，却字字分明，十分清晰：

　　　　"丹心冉冉化尘灰。"

　　岳飞听出吟哦之句与自己刚吟的上联正好对偶，好生奇怪，便命护卫前去看看。护卫走上前去，发现草丛里有一个十五六岁的小姑娘正在地上拾枯枝碎柴，便喝道："你怎么与我们将军对起联来？"小姑娘不屑一顾地说："我自己念给自己听的，对什么联？"护卫说："那你说'丹心冉冉化尘灰'是什么意思？"小姑娘眼珠一转，挥一下手中的枯柴答道："这柴薪一燃烧，不就化尘灰了吗？"护卫反驳道："那'柴薪'为什么叫'丹心'？"小姑娘把嘴一努说："你看，晚霞染林，这'柴薪'不就成了'丹薪'嘛！"护卫无言答对，只得返回亭上向岳飞回禀。

岳飞听罢，觉得一个小姑娘能把丹心辩解为"丹薪"，确实不凡。他直下亭阶向草丛走去，却不见人影，忙问护卫："人呢"？护卫好生奇怪：刚才明明在这儿，怎么就不见了呢？二人正四处张望，忽见不远处的石墩上有个人，护卫走近，见正是刚才那个姑娘，便回头对岳飞说："就是她！"

岳飞走上前去俯身问道："姑娘，为何一人在此？"那姑娘抬起头来，见岳飞金盔银甲，虎虎然一员虎将，不觉一惊。岳飞见这姑娘身穿粗布旧衣，头顶苫帽，似渔姑模样，但眉清目秀，两眼闪波，拙中藏慧，便轻声问道："姑娘，读过书吗？"小姑娘点点头。岳飞又问："懂得诗词吗？"小姑娘见岳飞如此和蔼亲切，胆子大了些，答道："跟爹爹学过。"岳飞又问："你最爱读哪些诗词？"小姑娘不假思索地说："《满江红》。"接着兴致勃勃地说："我最喜欢这两句。"便念道：

"三十功名尘与土，
八千里路云和月。"

岳飞一听原来是自己填的那阕"满江红词"。便问："全文都会背诵吗？"小姑娘答道："会。爹爹每天早上都要我背诵这首词。"岳飞不解地问："为什么？"小姑娘说："敬重岳将军呗。"岳飞十分激动地拉着小姑娘的手说："这首词下阕还有两句，你知道吗？"接着念道：

"壮志饥餐胡虏肉，
笑谈渴饮匈奴血。"

小姑娘答道："知道。"
"那为什么灰心丧气？"岳飞指着她胸前被泪水打湿的衣襟，风趣地说：

"洗衣空扬泪。"

小姑娘脸上有点羞红，当听到对方出一联嘲笑自己时，便毫不相让地对出下联：

"寻芳枉多情！"

护卫见这小姑娘不知高低地冲撞岳将军，忙上前说："小姑娘，你知道这位将军是谁吗？"

小姑娘气愤地说："管他是谁！在国家危难之际，谁叫他……"

"怎么样？"岳飞微笑着问。

只见姑娘一脸怨气，对岳飞一字一顿地吟一上联道：

"黑色山头，面对柳色花容，坦坦乎能无羞容愧色？"

岳飞知道小姑娘对他误解，不禁坦然地"嗬嗬"大笑。小姑娘立刻尖利地问："笑什么？"

岳飞从容不迫地吟出下联作答：

"翠微亭上，胸怀山情水意，浩浩然自有厚意深情！"

"自有厚意深情？"小姑娘咀嚼着这句话的含义。

这时，护卫走到小姑娘身旁，悄悄地告诉她："他就是忠诚爱国的岳将军。"

小姑娘一下子目瞪口呆，不知所措，羞愧地低下头来。岳飞和悦地走近她身边，赞了声："好姑娘！"小姑娘倏地跪下，对岳飞躬身三拜，然后飞跑下山去。岳飞和护卫连声呼喊："姑娘！姑娘！"她头也不回，直向湖边跑去。

这时，夕阳西下，暮色苍茫。岳飞为眼前这位小姑娘关心国家兴亡的赤诚之情所激动，陷入了沉思。

"将军，天色不早了，回城吧。"护卫的催促声把岳飞从沉思中拉回来。山路已模糊难辨，护卫建议到湖边乘船渡到南门，免得绕道太远。岳飞说："好吧，咱们再顺便访访那位可爱的小姑娘。"湖边正好停泊着一艘大渔船，船头上坐着一位老汉。岳飞他们一声招呼，就连人带马登上渔船，直向对岸南门驶去。

岳飞雕像　吴旭东摄

这时，新月初上，映入湖心，与山色倒影叠印在一起，十分清丽可爱。岳飞胸中油然升起一股爱国之情，不禁赞道："月色妖娆，山河俊俏！"

"唉——！"船老汉一声长叹。岳飞不禁一怔，忙问："老伯，有何不顺心的事？"只见那老汉望着湖心月影，潸然泪下。岳飞好生奇怪，劝解道："有什么心事，说出来痛快些。"

"唉！"老汉又叹了一声，接着满怀怨愤地吟出一副对联：

"缺残明月团圆易，
破碎山河收拾难。"

岳飞借着月色打量这位老汉：只见那苍白的面庞上布满愁云，年纪不过五十挂边，虽一身补缀旧衫，但质地却是柔软丝绸。再从他的举止谈吐判断，不像个长年累月穿风闯浪的渔夫。经岳飞耐心开导，细细垂问，老汉才诉说了自己的身世，他原在京都礼部衙门当名小吏，因不满秦桧等一伙奸党祸国殃民，私下发泄怨愤，痛斥奸党，被人告密，遭到奸党迫害，结果家破人亡，妻小皆死于非命。幸得女儿的贴身侍读丫鬟月翠设计，他们从后花园越墙逃脱。主仆二人来到家乡池州，隐居水上。后又收月翠为义女，相依为命。

这时候，舟正行在急流漩涡上，老汉全力撑篙，船身仍旧摇晃不前。岳飞看着在急流中摇晃的月影，信口吟道：

"急流揉碎湖中月。"

他正欲吟下联，却听一女声答道：

"奋桨冲开水底天！"

岳飞回头一看，从后舱里钻出一个小姑娘，操起双桨，奋力摇动，船儿顿时驶出了急流。

岳飞细看，正是在翠微亭下岩洞口见到的那位小姑娘，便喜滋滋地叫道："月翠姑娘，是你！"月翠这时反而羞涩地低下了头。老汉忙唤月翠到船头向将军见礼。月翠说："爹，他就是您老敬慕的岳将军！"随后把刚才翠微亭下见到岳飞的情况如此这般一说。老汉又激动又内疚地拉着月翠向岳飞跪拜道："老汉有眼不识泰山，小女无礼冒犯将军，祈望恕罪！"岳飞忙扶起他父女俩，慨然道："民心可贵！"

船靠了岸，岳飞命护卫付渡船钱，父女俩执意不收。老汉说："要不，就请将军留下几句金言，我一定领受！"岳飞面对这不幸的父女俩，想起靖康之耻，奸佞之乱，心潮起伏难平。为抒爱国赤诚，激励这父女俩振作精神，吟上一联道：

"白沙湖，湖沙白，捧出赤诚天下白。"

岳飞吟罢，即和护卫牵马登岸，告别这父女俩而去。忽然，老汉高喊："岳将军，留步，我就对下联。"于是老汉抒胸坦怀地吟了下联：

"齐山石，石山齐，扫除哀怨人心齐！"

岳飞拱手道声"谢谢"，然后与护卫纵身上马返城，回到馆衙，夜不能眠，遥望齐山，感奋不已，铺纸磨墨，奋笔疾书，写下了早已凝成腹稿的《登池州翠微亭诗》：

经年尘土满征衣，特特寻芳上翠微。

好水好山看未足，马蹄催趁明月归。

（王吉征整理）

桂超万判案趣联成美谈

刁刀相像，戍戌多少一点；
瓜爪难分，斋齐脚下清明。

此联诙谐有趣，字联作判词，实属罕见。联语为清贵池县梅村（今贵池区梅村镇）人，道光十二年（1832年）进士，后升福建按察史（正三品）的桂超万所作。清道光十三年（1883年），桂超万时任江苏代理阳湖（今江苏武进）知县。此字联是他在审理一桩婚姻案件时所作的判决书词。字联成就了一对青年人的美满姻缘，传为美谈。

桂公超万有多年地方官的阅历，其人沉稳睿智，人情练达，心地善良，勤于公事，遇案则亲躬。桂公到阳湖县不久，一件有悖常理的婚姻案件摆到案头。阳湖县一位正值芳龄、貌美如花的农家姑娘被一位大财主看上，强行聘娶姑娘做自己弱智儿子的媳妇，遭姑娘严词拒绝。原来，姑娘早与其家附近寺庙内的一位因婚姻失意而离家入寺蓄发的青年和尚相爱。因财主逼婚，某日，日落西山黄昏之际，两人幽会，商量如何逃婚的办法，决定一同出走，被监视姑娘行动的财主管家抓个正着，捆绑送到县衙。声言：纲常败坏，有伤风化，要求严惩。桂公和胥吏分别询问男女双方，都十分同情姑娘与和尚，有意成全他俩心愿。但一时又想不出好办法。见天色已晚，便将二人分开关入封闭式的监所，并贴上亲笔写的封条。下令狱卒，没有老爷指示，不得开启监所。

桂公返回寓所，愁眉不展。夫人问之，桂公实情相告。夫人豁达，知书达理又善解人意，说道，这有何难？自古公母难分，雌雄难辨，官人何不以桃代李？说完抚然一笑而去。桂公幡然醒悟。

桂公立即回衙，派心腹胥吏赶赴姑娘附近寺庙，探明寺庙有一位尼姑与姑娘甚好，告之原委，尼姑一声："救人一命，胜造七级浮屠。"慨然应允。午夜时分，心腹胥吏将和尚放出，换进尼姑，再贴上桂公亲笔封条。

次日升堂审讯，跪在姑娘旁的尼姑大声喊冤，财主一家人吓得目瞪口呆。桂公一拍惊堂木，呵斥财主道："男女都分不清，还来告状，你糊弄本官，该当何罪！"财主磕头，连声说"不敢"。桂公随即写下判词：

> 刁刀相像，戍戌多少一点；
> 瓜爪难分，斋齐脚下清明。

并高声："放人。"姑娘便与青年和尚一道远走他乡，结为美满夫妻，此是后话。

据传，时任江苏巡抚林则徐得知字联判案一事，赏识桂超万心地善良、机警睿智，举荐他为丹阳知县。其后，桂公洁己勤民、爱民，循声卓著。经光绪圣谕，将桂超万生平事迹由国史馆收录，后载入《清史稿·循吏传》。此判词字联到处传扬。

（汪春才搜集整理）

肖坑风光　钱立新摄

目不窥园董仲舒

不窥园外成弘业，
常酌湖中得自然。

汉代著名学者董仲舒，自幼便在多种文化熏陶中成长，为学异常勤奋，数十年如一日。专心攻读的他，曾"三年不窥园"。据说董仲舒读起书来常常忘记吃饭、睡觉。父亲董太公知道后非常担心，为了能让儿子劳逸结合，他决定在书房后面修筑一个花园，希望董仲舒读书累了，可以去花园散散心。不成想董仲舒三年来，一直孜孜不倦地读书学习，竟没有进园观赏一眼，真正地做到了"两耳不闻窗外事，一心只读圣贤书"，终成闻名的汉代鸿儒。成语"目不窥园"便由此而来。

窥园一角　王友松摄

　　然而，令董仲舒没想到的是他的后人却要跟他大唱反调，明万历年间，董仲舒的后人董子修非要"窥园"，不仅重新修建了"窥园"，并且还请人写了一篇《窥园记》，其中写道："吾以吾之窥，学吾祖上之不窥也"，说他在这里"仰看山，俯酌湖，傍睨竹树云石，开砌结楹，程蔬讨果，良朋之上下，佳儿之左右，高吟而深读，放兴而学啸"。意思是说，他在这里大窥一番，天地上下、湖色山光、田园果蔬、竹树云石，尽在所窥之列；呼朋唤友，对湖小酌，佳儿左右，尽享天伦；他也读书，但读的方式是"高吟而深读，放兴而学啸"。不仅如此，他还要走出园去，"沽酒乎杏花之村，买鲜于杜坞之网"，也就是到杏花村买酒，到杜坞去买鱼；常常信马由缰，到黄公酒垆喝酒，到铁佛禅寺拜佛，到昭明书院读书，广交朋友。

　　历经历史沧桑，"窥园"曾几易其主，现在杏花村文化旅游区内民俗展示馆即是重修后的窥园。郎遂在《杏花村志》中，作诗《吊窥园》曰："十载下帏曾此地，何嫌业就一窥园。遗文收入名山注，易代萧条迹尚存。"

　　　　　　　　　　　　　　　　　　　　　　（罗以华搜集整理）

"忠廉堂" 联耀千秋

在齐山翠微亭南的半山腰翠微寨故址上，有一座明清风格的古典建筑——冶春园，门前一对石狮，分立左右，进大门楼，正厅是纪念清官包拯的忠廉堂。"忠廉堂" 金字匾额高悬门楼。门柱上一副长联，黑底金字，庄严肃穆。联曰：

照千秋念当年铁石冰心建谠言不希后福，

闻百世至今日妇人孺子颂清官只有先生。

正中是高大的包公着朝服的立体塑像，威严端详，正气凛然。头顶高悬 "节亮风清" 金字横匾。厅内陈列着介绍包公在池州的业绩和传说的巨幅壁画、精美的铁画以及碑文拓印件和志书等。

包拯（999—1062 年），北宋庐州人（今合肥市肥东县），字希仁，宋仁宗时天圣朝进士，先后历任监察御史，三司户部判官，京东、陕西、河北路转运使，开封府知府，御史中丞，三司户部副使等职。嘉裕六年（1061 年），任枢密副使（副相），后卒于位，谥号 "孝肃"。包拯仕宦二十余年，为政领域从地方到中央，涉及民政、监察、理财、军政及外交各方面。包拯做官以断狱英明刚直而著称于世，京师有 "关节不到，有阎罗包老" 之语。后经文学艺术作品的不断加工、提炼，包拯成为最著名的清官代表，被百姓神化为 "包青天"，也成为中国历史上唯一能与文圣、武圣相匹敌的人物，受到广泛的尊崇甚至顶礼膜拜。

包拯于宋仁宗至和二年（1055 年）因 "坐失保任事" 由刑部郎中降为兵部员外郎，出任小郡池州知州（见《池州府志》卷六）。他在池州的时间不长，却留下了诸如 "包公除霸" "廉泉四眼井" "巧断浮江尸" 等许多动人的故事和传说，在池州被传为千古佳话。

相传，某年腊月一天，包拯发现池口江面上浮尸一具，奇怪的是尸体只是上下浮动，并不随水流而下。包公命役差打捞起来，原来尸首被麻绳扣在一扇石磨上，死者右手还抓着一把带头皮的头发。包公命贵池知县审理此案。知县查明那扇石磨是祝圣寺庙产,当即差衙役去寺中捉拿当家师玄灵和尚,但得知玄灵老僧已投井身亡。知县以"凶犯谋财害命,江浮冤尸,畏罪自杀"为由,呈州府销案。

包公私访回来,见县官草草结案,呈折中破绽百出,当即命衙役鸣锣,传谕全城:"包公升堂审磨盘罗!"消息传开,轰动全城,男女老少都涌到州府衙门前面,观看包大人断奇案。包公见全城百姓到得差不多了,传令:"凡今天来看断这桩血案的乡亲,不管男女老少,必须人人头顶青天,手抚心口,脱帽解巾,以敬神灵!"围观的百姓纷纷脱下帽子或解下头巾,包公居高临下,看得明白,只见一个头缠黑头巾、脸青眼肿的家伙缩头想溜,当即一拍惊堂木,大喝一声:"凶犯哪里逃?拿下!"衙役抓住那家伙,扯去头巾,头顶上果真少了一撮头发,连头皮都被撕掉一块。

原来,杀人凶犯名叫王九,系当地有名的无赖。死者原是江北的一家客商,赚了许多银两,准备回家过年。途中到王九家借宿,王九遂起谋财害命之心,趁商人熟睡之机,双手卡住他的脖子,商人拼命挣扎,打肿了王九的脸,打青了王九的眼,抓下了王九的一把头发,但最终还是被他给掐死。这只是包公巧断诸多冤假错案中的一例。受篇幅所限,就此打住。

包拯的清廉官德无疑对当今仍有着积极的启示作用。只要人们对惩恶扬善、正义公道的渴望还存在,"包青天"的价值和魅力就会存在。坐落在池州城内的"孝肃街"就是当年池州人民为了纪念他所建,让后人永不忘记他的业绩和功德。合肥包公祠的楹联赞扬他:

> 为官存正气,
> 从政树廉风。

> 正气耿光昭日月,
> 廉洁清栋妇孺知。

包孝肃公墓园的楹联是:

> 庐州有幸埋廉相,
> 包水无言吊直臣。

这都表达了后人对包拯的崇敬与怀念。

(方再能搜集整理)

麻园春联的故事

涔桥镇凉亭村红旗河北靠山边，有一个小村叫麻园。想见此地历史上曾经有过繁盛的植麻习俗，方才留下了这样一个有着浓郁农耕气息的地名。传说过去全村都姓汪，有几百户人家，后因瘟疫而绝户。清末，舞鸾乡青树纪氏一个年轻人纪学衡（字斗南）首先来到此处，立家成户，后来陆续有人迁入，遂成村落。村子很小，现在只有十几户人家，但地形非常独特。过了河，一条蛇形的小山蜿蜒向村中而去，蛇头插在河口。沿蛇形山脚下，一字排列着农户。再往前，蛇形山连着马形山，马形山连着虎形山。隔着一条山沟叫黑洼，有一座由北向南的来龙冈，龙尾延伸到北边大山顶，龙头朝南，坐落在平地前。龙头正面是一个大户人家，原来是一座大型的徽派四合院，有一百多年的历史。里面住着的纪姓人氏，即是青树纪迁居而来的纪姓后裔。到了 20 世纪 80 年代，大屋中合族居住着四户人家，数十口人丁。象征着家族门脸的是我的叔爷龙华公，他广交朋友，崇尚民俗，特别重视春节及清明、端午、中秋等传统节日。尤其是春节，他就像是一个总指挥。家族内各种民俗活动依次展开，程序复杂，内涵丰富。我小时候因为受到这些民俗活动的影响，长大后竟然走上民俗文化研究之路。

有一年春节，大约是 1982 年，我还在上初中。龙华公在外面游走了好多天，带回一副写好的春联。到了大年三十那天，他便郑重其事地将这副春联张贴在大屋正堂的壁柱上。联曰：

麻麦芃芃歌大有，
园林畅畅乐春和。

我当时就记住了对联的文字，觉得书法实在太美。开首两个字合起来是"麻园"，后来才知道这叫"藏头联"，但整篇内容却不太明白。后来龙华公告诉我，这副对联是请不远处管村的一个私塾老先生专为我们村庄而作的。老人家姓管讳志学，当时都已六七十岁的年纪了，据说非常有学问，他曾是龙华公的父亲复先公的私塾学生。管老先生到底怎样有学问，我没有关注过。但从这副春联仍然能品味出老先生深湛的文化情怀。

此后，每逢春节，龙华公都请人将这春联重写一遍，乐呵呵地贴在厅堂中，似乎春意与喜气顿时溢满堂屋。村里有其他人知道此事，也将此联贴在门前或屋柱子上。我上高中后，龙华公还命我书写过此春联。我为村里其他人家书写春联时也常写此联。1989 年，徽式四合院拆除了，各家都做了新房，龙华公仍然喜欢将此联作为春联，贴在他家厅柱上。我也常将之写作春联贴在我家里。1994 年龙华公不幸遇车祸去世，关注此联的人就只剩下我了。因为我是大屋里以至于麻园读书最多的人了，其他老乡都出门打工或创业，能够记住这副春联的人是越来越少了。

我到城里居住，常常将此联写作春联，贴在我自家的大门上，不过为了不致产生重复的感觉，我一般是隔年写一次。比如2016 年春节我写的就是这副春联，现在还贴在我的大门上呢。对这副对联的关注与怀念，其实是对乡土与亲情的怀念，我将不断地将之写下去，因这对联既有文化品格，也有喜乐色彩，是一篇高质量的民间文化佳作。

那么，应该怎样理解这副对联呢？经查，才知道，"麻麦芃芃"一词出自《诗经》中的《诗·鄘风·载驰》："我行其野，芃芃其麦。"《毛传》："麦芃芃然方盛长。"《诗·曹风·下泉》："芃芃黍苗，阴雨膏之。"《诗·鱼藻之什·黍苗》："芃芃黍苗，阴雨膏之。"《诗·文王之什·棫朴》："芃芃棫朴，薪之槱之。"

这样深奥的来源，村里人哪里能够明白。"芃芃"是说麻与麦都长得非常茂盛的样子，那样才会有好收成。理解不了"芃芃"也没关系，明白"麻麦"二字既可。

春联　纪永贵书写

风调雨顺，麻麦丰收，到了年底，村人虽然不会载歌载舞，但对于粮仓满满的"大有"还是非常快乐的，这样就可以过一个好年了。"大有"也可能典出《易经》六十四卦之第十四卦"大有卦"。《象》曰:"大有"上吉,"自天祐"也。顺天依时之谓也。只有顺天依时,风调雨顺,农事才能丰收,生活自然才会大有。上联说的是农事收成,是本行。

下联说的是村庄风景美丽怡人。"园林畅畅"自然是有其典故的,"园林"一词在唐前与唐代的诗歌中出现频率很高。清代北京圆明园边就有"畅春园"。"乐春和",可能化用了王羲之《兰亭序》里的"惠风和畅"之语,那也正是春天的三月三(上巳节):"永和九年春"。宋代范仲淹《岳阳楼记》也有"至若春和景明"之语。春和,多好的词汇!春节之际,不仅风光仍然有致,更重要是"人和",人和无芥蒂,家和万事兴,这才是民间生活的最高追求。下联写的是舒心的田园风光与祥和的春节气氛。

这副对联的平仄、对仗都极其工整,自然天成,毫无痕迹,体现了作者深厚的传统文化修养与诗意情怀。可以说,能够根据特定对象创作出这样意蕴深入浅出的春联,在地方本是不多见的,若非要让其参加一个比赛,应该是可以抱得头名的。

这可不是一般的春联,而是出自民间文人的文心,也自然浸透了传统文化的理念。创作于三十多年前的这副春联,甚至非常符合当下的社会审美意识:新农村、美好乡村、和美文化、和谐社会、生态文明、农耕生活、民俗理想、农家乐。一应理念,尽含其中。尽管那时农村的生活条件还很差,但人们对于乡土、自然、和美生活的追求却是可以超越时代的。

(方乾搜集 纪永贵整理)

建筑教授老屋楹联

前辈后生诚信创业循世荣，
老屋新貌造福池阳传家声。

远眺齐山烟雨色，
近听清溪流水声。

　　这是贵池南门鲍家声教授老屋里的两副楹联。上为大门内楹
联，下为中堂楹联，均为其侄鲍耳撰写。前为做人创业奉献联，后为山水住宅联。门头匾额："仕荣之家"四字，是中共优秀党员、原上海市建设委员会副主任、享受副市级待遇离休干部罗白桦同志生前书写。罗白桦同志是安徽贵池人，原名柯开骏，1914 年出生，南门鲍恩荣家女婿。1938 年参加革命，是延安抗日军政大学四期五大队三中队学员，同年 6 月入党。1941 年前，任皖南城县特支书记、工委书记及繁昌县委书记；1945 年前，任浙东四明地委副书记、组织部长、行署专员和党团副书记；1949 年前，任苏浙皖边区游击队政治部主任直至新中国成立；从新中国成立到 1952 年，先后担任皖南军区政治部副主任，转业后，任南京财政局兼税务局局长；1953 年到 1984 年，长期担任上海市城市领域的领导工作，为上海城市建设和发展做出了重要贡献；罗白桦同志的一生，是光荣的一生，革命的一生，奋斗的一生。他为新中国的成立和社会主义建设事业奉献了毕生的精力。

　　鲍家声，男，1937 年 7 月出生，安徽池州人。南京大学建筑系与城市规划学院教授、建筑设计及理论博士生导师。1959 年毕业于原南京工学院（现南京大学）建筑系。1981 年公派赴美国麻省理工学院做访问者，为期 1 年。1985 年至 1992 年任东南大学建筑系主任。1993 年创建东南大学开放建筑研究发展中心。

　　其父恩荣，1893 年出生，家居南门，经营竹木柴炭，发家民国年间。生有 7

子2女，个个出类拔萃。新中国成立前，他一家考取了锡顺、锡振、锡齐3个大学生（锡顺，中央大学毕业；锡振，武汉大学毕业；锡齐桂林大学毕业）；新中国成立后又考取了家声、家旺两个大学生。算家声学业最优秀。家声教授对家乡建设很关心。池州八中、池州六中等建筑物都是他设计的。他曾参加南京金陵饭店高层设计。他是我国一位资深的建筑设计大师，享受国务院特殊津贴待遇。

（鲍俊搜集整理）

建筑教授老屋

同学赠联戏聚卿

千门游骑看新婿，

一扇迷藏笑老奴。

此联见于清代朱应镐所著的《楹联新话》中。

朱应镐何许人也？他是浙江绍兴人，由于不善于揣摩考官的癖好，所以科举考试挡住了他的前程，一生只做过丞、簿、尉之类的官，大体相当于处级干部。

刘聚卿何许人也？他就是刘世珩，是著名的洋务运动家、广东巡抚刘瑞芬之子，安徽贵池刘街人。

刘聚卿幼颖异，十三岁时，补诸生。光绪甲午江南乡试。曾授江苏候补道。历任江宁商会总理、湖北及天津造币厂监督、历办江南商务官报、学务等职，后任直隶财政监理官、度志部左参议等职。生平著述、辑录文献甚富，有《贵池县沿革表》《临春阁曲谱》《贵池先哲遗书待访目》《秋浦双忠录》《梦凤问》《曲品》《贵池先哲遗书》《西厢记五剧五本图考据》《聚学轩词集》《通天台曲谱》《吴应箕年谱》《圆法刍议》《银价驳议》《南朝寺考》等。

什么是补诸生呢？补诸生关键在这个"补"字上，一般指进入国学学习，类似于今天的免试入学。国学也叫国子监，这国子监，南京一个，北京一个，是皇亲国戚王公重臣子弟才有资格入学的地方。朱应镐、刘聚卿等人就是在南京国子监的同学。

聚卿年纪轻轻，就做了贵池的参议，娶了金陵的大美女傅氏为原配，可谓春风得意。但福祸相依，不到一年，这个傅氏就去世了。刘聚卿思念亡妻，情绪低落，把心思全投到科举考试上。又过了一年，聚卿在乡试中举，远在金陵的傅家又把妹妹嫁给了他。傅家姐妹在南京城，就像三国时的大乔、小乔，温柔贤淑，貌美如花。

这一下聚卿可是双喜临门了。欢喜之余，他发帖送给远在金陵的好友朱应镐等人，让他们来参加婚礼。这国子监的一群同学，在当时应算是纨绔子弟吧，遇到这种事，闹腾一下是免不了的，他们骑着马，一路烟尘就往池州而来。

一大帮朋友在聚卿家闹起洞房来，只见洞房里珠宝锦绣，琳琅满目，绫罗日暖，弦管春深。朱应镐他们想，既是文人，闹洞房就要闹得比别人文雅。哦，对了，就出一副调侃的对联闹闹吧！一个姓周的同学铺开红纸，刷刷地写下了一副联：

> 千门游骑看新婿，
> 一扇迷藏笑老奴。

"老奴"是调侃刘聚卿的，指色迷迷的男子。这里有个典故。《妒记》记载，东晋时，晋成帝将姐姐南康公主嫁给了桓温。桓温后来成为大司马，灭掉成汉后，娶了成汉后主李势的妹妹为妾。南康公主妒火中烧，欲持刀杀李氏，但见李氏在窗前梳头，发垂委地，姿貌绝美，徐下结发，敛手向公主说："国破家亡，无心以至。若能见杀，实犹生之年。"神色闲正，辞气清婉。南康公主掷刀走上前抱着李氏说："阿姊，我见汝亦怜，何况老奴？"意思是说，妹妹呀，我见了你都爱你，何况我家桓温那老家伙呢！

周同学的对联，赞美了新妇的美貌，又暗指刘聚卿艳福不浅，在美貌面前把持不住，娶了傅家姐妹二人。联中的调侃之味，让多年之后的朱应镐未忘于怀。

（王征桦搜集整理）

清风亭联显高节

> 贤如光武不知处，
> 节到严陵尚钓名。

旧时池州府城北通往池口的官道，冈峦起伏，其清风岭之上，曾建有一亭，名曰："清风亭"。据说，民国时，池州乡邑、楹联圣手纪伯吕曾撰有此联，题于清风亭亭柱两侧。

此联之妙，就在于联语简洁，而联意深明，上下联，一正一反，以光武正衬、严陵反衬，从而彰显出高获的贤节与高逸；还在于涉及三位不同身份的赫赫英名的风流人物，一是皇帝，二是隐士，三是术士。

刘秀（公元前5—57年），东汉王朝开国皇帝，庙号"世祖"，谥号"光武皇帝"。国学大师南怀瑾曾说：在中国两千年左右的历史上，比较值得称道，能够做到齐家治国的榜样，大概算来，只有东汉中兴之主的光武帝刘秀一人。

严光，东汉著名隐士，字子陵，会稽余姚人。年轻时便很有名，与光武帝同在太学学习。到了光武帝即位，便改换了姓名，隐居起来不再出现。光武帝想到他的贤能，就下令按照严光的形貌四处寻访。后来齐国上报说："有一位男子，披着羊皮衣在水边钓鱼。"光武帝怀疑那就是严光，便准备了小车和礼物，派人去请他。请了三次才到，安排在京师护卫军营住下，供给床褥等用具，宫中管膳食的官每天早晚供给酒食。

后来又请严光到宫里去，谈说过去的交往旧事，两人在一起相处好多天。有次光武帝随意地问严光："我比过去怎么样？"严光回答说："陛下比过去稍稍有点变化。"说完话便睡在一起。严光睡熟了把脚压在光武帝的肚子上。第二天，太史奏告，有客星冲犯了帝座，很厉害。光武帝笑着说："我的老朋友严子陵与我睡在一起罢了。"

据《后汉书·方术列传》第七十二：高获，字敬公，汝南新息人。相貌是面部四方高、中间低。少时在京师游学，与光武帝有旧。拜过司徒欧阳歙为老师。

欧阳歙坐牢当判刑，高获戴着铁帽子，带着刑具，到朝廷请求赦歙。光武帝虽然不赦歙，但引见高获。他对高说："敬公，朕想用你做吏，应改常性才好。"高获答道："臣受性于父母，不可在陛下这里有改变。"出来便告辞而去。三公争着召他，他却不答应。后来太守鲍昱请高获，到了门口，派主簿去迎接，主簿只使骑吏去迎接，高获听了，即离去。鲍昱追请高获，高获回头道："府君但为主簿所欺，不足与谈。"便不留下。当时郡境大旱，高获素来会天文，晓得遁甲，能够役使鬼神。鲍昱自己前去请问怎么才能得到雨，高获说："立即免去三部督邮，明府当自北出，到三十里亭，雨可以来。"鲍昱依从了，果然得到大雨。每次行县，常以礼轼其间。高获就远逃到江南，死在石城（即今贵池殷家汇石城村）。石城人思念他，大家替他立祠。

有趣的是，据史载：后汉光武帝微时曾结好，严子陵，高获，三人义同生死，荣辱与共，大有乘车戴笠之慨，即比喻不因为富贵而改变贫贱之交。新莽末年，刘秀在家乡起兵。公元25年，刘秀登基称帝。曾遍寻两人，将授予高官厚禄。不想，严子陵却在夏天披羊裘垂钓于新安江上，用以沽名钓誉，旋被召幸京师。而高获则隐姓埋名，不知所终，后卒于秋浦石城（据《江南通志》另有一说，即卒于池城清风岭，并葬埋于此，后人因倾慕其贤节，于是在清风岭建一亭，名曰："清风"。"清风"之名，意在彰显高获的清风高逸，并在高获墓旁遍植松柏。据传高获墓前旧时立有五棵老松，夭矫入云，鳞干翠叶，苍翠若滴。清风亭和那五老松，自然成为负郭一景。惜沧桑风雨，清风亭和五老松，均已无存。值得欣慰的是，清风亭这副妙联却流传了下来，并且为人们所津津乐道。

（孙淑娟搜集　吴毓福整理）

对联引祸白马驿

殷文圭出生于贵池城南 25 里的桃坡村殷村，小名桂郎，未登第时，居九华山。自幼苦学，因为长期研墨写字，砚台底都磨穿了。应考进士科时，在路上曾遇一老翁，对他目不转睛地看了很久，转身对人说："那边那位布衣举子，眉毛发绿，口呈方形，是神仙里面的人呀。他如果学为道士，可以达到冲虚的境界；他如果不学道，也会天下闻名。"

出身寒微的殷文圭，在军阀混战、社会动荡的形势下，投考无路，报国无门。幸运的是殷文圭得到了杜荀鹤的资助和推荐，在汴州拜谒了汴州宣谕使裴枢，受到裴枢赏识并当了宣谕判官。裴枢又将殷文圭推荐给梁王朱全忠。在朱全忠的"表荐"下，主考官裴贽岂敢怠慢，次年考试时殷文圭遂被录取为及第进士，后入翰林院编修。

因为这件事，人们把殷文圭当作朱全忠的朋党，人们都瞧不起他，对他侧目而视。此时朱温也就是朱全忠反叛之心已露，殷文圭为此郁郁不乐。回乡省亲时，书一对联于庭院大门，以表心迹：

> 鸎鸥避风，不望洪钟之乐；
> 於菟猎食，非求尺璧之珍。

於菟就是老虎，鸎鸥就是海鸟，意思说我投梁王朱温非自己的本意，猎食也罢，避风也好，只是为了生存而已。没想到，这副对联没多久就传到朱温的耳朵里，朱温大怒，愤恨地说："寒门文人的忘恩负义，殷文圭就是个例子。"旋即派兵来捉拿殷文圭，却扑了个空，殷文圭早已得知消息，离开长安了。

天祐元年朱温杀昭宗，立昭宗第九子李柷为傀儡皇帝，李柷仅十三岁，朝政一切大权已被朱温控制。柳璨是个逢迎拍马的小人，与柳璨同为宰相的裴枢、崔远、独孤损都是朝中德高望重的人，看不起柳璨。柳璨对朱温说："这些科举出身的人，都看不起您啊。他们常常聚集在一起发泄怨恨不满，口是心非，应加以严惩。"当时有个叫李振的人，是青州节度使，他曾在咸通年间（860—874 年）、乾符年间（874—879 年）屡次不第，因此非常痛恨士大夫，对朱温说："此辈自谓清流，宜投于黄河，永为浊流。"

这时候，朱温又想到了殷文圭。他多次感叹殷文圭负心之事，认为这些文人不知感恩，只知道背叛，表里不一。有一次，他和自己的幕僚坐在大柳下，忽然自言自语地说："这棵树应该做车毂。"大家都齐声附和。朱温勃然大怒，大声说："书生们喜欢顺口玩弄别人，你们都是这一类的人！车毂必须用榆木制作，柳木岂能做！"他便对左右的人说："还等什么！"左右数十人嚷嚷说"应该做车毂"的人，全部都被打死了。

回去之后，朱温在亲信李振的鼓动下，于滑州白马驿（今河南滑县境），一夕尽杀朝中重臣，如裴枢、清独孤损、崔远、王溥、赵崇、王赞等三十余人，并投尸于河中，史称"白马驿之祸"。

实际上，殷文圭早看出了朱温的篡位之心，才撰联与之撇清关系的，这不是不知感恩，表里不一，而是他忠君的思想决定的。再者，殷文圭没有想到的是，万里之外的对联，也会被梁王朱温知晓；更没有想到的是，朱温会因为自己的一副对联，进而引申到对文人的憎恨，从而制造出一桩震惊天下的惨案。殷文圭十分内疚，致仕回乡后，嘱家人在他死后，把对联刻在他的墓碑两边。

（王征桦搜集整理）

慈云阁《游春》和清音

乌沙，即贵池区乌沙镇。乌沙之名，考其由来，即乌沙为长江中游南岸的滨江之地，因其北部沿江，江滩绵长，滩沙沉积，沙质呈乌黑色，加之与扁担洲形成夹江，故俗称"乌沙夹"，后通称"乌沙"。

《方舆纪要》载，乌沙，在宋元时属李阳河巡司。南宋端平三年（1236 年），元兵南下，桐城县治，一迁再迁，后迁至贵池李阳河（今乌沙），元初迁回。大浪淘沙，宋元时的县治土城，早已荡然无痕。

乌沙，置镇始于清光绪七年（1881 年），从现存乌沙老街，亦可遐想百年之前乌沙的繁荣景象。

乌沙胜迹，能与乌沙老街并称的，当是镇东的慈云阁。慈云阁，据说建于清代初年，楼阁恢宏，大殿肃穆，殿内供有十八罗汉、二郎神、观音菩萨等众多神像。旧时，香火绵延，遐迩闻名；晨钟暮鼓，不绝于耳。登阁远眺，太子矶、扁担洲以及滚滚长江，云影波光，尽收眼底。

慈云阁，慈云寺，慈云洞，全国各地，比比皆是。以"慈云"冠名，皆是取其佛意。慈云，比喻佛之慈心广大，犹如大云覆盖世界众生。宋代曾慥《鸡跖集》云："如来慈心，如彼大云，荫注世界。"

只可惜，历经几百年风雨的乌沙慈云阁，在 1954 年的大水中，被毁于一旦。

是啊，有形的东西可以毁灭，而无形的东西却可以永存。昔时，能吞吐"云影波光"的乌沙慈云阁，就曾在不经意间的自然灾害中坍塌以致消失了；然而其人文的影子却永存于中国戏联书里，一直令后人所遐想。其戏台联作者为民国时贵池舞鸾乡人武乃文。联云：

> 斯楼吞云影波光，我步三春来遣兴；
> 此地有高山流水，谁弹一曲和清音。

据黄梅戏艺术史载：1946 年冬，时年 16 岁的严凤英随师父程积善（贵池晏

109

塘人）来到江南，曾在秋浦河一带的殷家汇、穿山（今大王洞附近）、高坦和乌沙等地，连唱了三个月的黄梅戏。同班的艺人有贵池名旦洪莲梓、小生宋再春、名丑严长两和胡小毛等。严凤英嗓音尤其清脆甜美，唱腔朴实圆润，每唱一戏，"戏"入人心，深受贵池百姓喜爱。

严凤英塑像　方再能摄

相传，严凤英在乌沙的那次戏演，戏台子搭在慈云阁前，没有海报，镇上居民口口相传，周边百姓闻讯，于是扶老携幼，提着灯笼，纷纷赶来看戏，看严凤英……据说，当时因临时搭台，台顶空荡荡的，仅用芦席围住后台，挂一盏汽灯，加两盏油灯，没有布景，一桌二椅，艺人面对刺骨寒风，张口即唱。请听：

吴三宝（宋再春饰小生，唱彩腔）："三月里来是清明，学友结伴去踏青。走过三里桃花店，来到五里杏花村。鱼儿桥下闪银鳞，鸟儿枝头展翅鸣。牧童牛背小曲唱，村姑引线放风筝。穿过花径入柳林，柳绿丝缠住我的海兰青。手拿白扇拂柳丝——呀！柳林过来一衩裙！"

赵翠花（严凤英饰花旦，唱彩腔）："风吹杨柳条条线，雨打芭蕉朵朵鲜。百鸟出林巢不沾，二八佳人出绣帘。山前杜鹃红如染，春风吹开白牡丹。带来玉兰香一片，醉得人心如蜜甜。蜜蜂花丛闹声喧，蝴蝶路前舞翩翩。为扑粉蝶将折扇展……"

……

王干妈（洪莲梓饰彩旦，唱彩腔）："三月三在春郊我亲眼瞧过，吴三宝赵翠花情投意合。王干妈今天要把月老来做，架鹊桥帮他们喜渡银河。来至在翠花门我一旁站，叫一声赵翠花（娘的宝贝，儿啊!），妈妈我来着!"

……

严凤英献艺乌沙，自然是她曾经轰动省城安庆的黄梅戏《游春》。《游春》讲述的是春暖花开，人们纷纷踏青。少女赵翠花与少年吴三宝相遇，二人一见钟情。热心的王干妈见翠花相思成病，便牵线搭桥，最终成全了这段美满姻缘。

著名黄梅戏编导王冠亚先生说：严凤英版《游春》剧本，是黄梅戏的"三小戏"，形式简单活泼，内容朴实风趣。这个戏，充满春天的田园风味，洋溢着浓郁的泥土气息。在旧时代，游春遣兴，农家儿女，情窦初开，相亲相慕，思无邪，并非调情。而王干妈的插科打诨，则把这场戏逗得热热闹闹的。

黄梅戏最初只有打击乐器大锣、小锣和扁形圆鼓伴奏，三人演奏打击乐器并参加帮腔、七人演唱，被称作"三打七唱"。抗日战争时期，曾尝试用京胡托腔。民国后期试用二胡伴奏，并且吸收了一些民间吹打及古典音乐中的《游春》《琵琶词》和《高山流水》等曲牌，使黄梅戏伴奏音乐逐步丰富起来。

话说慈云阁《游春》一戏的演出，正处于黄梅戏的发育期，当时似乎试用了古曲《高山流水》作为伴奏。曲与戏，的确珠联璧合。伴奏《高山流水》，正好衬托了吴三宝和赵翠花因踏青相遇，而缘成知音，并喜结连理的纯情故事。

是的，高山流水遇知音。

"高山流水"，典自《列子·汤问》："伯牙善鼓琴，钟子期善听。伯牙鼓琴，志在高山，钟子期曰：'善哉，峨峨兮若泰山。'志在流水，钟子期曰：'善哉，洋洋兮若江河。'……"后以"高山流水"比喻知音难得或乐曲的高妙，亦常用于对至真至纯的爱情表达。

回到慈云阁那副戏联，上下联前半句"斯楼吞云影波光"和"此地有高山流水"，表象是联作者对乌沙慈云阁四围景致的写意，其实亦深婉地流露出对《游春》这台戏以及这台戏主角的青睐。

"云影波光"和"高山流水"，在此联中，无疑具有双关之意。因为，"云影"，既可指自然云影，亦可喻指女子的美发；"波光"也一样，既可指自然水色，亦可代指女子的秋波。"高山流水"一词，当然更是如此。

（吴毓福搜集整理）

廉俭耕读砥砺后世联

饱读诗书终不俗，
勤耕田亩亦无饥。

这是清末民初罗城龙池私塾石祺卓老先生于 20 世纪 70 年代题写给子孙的一副楹联。

石祺卓老先生出生于清末，是民初龙池的秀才，一生从事私塾教育，直至新中国成立后公办教育的兴起。采访中，石祺卓老先生的长子石家春先生向笔者展示了一本《古八德故事》，其简介引起笔者注意：自清民初至今，德教沦丧百年。自妇孺以至显贵。自白丁以至学者。无不如（无量寿经）所云。先人不善，不识道德。无有语者，殊无怪也。今以民国（德育课本）为底本，重新宣讲古八德故事，汇集七百八十六条古人嘉言懿行，可歌可泣。以孝、悌、忠、信、礼、义、廉、耻为核心，潜移默化。弘扬中华民族精神，力求深入浅出。改良人心，美化风俗，民心所盼尧天舜日。大同盛世，无不从灯下促膝。憧憬圣贤，向往礼义，感愤廉耻开始。石先生告诉笔者，这是他父亲民初从事私塾教育最看重的一本教材。

是的，古代与现代大不同，古代学习的主要场所是家庭与宗族，唯有立志于进士与治学才会到正规的学校去接受教育，这样的专门场所就是古代的私塾。私塾的教学时数，一般因人因时而灵活掌握，可分"短学"和"长学"两类。教学十分注重品德和习惯教育，方法上完全采用注入式。交谈中，笔者了解到，石祺卓老先生是一个十分严谨的人，他更注重学生的道德品质与行为礼节教育，像着衣、叉手、作揖、行路、视听等都有严格的具体规定，对子孙的教育更是从严要求并以身作则。他常常用"程门立雪"的故事教育和要求他们，并从衣、食、住、行各方面严格要求，崇尚简朴，防奢靡堕落。

随着形势的变化和社会的发展，新中国成立初期，现代教育替代了古老的私塾教育。石祺卓老先生不再从事私塾教学了，但他的家风和教风没变。"诗礼传家"是中国传统文化中固有的仁义礼智信、忠孝节义、礼义廉耻和正心修身齐家治国平天下的文化和美德，万变不离其宗，老先生总不厌其烦地叮咛自己的后世子孙。因此，20世纪70年代初的一天，在子孙为自己举办的生日庆祝宴上，老人毅然抬起微微颤抖的手，当即为儿孙们写下：

饱读诗书终不俗，
勤耕田亩亦无饥。

时间已过去多少年了，现代教育取代了古代教育，私塾的光芒已不再了。但随着前者的弊端逐渐显现，人们纷纷把目光投向了后者，私塾教育已有抬头的趋势，人们用自己的生命实践去回应时代的问题。但我们希望更多的是像石祺卓老先生那样，不忘初衷，精神常在；廉俭耕读，砥砺后世。

（杨则发搜集整理）

对联促统战

在我童年时代的茅坦丁字街，有位穿长袍的老私塾先生，名杜晓东，字公亮，人称公亮先生，此人擅长书法，还精通诗联，曾任西北军少校书记官，在我的印象中他的书法写得非常好，一笔纯正的亲楷形神兼备，浑润厚重，周围一些老屋阁楼花窗房门以及家用农具上都留有他的墨迹。

1943 年间，公亮先生应崇到青贵铜三县交界处涧北冲设馆教学，这里离新四军根据地茗山冲不远，当时中共铜青南县委委员兼中共青北工委书记许章法同志在统战救国、积极发动群众方针的影响下，经联系邀请公亮先生到茗山冲见面，相谈之下公亮先生觉得许章法同志有文采，便以斯文相见，出嵌名联邀对：

> 章程为革命，终朝秣马历兵，试问几何成大器。

许章法同志思索片刻，对以：

> 法则救群黎，连岁披星戴月，唯希一德助新民。

这样二人成了斯文之交，后来许章法同志又专程去塾馆回访，公亮先生还请他为学生修改作文，许章法心想，这位先生又在试他笔下功底，屡辞不得，只好恭敬不如从命，乃挥毫批改一篇，公亮先生看后赞曰"笔调灵活"。不久，发展公亮先生为中共党员。

因抗战需要，一次许章法率队去茅坦活动，经过公亮先家，老友相见甚欢，公亮先生又出一联：

> 贵地遇贵人，率领贵军幸此地。

许章法思考，这联既要切合嵌地名，还要体现新四军与群众鱼水相见的关系，时值夏日，遂对以：

　　池荷映池水，好教池鲤跃深荷。

　　通过以文相交，二人不但成为知己，还成为同志，后来在茅坦还发展了一批中共党员，并成立了党支部，对青、贵、铜三县抗日做出了一定贡献。

（胡胜利、杜德喜搜集整理）

纪伯吕联题"抗日亭"

在贵池区乌沙镇联庄村烟墩陈自然村境内，有一处小山丘，俗名为"烟墩包"，在抗日战争期间曾建有一座"抗日亭"。

1937 年 7 月 7 日抗日战争爆发后，当时江西、贵池、铜陵长江防线，均由国民党第二十三集团军第二十一军（川军）防守。1938 年夏天，国民党一四七师某团团长姓李，带领部队驻防乌沙，防守长江防线。为占领制高点，选择乌沙联庄烟墩包上建一座亭，可以瞭望，观测敌情，亭名为"抗日亭"。因天气炎热，坚守一线，具有"抗日军，抗烈日"的意义，为宣传抗日气氛，为鼓舞士兵抗日士气，一四七师抗日李团长邀请当地乌沙人，名声大振的纪伯吕先生为"抗日亭"撰联并悬挂在"抗日亭"的柱子上：

真汉家，飞将重来，倒海移山，华夏虏氛凭荡扫；

到此地，炎威安往，停云落日，江天草阁本清凉。

同年 8 月，日军乘兵舰疯狂进攻，该团奋起抵抗，经多次火力交战，重创日军后，终因力薄撤退，"抗日亭"最终毁于日军炮火，目前乌沙镇一些年老长者都能回忆纪伯吕先生撰写的"抗日亭"楹联，为宣传抗日做出了贡献。

（钱立新搜集整理）

专员撰联勉自志

　　民国期间，池州市区内原圣贤街《新民日报》社西侧，抗战前正名为"安徽省第八区行政督察专员公署"，抗日战争胜利后，始称此名。公署现已不存，原址已改建。

　　清末民国间人士向乃祺于民国二十年（1931 年前后）任公署专员，当时，安徽省第八区行政督察职责管理范围辖贵池、青阳、东流、至德、铜陵、太平等六县，向乃祺为池州专员公署大门两侧书写撰联：

> 都督八州，闲学谢安勤学侃；
> 师资咫尺，唐时杜牧宋时包。

　　后来，公署专员汪德成于抗日战争时期后，客居池州专员公署的一个幕友家中，因代表当时程中一专员所作一副楹联，刻悬于池州专员公署大门之上：

> 胜地仰名贤，每临包井萧楼，君子有风能偃草；
> 众生滋华育，广植潘桃杜杏，春城无处不飞花。

（钱立新搜集整理）

管志学赠联小饭馆

改革开放初期，在殷汇镇龙山口处，有人开设了一家饭馆，意在招揽过往司机、旅客。饭馆地处山脚，坐东朝西，门对绿树掩映的318国道，真是个好地段——门前国道千车过，屋后青山百鸟鸣。别看店主人是个开饭馆的，他也是个风雅之士，寓景于名中，为小店取了文绉绉的名字"绿野"。

当时乡村村民购买生产生活用品要到殷汇集镇，俗称"上街"，因乡村未通车辆，"上街"多为步行。叶管村里有个叫管志学的，他曾在国民政府组织中任过职，有较深厚的国学功底，擅楷书，喜作诗联，在周围十里八乡颇有声名。

一日，管志学步行"上街"，回家路过"绿野"时，正是傍晚时分。夕阳西下，落日余晖穿过绿树，斑斑点点地洒落在"绿野"上，山上倦鸟归巢，纷飞鸣叫。此时管志学已是饥肠辘辘，就进店想歇息一会，小酌几杯再走。

哪知道店家一眼就认出了管志学，哪里会放过写一副好条幅的机会，先是殷勤地递过茶水来，紧接着又把好酒好菜奉上。管志学酒足饭饱要结账时，店家硬是不收钱。"先生光临小店，小店蓬荜生辉。哪敢收先生的钱呢？"

管志学见店主人说话伶俐，笑道："你就直说了吧，让我写什么？"

店家拿出早已准备好的笔墨纸砚，放在管志学的面前，说："小店刚刚开张不久，就请先生为小店写一副对联吧。"

正是管志学微醉之时，他望着门外的夕阳绿杨，不禁突发灵感，口占一联，联曰：

> 绿树斜阳堪歇马，
> 野林好鸟须提壶。

联首嵌"绿野"名，且对仗工稳，又切事、切景、切情，意境优雅，自觉甚慰。管志学将其联书于大门两侧，顿让小饭店增色。店主人不免满心欢喜，又赠烟两包以示谢意。

管志学晚年还时常眉飞色舞与人谈论此联，得意之情溢于言表。如今斯人已不在，而联语仍在沿用。

（叶学根口述　王征桦整理）

民间传说类

乾隆巧对梅凤姐

相传有一年，乾隆皇帝巡视江南，时逢正月二十几，官船行到池州府（今安徽省贵池区）一个临江小镇——梅龙。这座小镇紧邻长江岸边，有一条宽阔的大埂直通街镇，路面上铺了一层发亮的黄沙，沙粒在朝阳的照射下，金光灿烂，耀眼夺目；沙埂尽头连接着无边的蓝天，清新旷畅。眼前景色使久居宫廷内院的乾隆皇帝心驰神飞。御花园的曲径通幽道又怎能与此比拟呢？于是，他下了官船，情不自禁地沿着大埂走去。贴身的太监和护卫欲跟随前去，被乾隆扬手制止，只得站在远处守护。

乾隆皇帝信步走到街镇，他对镇上交易繁忙的店铺不加顾盼，只管默默地走着。走到街尽头的拐弯处，兀的显出一座比较高大的旧宅院。大门上有一副红漆金字对联，虽然年久失修，漆身斑驳，但字迹依稀可辨。他仔细审观，这副对联是：

潜心读诗书，一轮明月眼前亮；
冷眼观世事，两袖清风心底宽。

他品味这副对联，揣摩：这定是个诗书人家，主人兴许是个清廉洁好之士。因为大门是虚掩的，露着缝，乾隆便推门走进宅院。

原来这家主人梅员外，祖辈曾数代为官，是个富贵荣华之家，到了他手上，因看透世事，埋头读书，闭门谢客，带着妻小过着平静的小康生活，倒也自在。不料好景不长，天灾人祸相继而来：员外、夫人及公子都不幸先后离世，身后只留下爱女梅凤姐和寡媳。虽然家道从此败落，但凤姐知书达理，与寡嫂相依为命，过着清贫生活，也还平静无事。

再说凤姐的嫂子正坐在堂前，听得门声一响，进来一个陌生的男人，便惊慌地告知正在书房读书的凤姐。梅凤姐和嫂子一同来到堂前，这时乾隆已走到堂屋。梅凤姐打量来人：虽是便衣小帽，但举止文雅，器宇不凡，非是轻佻之徒，也就放心了。只见来人彬彬有礼地说："适才欣阅贵府门上雅联，知道主人至高才华，故不揣冒昧，特来求教。"梅凤姐听罢，轻轻地叹了口气："唉！对联乃家父所作，可叹他早已仙逝……"说着，潸然泪下。来人便问："那府上还……"凤姐的嫂子接着说："眼下只有我们姑嫂相依为命。"

乾隆见屋内只有姑嫂二人，不便逗留，欲告别而去。梅凤姐出于礼貌，说了声："既然光临寒舍，就请稍坐片刻，吃杯清茶再走不迟。"

这时乾隆也觉走得有些累了，正想歇息片刻，于是便留步坐下。嫂子倒了一杯清茶敬上。乾隆端起茶盏呷了一口，不觉肚内一股清水直往上翻。原来这时天已过午，因为走路疲乏，已是饥肠辘辘，可又不好开口求食，不禁皱起眉头。

梅凤姐看在眼里，便问道："先生，莫非茶味不纯么？"

乾隆见这位小姐贤淑文静，便试探地说道：

"盏中香茗清汤，难压空谷虚火。小姐然否？"

梅凤姐听出来客有求食之意，便从容地答道：

"厨下淡饭粗菜，聊添曲道生机。先生可乎？"

乾隆细听小姐答话，不但领悟他委婉求食之意，而且与自己的发话正好成一副上下联，内心十分敬佩，不禁脱口而出："小姐实在聪明超群！"梅小姐随即羞谦地答道："先生未免夸张失度。"说完，示意嫂子一同下厨做饭。

姑嫂二人来到厨房。嫂嫂感到为难，家里清贫如洗，拿什么好菜招待客人呢？可梅凤姐胸有成竹地从菜园拔来一些菠菜、蒜叶，配以过年剩下的几块豆腐和豆渣，与嫂子一起动手做了三样菜，炒菠菜、油煎豆腐片和豆渣炒蒜叶。

菜炒好，嫂子说："三个菜端上桌招待客人总不像样吧？至少能凑成四个菜成双。"梅小姐细想也对。可哪儿再添一个菜呢？她打开碗柜一看，只有一碗鱼冻，虽然鱼吃残了，但鱼冻封面，倒也光光整整。于是，就这样凑成四个菜端上饭桌。

乾隆皇帝在宫中用膳，每餐都是一百个菜上桌，野禽海味、珍馅百鲜都吃腻了，而眼前这么四样菜，他非但没有吃过，连见也没有见过；加之，此刻他腹中饥饿，食欲正旺，于是津津有味地吃起来。他先尝炒菠菜和油煎豆腐片，连连啧啧赞叹："吃到这样味美的菜，真是一件幸事！"

梅凤姐一旁细察客人的举止和谈吐，断定此人准是出身于富贵人家，从未吃过这样粗菜素食，便打趣地说："先生，这菜不但味美，而且名字也美哩！"

乾隆诧异地问："哦，什么美名？"

梅凤姐俏皮地指着油煎豆腐片说："黄金白玉砌。"接着又指着炒菠菜说：

"红嘴绿鹦鹉。"

乾隆一听，这菜名的确很美，而且这两样菜名正好是一副对联哩。于是又指着热腾腾的豆渣炒蒜叶问："这菜名?"

梅凤姐从容答道："雪花裹翡翠。"

乾隆把筷子一放说："小姐真有才华！不过——"说到这里一顿。凤姐心里一怔："难道他知道这菜是豆腐渣吗?"只见乾隆慢条斯理一字一顿地说：

"热雪怎裹粒粒翠玉?"

梅凤姐不由眉头一皱，心想，这分明是诘难——哪有热气腾腾的"雪"呢?更重要的是以此物为上联而求对。这一下可难倒了凤姐。于是，她沉吟不语，眼珠子直转，当看到桌上鱼冻时，心机顿开，便捧起鱼冻往乾隆面前一放，答道：

"软冰能封根根银针！"

乾隆见这碗软软像冰一样的东西，好奇地用筷子头挑了一点，送到嘴里品尝，味道还不错。接着又把筷子往鱼冻深处一戳，夹出几根鱼刺——这下可露馅了！乾隆没吃过鱼冻，可这碗内残剩的鱼刺，他是认得出的。怎么把残剩的鱼刺给他吃呢?可看到聪明伶俐的小姐，特别是这联文对得俏——上联八个字几乎都是仄声，出得绝；而下联的八个字几乎都用平声，对得巧。想到这里，乾隆的心境也就平和了。于是，把这鱼刺——根根银针放到嘴里品尝。凤姐姑嫂心里也就松缓了。

乾隆吃罢饭，精神焕发，为表感谢之情，便问："不知小姐贵姓芳名?"梅凤姐顺手指着堂上悬挂的一幅水墨画说："尽在画图中。"

乾隆这才注意到堂上一幅水墨画上画着一只彩凤登在蜡梅上，便问："不知小姐姓梅还是姓凤?"

这时，嫂子上前搭了腔："姓梅叫凤姐。这画和两旁对联都是我姑娘的手迹。"

乾隆细看这副对联写的是：

凤有凌云志，
梅将傲雪开。

乾隆不住地赞道："梅小姐既有出众才华，又有不凡抱负，敬佩！敬佩！"

梅小姐谦虚地说："先生见笑了！"并指着中堂画幅说："小女初学丹青，不成规范，望先生多多指教！"

乾隆细细端详画幅后说："这画润墨适度，运笔如神，自成格局又有神韵，不过——"说到这里顿住了。

梅凤姐急切地道："先生尽可直言。"

乾隆哈哈一笑，抑扬顿挫地说道："何曾寒梅栖彩凤？"

梅凤姐接口就答："会由浅水引游龙。"

本来梅凤姐只是引用"龙游浅水遭虾戏"这句成语演化而得句以应对，并驳答他的诘问。不料，言者无心，闻者有意。乾隆顿时一怔：难道她识破孤的身份吗？下意识地将长衫牵了牵。这一突然举动，倒引起凤姐的注意。她从长衫开衩处看到龙袍的一角，心里不觉暗暗叫了声："啊！他原来是当今万岁！"

乾隆意识到不能久留，随即辞别主人欲去。但对眼前这位才貌双全的佳人，不禁动了"龙心"。临行语意双关地对梅凤姐说：

"但求彩凤迎红日。"

凤姐知道这是"万岁"欲施"恩泽"，于是躬身下拜，对道：

"只盼金龙降瑞云。"

乾隆急忙扶起凤姐，从身上解下一条金丝带赐予凤姐而去。这时，太监和卫士已经前来接驾了。

再说乾隆皇帝回到京城，每当用膳，总想起梅凤姐做的那四样美味，又由菜引起了对梅凤姐的思念。可讲出菜名字，御膳房谁也不知道是什么菜。还是一位思想灵活的小太监，猜到万岁爷的心思，便向乾隆献策道："皇上何不传旨宣梅凤姐进宫伺候皇上御膳。"乾隆道："传一个民间女子到御膳房合适吗？"小太监献媚地说："传旨让她掌管御膳宫，请万岁封赐她……"乾隆皇帝大喜，便道："封赐梅凤姐为御膳娘娘。"于是大小太监领旨，率领护卫和宫娥一班人坐官船前往梅龙镇迎接梅凤姐进宫。

乾隆巧遇凤姐处如今一个国家级江南集中区如雨后春笋般崛起　吴旭东摄

　　大队官船来到梅龙，派人上岸打听梅凤姐的家。这一下可把当地绅商各界吓到了。以为前些日子皇上来到镇上，梅凤姐冒犯了圣驾，今特派皇差前来查办。这下可糟了！不但梅凤姐一家满门抄斩，恐怕要株连整个梅龙镇黎民百姓。于是大家商量出个主意："就说此地叫梅埂，不叫梅龙。"皇差询问百姓，都异口同声地说这是梅埂，不叫梅龙。而且江边至街头有一条大埂，皇差信以为真，就把官船开走了。

　　梅小姐得知此事，匆匆赶到江边，而官船已经远去。街坊百姓又纷纷斥责梅凤姐。梅凤姐背屈含愤，捧着乾隆皇帝赐她的金丝带投江而死。

　　至今梅龙镇，除官府管辖行政区域称梅龙（如梅龙街道）外，老百姓仍称为梅埂。这个故事一直流传到今。有人曾为此事戏作一副楹联：

　　　　游龙嬉戏，瞬间戏言早散，依旧高踞金銮殿；
　　　　孤凤遗恨，终身恨海难填，只能屈投水晶宫。

　　　　　　　　　　　　　　　　　　　（方乾搜集　王义礼整理）

古安庆地名嵌联

潜山饿鸟太湖少鱼望江飞，
石台暴雨贵池水满向东流。

此对联上下联分别嵌入原安庆地区六县名。上联巧妙地嵌入了今安庆市三个县名，又符合情理，潜山饿鸟太湖里找不到鱼吃，自然往长江方向觅食；下联巧妙地嵌入了原属于安庆地区，今池州市管辖的三县，其中东流与至德合并为今日的东至县，贵池已于2001年改为区。贵池母亲河秋浦河的上游在石台境内，每年梅雨季节暴雨成灾，沿秋浦河贵池境内的殷汇、涓桥等水灾严重，洪水最后往池口方向汇入长江，向东流入大海。

整副对联对仗工整，嵌名突出，寓意深刻，合乎情理。

（韩立德搜集　陈春明整理）

诗仙授联成人之美

　　那一年，李白居秋浦三年之久，红颜愁落尽，白发不能除。一天，有客从开封来，随身携带李白妻子转交给他的礼物。李白打开包裹一看，里面是妻子亲手做的"五色鱼"信封，撕开鱼腹，见腹中有块手绢，上绣一"锦"字，李白当即明白妻子的用意，顿时思妻心切，暗自念道："妻似井底桃，开花向谁笑？吾如天上月，不肯一回照。惭愧呀惭愧！我自入秋浦，三年家书少。"

　　李白抬头仰望天空，见一群燕子北飞，想到自己连只燕子都不如，心情自然更加沮丧。客从远方来，不亦乐乎？但贵客难留，第二天，李白亲自送客上路，行至牛头山黄溢河才彼此依依惜别。李白正沿河漫步，黄昏时分忽见河对岸过来一只小船，上有一青年渔夫，正在唉声叹气，李白于是便问："年轻人，为何也闷闷不乐？"青年渔夫答道："唉，说来话长，我本是九房朱人，过继给平天湖畔七星墩的姑姑，见邻居家姑娘漂亮，就动了念头，让姑姑代为说媒，没想到，邻居嫌咱是个粗人，不肯把女儿下嫁，出了副对联难住了咱……"李白道："这有何难！"青年道："难道你能对出下联？你若对出，我拜你做干爹。"李白道："万万使不得，你尽管说说看！"青年道："这事说来话长，我得从头说起。"

　　这青年名叫朱隆，从小生长在九房朱（原木闸乡），后过继给姑妈，人非常孝顺，唯独书读得不多。今日见有高人指点，遂将李白请到家中，好酒款待。第二天拉着李白一道顺秋浦河而下，直奔平天湖，过一山，即是七星墩。原来七星墩居住着孙、叶、潘、王、汪等姓人家，朱隆家在虎形墩，隔壁是月形墩，居住着一钱姓人家，是本地一旺族，人称钱长老。钱长老是秀才出身，自己的女儿钱云也念过不少书，因此想选个有墨水的良婿。可惜，这个山旮旯几年不见一个外地客，如何谈婚论嫁？其实朱隆还是个不错的人选，只不过钱长老想借机考考朱隆。朱隆上岸后直奔月形墩钱长老家，朱隆报出下联，钱长老就是不改口，还直嚷："已过了三日不能算数。我再出一下联，如何？"朱隆只好硬着头皮说：

"行。"钱长老张口就来：

七仙女沐浴平天湖洒下七粒玉，化成七星墩，水长墩高，永济池阳百姓。

朱隆，我给你一天时间，如若对上，小女许配你。"

朱隆问道："此话当真？"钱长老应道："老不欺少。"朱隆返回虎形墩，向李白道出原委，李白思忖一会儿后脱口而出：

九头魔大闹群玉山，穿越九重天，变个九房珠，光明珠亮，恒昭世上苍生。

朱隆大呼："我这真是遇着高人了！敢问干爹您姓甚名啥，是何处高士？"李白也不搭腔，只说自己是一落魄之人，谈不上高士，还是快去钱长老家交答案为是。朱隆于是备厚礼，赶到钱长老家交上答案，钱长老却不见他，朱隆急了，"不是说好的，我如今对上下联，钱长老不见我，莫不是又反悔不成。"钱长老听此只好晃晃悠悠慢慢腾腾地走出来："我说朱隆，你小子定是请了高人指点，不然以你那点墨水如何还能对上对子？你快说是谁？"

"哪儿的话，我钱隆白天捕鱼，晚上点灯夜读，俗话说'士别三日，当刮目相看'。"

"朱隆，我是承诺过只要你对出下联，我就把女儿钱云许配给你，可我没有说何时嫁女，你要是当场对得另一副对联，我明天就为你们定亲，后天就嫁女，如若对不上，可别怪我不客气，如何？"

七星墩遗址　王庆东摄

　　朱隆一听，心里虽急得跟热锅上的蚂蚁一样，但还是硬着头皮答应了。钱长老又开始"摆谱"道：

　　　"月坛有女嫁虎墩虎啸月月羞虎虎月同辉。"

　　就在此时，钱长老家门口来了一个要饭的，伸手就问朱隆要银两，说什么"公子大福大喜，一定要给我一两银子，一定要给的，否则这门亲事你成不了"。朱隆被说蒙了，就说："你稍等，我去去就来。"朱隆飞快地跑到虎形墩自己家中，将上联告知干爹，李白当即脱口对出下联。朱隆大喜，立即带了几两银子赶到月形墩钱长老家，将二两银子施予要饭的，并说："托你吉言，事成之后，我还要好生感谢你。"然后当着钱长老及众人之面，对道：

　　　"龙王下令命云神云卷龙龙舒云云龙共舞。"

　　钱长老一听拍手叫绝："好、好、好，我明天就为你和小女定亲，后天将小女嫁过去，如何？"朱隆急忙行大礼："女婿见过岳丈大人。"原来李白料事如神，知道钱长老会再出上联难倒朱隆的，于是就打发叫花子去闹事，朱隆才得以脱身，回来向李白问计。李白思妻心切，心想，也是机缘巧合，今做了一件成人之美之事，被平天湖七星墩人传为佳话。

　　　　　　　　　　　　　　　　　　　　（臧胜阳搜集整理）

风雨沧桑涓水河

　　从前，有一条蛟龙经常在秋浦大地上兴风作浪，弄得百姓流离失所。于是上天就派尧的两个妃子涓神和洛神来到江南，奉命收降蛟龙。她们按照尧教其治水的方法对蛟龙实行围追堵截，于是化作两座山峰挡住了蛟龙的去路，从此秋浦百姓才得以安居乐业，繁衍生息。人们就把这两座山峰叫作涓岭和洛岭（后来涓岭因李白的到访又名轿顶山）。涓神、洛神都非常年轻，但为了人们平安幸福的生活镇妖降魔、坚守岗位。然而，她们常常思念家乡，思念久别的尧帝，眼泪就止不住扑簌簌地直往下流，天长日久就汇成了大小两条河流，合流一处，人们称作涓水，涓水又从七一村折而向西，打殷家汇河东流进秋浦河。后来，人们怕涓神、洛神有一天会弃他们而走，就在涓水河上架起了一座石桥，意在锁住风水。几百年来这座古桥一直保存到现在。秋浦民间常常流传着这样一副对联：

涓桥大叶村　钱立新摄

息浪降蛟，义兴乡里来神女；

为民造福，涓水津头架石桥。

原来这大叶村古名红星村，因叶姓管姓较多，又名叶管村。在元末明初，绩溪县令叶楠捐资在故里涓水河上义建一座石桥。桥为亭式石墩木架结构，桥之两端用青石垒墩，单孔，桥面为 7 根直径 0.4 米的古柏横跨两端，柏木上铺木板，桥上建廊，两端筑室，其上建亭。桥长 21.2 米，宽 4 米，孔径 8 米，名为义兴桥，又名华阳阁义兴桥。这义兴桥在检察桥的上方，位于叶村自然村，溪上有石，石上有木，木上有廊，廊头有亭，是一座典型的江南廊桥。此桥结构独特，设想实惠，既能通行，又有护桥之利，还能兼歇行人，现为贵池县级文物保护单位。

而在不远处的管村自然村，巍然屹立着一座古老的民宅，相传有五百年的历史，至今保存尚好。民宅木质结构，檐牙高翘，外砖内木，门槛畸高，堂中立有天井，两旁各设厢房，古木古石，雕梁画栋。虽年代久远，但别具风格，属典型的徽派建筑。叶家古桥、管家古宅共同构成涓水河上的两大奇观，让人赏心悦目、嗟叹不已！

（臧胜阳搜集整理）

牧童巧联难知县

清朝年间，贵池有一县令，整天在县衙处理繁杂事务，工作十分劳累，心想出去走走，解解乏。于是选择了一个春光明媚、风和日丽的好天气，知县和两个随从出了九华门，准备到城外绕绕，呼吸一下新鲜空气。知县大人看到沿路万物复苏、春和景明、莺歌燕舞，满眼春色分外妖娆，顿感心旷神怡，不知不觉就到了白沙铺。恰遇一牧童在七星墩旁边饮水放牧，骑在牛背上悠然自得地哼着诗句：

> 门前六峰当笔架，
> 户后七墩做砚台。

原来小牧童的家住在白沙七星墩旁边，门前是六峰山，绵延起伏的山峦像个大笔架，六峰霁雪是古池州十景之一；屋后是千年古文化遗址"七星墩"，每个台墩似圆形，恰如砚台。"对的好！对的好！"县大人夸口称赞，"想不到，我今天出门才十里，就遇到如此了不起的神童！"知县大人忙走到小牧童跟前问："这些是谁教你的？"牧童说道："这还要人教？自己编的嘛！"知县大奇，认为这牧童不简单，编的词都很有意思，很有韵味，便说："我是你们的知县，今天来到这里，你能带我看看周边的景色，好吗？"小牧童不慌不忙地说："在我的家乡，素有'天上北斗星，地下七星墩'的美称，在七星墩的周围，风景特别优美，有峡谷幽深的西峰禅寺遗址，有梨树岭古驿道，有恩爱甜蜜的鸳鸯松，有充满传奇色彩的永兴桥，有摩崖石刻，有鸟类栖息地白沙湖，还有平天湖、碧山等景点都在眼前。不过，有一个要求，我出一上联，县大人如能对上来，我今天就给您带路。"知县大人也不敢小看，说："试试，开始吧！""那我以平天湖的源头白沙河为题，出一上联吧！此河水清澈透明，沙白似银，我这上联是：

> '白浪淘白沙，沙白浪更白。'"

知县大人思前想后，想到了下联：

"碧水映碧山，山碧水也碧。"

"妙！妙！"小牧童高兴万分，觉得和知县大人心有灵犀，便主动当了向导。知县大人也准备一联试试牧童的智力："六峰霁新雪。"牧童随口应答："七墩蕴古风。"知县暗中佩服。一路上，牧童又看到许多采茶姑娘往山上采茶，心生一联：

"茶姑上茶山采茶。"

然后，牧童和知县大人顺着白沙河岸，沿七星墩而下，来到平天湖畔，知县大人远远地看见平天湖中一渔夫划着小船，撒下大网，准备捕鱼。有了，下联是：

"渔翁下渔湖捕鱼。"

平天栈桥

他们一路谈笑风生，湖岸的垂柳迎风招展，各自分享着平天湖迷人的风光，不知不觉来到平天湖桃花岛，映入眼帘的一片桃花，争芳斗艳，知县大人目不转睛，观赏得如痴如醉。突然，牧童又出一联：

"桃花岛上赏桃花，想走桃花运。"

知县大人还摸不着头脑，认为牧童出联嘲笑自己呢！实则不然。在平天湖岸边有一个碧山木田姜的大村落，历史上是有名的美女村，这里的姑娘个个是窈窕淑女，非常漂亮，知县忙对下联：

"美女村中瞧美女，心动美女时。"

牧童此时，又指着湖边三个在专心钓鱼的人，出一上联：

"一湖三人五杆七钩九（久）等钓。"

意思是一个湖中，有三人拿着五根竿子，挂有七根钓钩在久久等待鱼吃食。此联，含有一三五七九。"对呀！对呀！"牧童大声说道。县大人也一时无从下手，吩咐两个随从，搜肠刮肚，快想办法应对。已过中午时分，知县一行，还是对不出下联。知县准备缓解一下气氛，就说："小牧童，我们吃中饭吧！""好啊！"于是，牧童跟着县大人走进了诗仙李白"看花上酒船"的酒楼，一边品尝平天湖的鲜鱼和龙虾，一边浏览湖中风光。小牧童从未享受过这么高级的待遇，真是心旷神怡，快活极致。突然，县大人忙说："有了，我们在吃饭就是下联。

'二楼四客六菜八筷十（食）到餐。'"

随从一阵欢呼："妙！妙！"饭毕，知县也决定回府。他们来到形似神龟，惟妙惟肖的龟山岛上。牧童站在龟岛山上，遥望平天湖，只见波光盈盈，碧浪滔天，不由想起"水如一匹练，此地即平天"的绝妙景色，心潮此起彼伏，说："知县大人，我再出一联，您听着：

'平天湖水水平天。'"

说毕，忙和大人握手告别，感谢大人的光临，欢迎下次再到白沙铺和七星墩来，欢迎再到平天湖游玩。知县大人十分佩服牧童的聪明才智，更加感到七星墩文化底蕴是那么的浓厚，同时也感到自己知识的匮乏，此联，至今也无人对出，实乃遗憾。

（钱久来口述　钱立新整理）

李白钓台钓白鲤

清朝年间，在贵池白洋河畔有一个姓高的先生，虽然熟读诗书，满腹经纶，从少年考至中年，却屡试不第。其主要原因是自恃清高，狂妄自大，加上其貌不扬，多次被主考官刷黑。甚感怀才不遇的他，心情十分抑郁，回到家乡无事所从，为了生计，便在白洋河干起摆渡的营生。每当人们上船的时候，高先生习惯地摆弄一番姿势，喊出一串串联语，来抒发自己的情感，渡口和船上的人，纷纷竖起大拇指赞扬："高先生！高！高！高！！"在这样的生活环境下，高先生更觉得自己高人一筹，得意忘形，竟然忘记自己是一个名落孙山的摆渡人。

有一天，从山里走出一个眉清目秀的书生，准备到安庆府参加应试，急匆匆地来到白洋渡口。此时，恰逢农忙季节，渡口来往人稀少，书生要求船老板开渡，高先生慢条斯理地说："这位书生，赶考必须先过我这一关！""我老高出一上联，若能对出，便送你过去，分文不收；如对不出，不可能单独送你一个人过去。"为了赶时间，书生无奈地说：请出题吧！高先生看到白洋河岸边，杨柳青青，一群山羊仰着头，在吃杨柳的枝叶，便出上联：

"白洋河畔白羊食杨叶。"

此联虽只几字却内涵丰富，现场发挥，书生暗自佩服，一时被难住，突然，书生想起自己家住梅村黄田附近，出门时的所见所闻让他此时突发灵感，欣喜地对道：

"黄佃村前黄田毓甜柑。"

高先生满意地做了个手势，让书生上了船。高先生一边划着船，一边心想再加点难度试试书生：

"白洋河畔，一群白羊仰首食杨叶。"

书生随口应答：

"黄田村前，百亩黄田培土毓甜柑。"

上下联对仗工整，韵味十足。高先生还是年纪大不服输，盘算着更难点，想来想去，一时找不到切入点。小书生看到他的用意，心下思忖：何苦非要在晚辈面前显示呢？此时，渡船经过万罗山玉镜潭。玉镜潭有几十丈深，划船的桨拨动着水面，泛起层层波纹，白色的大鲤鱼欢快地跃出水面。小书生灵机一动，对高先生说："船要靠岸了，我出一联吧，就以万罗山江祖亭下的李白钓鱼台为主题：

'李白钓台钓白鲤。'"

高先生遇到这回文上联，百思不得其解，为缓解尴尬气氛，船已到达目的地，高先生说："今天不收你的船费了，希望你能考出好成绩。"书生急忙下船，与高先生拱手告别。岂料此上联成了绝对，下联至今都无人对出。

（钱立新搜集整理）

李白钓台　王庆东摄

僧尼化石赴南海

解脱凡躯真如入南海，

撞破云翳朗月照碧岩。

横批：善格天心

在碧岩村西南山的岗顶上，有两块巨大奇异的石头，当地人称为"和尼石"。这两块石头相距两千米许，高二十余丈，前面的岩石酷似一尼姑，正急匆匆地赶路；后面的石头状若一和尚，背着一个包袱，跟在尼姑的后面。

这两个僧尼你追我赶，究竟是要到什么地方去呢？村民们说，他们正赶着要去南海观世音道场听经去哩。

原来，在碧岩村扶禅岭之上，有个寺庙叫黄石寺，寺里有一个和尚法号明空。明空出家前家境贫寒，父母双亡，经常是吃了上顿没有下顿，日日辛苦劳作，也不能改变穷窘的状况。因此他常常自叹自艾，埋怨自己的命不好。偶尔听到黄石寺老师父讲经，就缠住那老师父要跟他出家修行，想修个下辈子，生到富贵人家，免得像今世一样受苦受累。老师父吃缠不过，就应了他，给他取个法号明空。在黄石寺的后山背面，有个尼庵，叫扶禅庵。尼庵里住着一个尼姑，法号唤作妙因。这个妙因，心中恼的是自己的相貌平平常常，她一心想通过修行，以期修得来世一个出众的相貌。

就这样，妙因和明空在各自的寺庵里，不辞勤苦，礼诵经文，日夜不辍。虽然只隔一道山梁，相距不远，却从未见过面。如此苦修，不觉已有五年，明空已经23岁，妙因20岁了。一日，在黄石寺来了个行脚的老和尚。老和尚须眉皆白，手执一木杖，在明空坐前立定。

老和尚问："你年纪轻轻，为何遁入空门？"

明空答道："为积福报啊。"

老和尚问："有何福报？"

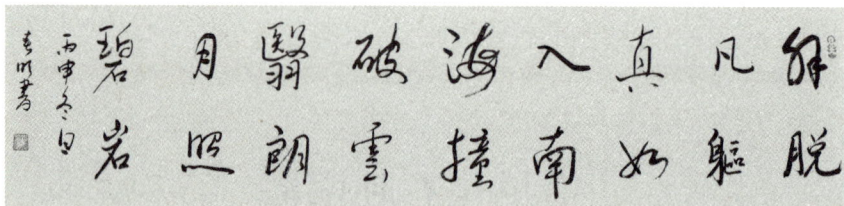

凡真入海破翳月碧
脱如南撑云朗照岩

楹联手书

明空挠挠头皮说:"今世贫穷,已经成了定数了。我积福报是为来世托生一富贵人家,不再受穷。"

那老和尚就用手杖"笃笃笃"敲了敲地面,说:"空,空,空!如此修行,是缘木求鱼也。"说完,老和尚拄着手杖走了。

老和尚去了哪里?他翻过大山,来到妙因的尼庵处,正遇妙因在庵外晾晒衣物。妙因见到老和尚,打招呼道:"师父从哪里来?到哪里去?有事吗?"

老和尚答道:"老衲来无所来,去无所去。也没有什么事,只是想问个路。"

妙因道:"师父请问。我多年没有下山,只知这附近的路,外面的路我已记不清了。"

老和尚说:"这个不打紧。我问的是你心里的路。你修行为了什么?为了什么而修行?"

妙因笑道:"原来师父问这个啊。我们女人就是为了有个好相貌,对我来说,今世已经成了定数了。我修行是为了来世长得端庄美丽,过无忧虑的日子。"

那老和尚听妙因如此说,就用手杖"笃笃笃"敲了敲地面,说:"空,空,空!云驶月运,舟行岸移,心住于相,不可行也。"老和尚说完就走了。

老和尚走后,妙因和明空一如既往,精进修行。喜的是虽然碧岩村离池州城只是二十里地,但在如此高山之上,手可摘云,人迹罕至,正好清修。但这次自见到那行脚老和尚之后,明空的心总定不下来。一日,明空去见寺内住持,禀告道:"师父,到今天止,我上山已经有五年了,不知山下怎么样了,我想下山走一遭。"住持师父说:"你五年修行,再入尘世纷嚣,有甚益处?倘若迷恋起世间爱欲来,堕落轮回道中,几时才得圆满?"

尽管住持师父如此说,明空此念一起,便不可灭。他不顾住持师父阻挡,打了一个包袱,带上换洗的衣物,趁着月明就下了山。可明空刚到山下,走到富春桥边时,就被一个小厮一把揪住左手。

小厮叫道:"少爷,这一下你就跑不了啦。"

明空莫名其妙,瞪着那小厮说:"你认错人了,我是黄石寺的和尚。"

小厮说："少爷，你不要再为难我们了，我们为你吃了数不尽的苦头，你就饶了我们吧。你以为你剃了个光头，装成和尚我们就不认得你吗？"

两人正闹间，只见一个身穿绫罗绸缎的员外走过来。小厮见他，就松了手。他指着明空说："老爷，少爷做了和尚，不肯和我回家。"

"我不是你家少爷，你认错人了。"明空分辩道。

哪知那员外勃然大怒，骂道："孽障！你出去三个月，没有丝毫音信！如今又乔装作和尚，不认爹娘。你们抓住他，别再让他跑了。"员外身边的家丁一拥而上，把明空和尚架到员外的家里。

不由分说，明空被关在一间小黑屋里。每天都有人送饭来，他还听到有一个女人常在屋外啜泣。过了几天，明空和尚才反应过来，原来因为自己和员外的儿子长得非常像，他们把自己当作员外的儿子了。那个哭泣的女人就是员外的妻子。员外有时也来屋里看看，可明空就是一口咬定自己是黄石寺的和尚。三番四次，员外也恼了，对明空说："你要是不认爹妈，你就别想出这间屋子。"

一天二天还受得了，日子长了，明空可受不住了。他心里思忖道："老是这样被关着，也不是个事，不如先认了，再见机行事。"想到这里，忙喊人去叫员外来。员外背着手，打开屋子的门，光线一下子从门外射进来，让明空的眼一花，顿时清爽了许多。员外问明空："孽子，现在你到底想通了？"明空说："你放我出去吧，我就认作是你的儿子徐南，从今天往后，再也不敢和您作对了。"

员外一家人高兴极了，簇拥着明空来到厅堂。几十根大红蜡烛点着，把偌大的院子照得如同白昼。这员外家私巨万，富贵至极。家丁丫鬟，来回穿梭，把个明空和尚奉承得如同在云里雾里，分不清东西南北。明空心想："我佛慈悲。何不真的把自己当成这员外的儿子，安安稳稳地住下来。这样做佛祖想必也不会怪罪，因为一来自己可享用这富裕的生活，二则可慰藉员外失子之痛，这还可以说算是一桩大功德。"这样想着，明空也不闹了。员外一家人见明空安静下来，就更是欢喜了。一晃二年过去了，明空对员外家的生活也习惯了，他的身份也变成徐员外的儿子徐南。

且说就在这个时候，扶禅庵里的小尼姑妙因，一日在静修后，忽然也感到有些心神不宁。时值元宵佳节，昨夜山下池州城里，放了一夜的焰火。妙因站在山顶，远远看那焰火，就像是空中开的花一样，她心想：要是在近处看，焰火一定更美。修行就怕心动，心一动，修行就完了。妙因趁着众尼吃午饭的工夫，偷偷地下山来。刚到山下，她远远地就看见有一老僧坐在路边的石凳上，身旁放着一根木头手杖。妙因一看，认出那僧人就是前年见到的那个老和尚。

妙因本想低着头从他面前走过，哪知那老和尚却站起身来，挡住了妙因的去路。老和尚笑着说："你还认得老衲吗？"

妙因点点头，涨红着脸说："你想干什么？"

老和尚也不答话，走近时把手在妙因头上一摩挲，吓得妙因叫了起来。老和尚说："你且别慌，去溪水边照照。"说完就离开了。

这老和尚真是怪人！妙因心里打着鼓，还是来到水边，对着碧蓝的溪水一照。这一照不要紧，给了扶禅庵的妙因尼姑一大惊一大喜。惊的是自己完全变了样，喜的是自己竟然美若天仙，光头上也长出一头乌发。想不到老和尚竟是神仙！妙因想，这一定是自己的精进禅修感动了神仙，才得到了这样的福报。

一面想，一面往前走。妙因觉得慢慢地自己身后跟着许多人，这些人还在嘀嘀咕咕地说着话。"是仙女下凡吧，世上哪有这么漂亮的女人？""从来没有见过这样的女子，这样好的相貌！想必是城里哪个大家族的闺秀，跑到我们村里来了！"妙因知道他们都在称赞自己，心中暗暗高兴。

妙因正行走时，被正在闲逛的明空看见了，这时的明空叫徐南。徐南看着妙因，眼怔怔地都直了，半天才反应过来。反应过来的徐南和妙因搭话："敢问小娘子，孤身一人，这要去哪里呢？"

"想去城里看看焰火。"

"可现在天已经很晚了，这里离城还有许多路，你一个单身女子，走夜路多有不便。不如去舍下休息一晚，明日再行如何？"

那妙因自幼在山中禅修，没有出过山，所以不知江湖凶险，看看天色已晚，就顺口答应下来，跟着徐南，来到徐员外家。好在员外是个良善之家，要不然，她这样冒冒失失跟不相识的凶徒走，不出事才怪哩。老两口见儿子带了个如花似玉的女子回来，也高兴得合不拢嘴。不及问妙因的家事，就珍馐玉肴，铺床叠被，把妙因安顿得舒舒服服。说来也怪，自从妙因在徐家住下后，天就下起雨来，喜得徐南手舞足蹈，巴不得一万年也不停，这样就可以把妙因留住。徐员外看儿子高兴，就有心把妙因当作儿媳妇。只是徐孺人仍有点疑惑，她觉得儿子的性情和从前大不一样，如今这个女子又来历不明，得将她盘问个详细才好。徐员外觉得老伴说得在理，就叫来妙因想问个究竟。刚要开口，就听得有人来报："老爷，不好了！"员外说："何事慌张，大呼小叫的？"报事的家丁说："不好了，门外又来了少爷，和我家少爷长得一模一样。"

徐员外惊诧不已，果见一人大踏步走了进来。员外叫道："你是谁？"

来人眼睛发红，说道："父亲，你怎么连我也不认识了，我娘呢？"

"你是南儿？这些年你去了哪儿？"

来人说："我和海客去了海外，做了一小笔生意。你不是天天骂我没出息吗？你看，"他指着身后一箱货物说，"这次出去，赚了一大笔。"

徐员外怔在那里，说不出话来。倒是徐孺人回过神来，"哇"的一声叫了起来："你是我真的南儿，家里的那个是假的！"

明空正和妙因有说有笑，说得入趣。忽见家丁一拥而入，把两人反剪着手，推到徐员外面前。员外涨红了脸，指着明空骂道："你竟然冒充人子，图谋我的家财，做这等不要脸的事情。想是你们两人早早谋划好的。快快，把这俩恶徒推出门去，我再也不想见到他们。"那些家丁，不管三七二十一，揪着两人的领子，把他们推出村外。

两人凄凄惨惨戚戚，一前一后，在旷野里走着。那时刚下过大雨，路上泥泥泞泞的。明空和妙因满身泥污，饿得发昏。特别是明空，过了两年富贵的日子，突然沦落到这样的境地，才真的体会到命运无常，如同大梦方觉，一切皆是虚空。两人正走间，忽听前面有人拍掌笑道："醒了吗，醒了吗？"

抬头一看，不是别人，正是那个老和尚。妙因问道："老神仙，你说谁醒了？"

老和尚也不回答，对他们说："你们摸摸自己的头，就知道是谁醒了。"

两人摸摸头，头上发丝一根也没有了，依旧是光头。明空和妙因惭愧不已，心下也有些开悟。发丝没有了，这是六根清净、贪嗔痴俱无的第一步。想到这里，两人心中清净了许多，对老和尚翻身拜倒："大菩萨，弟子经过此劫，不敢再起妄想。请大菩萨指点迷津，让我等早成正果，证得无上菩提。"

老和尚口诵一偈："圆觉离幻，善格天心。雷中顿悟，解脱凡因。"说完一拄手杖，就不见了。

明空和妙因从此誓不下山，一意在山中研诵大乘经典，一晃就是二十多个寒暑，却苦于不能破除迷执。忽一日，雷声大作，一夜不息，电光火闪，将寺前一歪脖子树打折。明空一惊，就在这个时候，繁花飘落，顿然开悟。不远处的扶禅庵中，妙因也同时挣破了无明，达到了明心见性。两人顿悟之后，相约赴南海去觐见观世音菩萨。他们一前一后，刚走到西山的岗顶，就解脱下凡躯。凡躯渐渐增大，化作一僧一尼模样、一前一后的两块巨石，就是如前所说的"和尼石"。他们解脱之后，真如却离开躯体飞升南海而去。

"善"，就是方便之法；"格"，是到达的意思；"天心"是指佛家的无上的觉悟。所谓"善格天心"，就是说以极简捷的方法达到无上的觉悟。"善格天心"四个字可以作为"和尼石"的注释，至今仍可在碧岩村黄石寺边的一块大石上看到。

（王征桦搜集整理）

黄秀才偶得龙栖地

　　明代状元黄观的家在今清溪街道清溪村芒山组，黄观的父亲黄德是个落魄秀才，是个外来户，上无片瓦，下无立锥之地，当地有个姓许的员外，家里富有，心地良善，可怜黄德这个读书之人，如今落魄到此，就给了他一小块荒地栖身，并让黄德为他放牛。

　　一天傍晚，黄德在芒山上放牛。忽然听到山崖后面，有两个地匠在说话，年轻的地匠说：“师兄，我们从徽州府一路走来，终于有结果了。你看，我手里的罗盘抖动得厉害，大概这一条龙，跑来跑去，最后想要把身子安在这里。”

　　年纪稍大一点的地匠四处一望，赞叹地说：“是啊，这里果然是块风水宝地，老龙选的地不错啊。只是老龙心中到底有没有打定主意，还要试一试。”

　　当时正是雨后，地上有一汪一汪的水。师兄就扯了一朵牛屎花插在山上的小水坑中，对师弟说：“师弟，要是龙决定在这里安家，那这朵牛屎花在明天早上就会变成一朵红莲。如果明天还是这朵牛屎花的话，那就证明这条龙已经走了。天色不早了，我们还是先进城找家客栈歇息吧。”

　　说完二人到池州城里找客栈去了。不想隔墙有耳，这些话被放牛的黄德听去了。第二天，天刚麻麻亮，黄德跑到芒山一看，果然那朵牛屎花已经变成了一朵鲜丽欲滴的莲花，心中不由得暗暗高兴。他偷偷地把莲花扯了，在那块小水宕里重新插上一朵牛屎花，躲藏在远处看着。

　　不多时，两个地匠从城中赶了过来，一看牛屎花还是老样子，不禁大失所望。他们自言自语：“难道是我们弄错了？”满心狐疑地走了。

　　黄德不露声色，打工放牛，也积得一点银子。一日，黄德拿了几两银子到东家处，放声大哭。东家大惊，问黄德为何伤悲如此。黄德说道：“我从祁黟的左田流浪到此，得蒙东家垂怜，才有今日。只是亡父灵柩还在左田，时刻牵挂。我现积得一些银两，想在后山买一坟地葬父，乞请东家恩准。”东家看黄德言辞悲切，孝心可嘉，便说：“我何曾想要你的银子？你有如此孝心，实在难得。”就将那块地白送给黄德，又让黄德入赘许家，成了"倒插门"的女婿。

诚实忠厚的黄德，觉得不应把龙脉之事瞒着许员外，就将两个地匠的事原原本本地告诉了老丈人，许员外似信非信，犹豫了一下，还是同意黄德将亡父之坟迁来重葬。果然，黄德夫妇在第二年生下一子，取名许观。这个许观，自幼酷爱读书，洪武二十三年（1390年），以贡生的身份入太学。这年八月，他参加乡试的考试，获得第一名，中解元。次年应会试，又得了第一名，中会元。同年，他参加由明太祖朱元璋亲发策问的殿试，再次获得第一名，中了状元。这样，明代第一个连中三元的读书人就诞生了。升任礼部右侍郎的时候，许观请奏朝廷，获得皇帝恩准恢复原姓，改称黄观。

碧岩古桥　钱立新摄

在黄观之前，也有唐朝的张又新、崔元翰，宋朝的孙何、王曾、宋庠、杨寘、王若叟、冯京，金朝的孟宋献，元朝的王崇哲"连中三元"。所以说，连中三元并不稀奇，稀奇的是黄观不但得中"三元"，而且在入太学前的县试、府试和院试三次考试中，也均是第一名。在历代科举考试的成绩上，黄观取得了六个第一名的奇迹。

上清溪的黄公祠（已毁）就曾有这一副楹联：

　　　　三元天下有，
　　　　六首世间无。

（王前西搜集　王征桦整理）

145

断冤情杜牧试孟迟

在唐朝时，池州有个叫孟迟的书生，屡考不第，只好在当地的一个财主家教门馆。一年下来，财主却以孟迟毫无学识、误人子弟为由，想赖掉三缗铜钱的学俸。看着年关就要到了，家中妻儿老小在等米下锅，孟迟心中一急，就拉着财主来到公堂之上。

杜牧接过状纸，心中就有了底。这是一个简单的案子，关键之处在于孟迟到底是不是不学无术。杜牧对孟迟说："东家不肯给你学俸，莫不是你真的误人子弟？"孟迟对道："学生虽然学识浅薄，但自以为训蒙解惑，尚能胜任。况且我一年四季，尽责尽力，怎的会误人子弟了？"

见孟迟一脸冤屈，杜牧笑道："你到底有没有才学，我只要试试便知。只是你敢不敢一试呢？"孟迟一口应承，信心满满地说："请大人出题。"杜牧想了一想，说："你是教私塾的先生，就以塾师为题写个对联吧。"

孟迟讨来纸笔，略加思索，一挥而就。杜牧看那联，写得甚是工整：

上联是：

> 伤心夜雨打蕉窗，点半盏残灯，替诸生改之乎者也。

下联是：

> 回首秋风归竹院，剩一支秃笔，为举家谋柴米油盐。

杜牧见此对联，心中暗暗赞赏，不仅生动贴切，而且十分感人，是当时下层知识分子的真实写照。但杜牧转念一想，孟迟的这副联来得快，莫不是他心中平时就有感触，早就写好的，这次和自己出的题是个巧合？于是又对孟迟说："我再出一联，以'池州府衙'为题，你若对出，我立即让你的东家还你学俸。"

孟迟在大堂上来来回回走了六六三十六步，口中吟道：

> 地有名贤，萧统曾来，君子有风能偃草；
> 官为父母，潘桃需植，春城无处不飞花。

萧统就是昭明太子，在贵池编过《昭明文选》，君子有风能偃草，是指昭明太子的意图传下来，百姓们绝对服从，有教化之意；潘桃指潘岳，潘岳任地方官时，广植桃树，德化及民。

此联工雅典切，其中尚有勉励为官为政者的意味，较前一联境界更高，用典天衣无缝，不留痕迹。杜牧听完此联，呵斥财主道："你家先生才华横溢，为何你要诬陷他不学无术，误人子弟？"财主说："孟迟多年应考，都名落孙山。要是他像大人所说的那样有才，何至如此？只怕这几个对子他早有准备，不能算。"

杜牧说："那我叫你心服口服。"转身对孟迟说："孟迟，我当堂出个上

杜牧雕像　钱立新摄

联，你若对出，我罚东家加倍偿付你的学俸。你可敢一试？"就指着大堂高悬的一盏四方形的大灯笼，随口出了个上联：

> "半支蜡烛，点四角宫灯，辉辉耀耀煌煌，光照东南西北。"

孟迟在大堂上来来回回走了七七四十九步，口中吟道：

> "三串铜钱，教一年塾馆，苦苦兢兢业业，身挨春夏秋冬。"

此时杜牧已经知道孟迟确是含冤负屈，痛恨财主的无赖，当堂将财主痛责了四十大板，让他付给了孟迟双倍的工钱。孟迟也成为杜牧在池州最好的朋友，两人常常吟风弄月，抵足而眠，讲学讲文，十分相得。孟迟第二年便科举考中，进士及第了。

（王征桦搜集整理）

感钟山法师破魔王

金炉不断千年火，
玉盏常明万岁灯。

这副楹联描述的是当年宝林寺的盛况，也有佛法万年不坏之意。当年那宝林寺大、香火盛，到了什么程度？厨房里每次做饭要五百斤米，一个月的香灰堆起来有一丈高。钟楼上挂的钟有团箕那么大，撞钟用的钟捶是千年老檀树做的，重逾三百斤，要两个人才能推得动。

宝林寺的方丈是位德高望重的老禅师，喜欢云游在外，看山看水，讲经说法。

感钟山　钱立新摄

有一天，老禅师在城郊见到两个年轻人，他俩是同胞兄弟。二人衣衫褴褛，整天在秋浦河边给财主扛木料装船。一天下来，财主只给他们两个饼子和两枚铜钱。老禅师想试一试两个年轻人的心地，就装着饥肠辘辘的样子，敲着钵盂来到他们身边。两个年轻人相互看了一眼，就在老禅师的钵盂里放了一块饼子和两枚铜钱。

老禅师说："两位小施主，你们把食物给我了，自己怎么办？"

老大说："我们有办法。"就手把另一块饼子撕开，和弟弟一人分了一半，吃了下去。

老禅师说："请问两位施主的姓名。"

老二说："禀告老禅师：我们从小就父母双亡，四处流浪。大家都叫我们老大老二，没有姓，也没有名字。"

老禅师说："既如此，你们跟我到宝林寺去吧，也强似在这里打短工。"

兄弟两人跟着老禅师来到宝林寺。老禅师见他们身强体壮，就安排二人打扫伽蓝里的卫生，另外担水和敲钟。两人意外地得到老禅师的收留，更是喜出望外。他们十分珍惜这份工作，非常勤劳，把个偌大的寺院扫得干干净净，把十几个水缸里的水担得满满的。特别是对于敲钟这件事，时辰响度分毫不差。

在宝林寺不远处，有个魔王。魔王看上了宝林寺，贪恋这里山清水秀、如画的风景，想将僧人们赶走，独霸这个地方。这个魔王神通广大，法术高强。一天，魔王来到寺前叫阵，先是把脚往一块巨石上一跺，在石头上留下了一个一尺深的脚印；后是喷出一团火来，把溪水都烧成一股火流。寺里的僧人们惊慌失措，忙请出方丈老禅师来。

老禅师合掌对魔王说："你要夺我宝林寺可以，但必须胜了我。你若胜了我，宝林寺随你占去。你若不能胜我，还是请回吧。"

魔王说道："这个容易。不知怎地比法？"

老禅师道："我就坐在这里，任你刀砍斧斫，水冲火烧。你要是砍死了我，你就把宝林寺拿走吧。"

魔王大喜，说道："你说的可是真的？"

老禅师也不回答，缓缓地在山门前坐了下来。魔王怎么能知道老禅师禅定的厉害？他不知道老禅师这一坐下来，就是万念俱断，眼耳鼻舌身意六根俱灭，看不到，听不见，身体也就成为金刚了。老禅师周围放出万道金光，金光组成了一颗圆球，把禅师罩在里面，任那魔王百般进攻，也不能攻入球内。两人斗法斗了一天一夜，魔王无计可施，他围着老禅师转来转去，想找出老禅师的破绽。

又过了一天一夜，还真是让魔王给看出破绽来了。原来，老禅师虽然是得道高僧，但还有一丝念头没有放下，那就是他化缘用的钵盂。这钵盂他用了六十多年了，简直就是他的命根子。禅定的时候，老禅师把钵盂放在袈裟之下。这一放不要紧，贪念升起，金光罩就有了漏洞。

魔王看出老禅师的金光罩中有一道黑线，黑线中有个小小的缝隙，那缝隙小得只能容一只蚊子通过。魔王心中暗暗高兴，他想，只要自己变成一只蚊子，就能通过缝隙爬进和尚的金光罩，破了他的禅定三昧。说时迟，那时快，就看那魔王往手心吹了一口气，一只长脚蚊虫就往老禅师的金光罩里的那道黑线飞去。只见那只长脚蚊虫慢腾腾地从那缝隙爬行而进，急得在场的所有的人都屏住了呼吸。

长脚蚊虫慢腾腾地爬行着，僧尼们无计可施。就在这千钧一发的时刻，只见敲钟的老大、老二，翻身跃上钟楼，两人抬起那根巨大的檀木钟捶，对着巨钟狠命地一撞。

"铛，铛，铛!"雷鸣般的声音，从寺院的钟楼上响起。那只魔王幻化的长脚蚊虫正爬得起劲哩，陡然经此一吓，心胆俱裂，惊骇而亡。

好险啊，宝林寺终于保住了。为了感谢兄弟二人保寺之功，老禅师以檀为姓，赐名老大檀空，老二檀慧，并由寺院出面，为兄弟二人娶妻成家，落户在寺院旁边。二人开枝散叶，多年以后儿孙满堂，逐渐形成了一个大村子。为感念巨钟的功劳，老禅师将宝林寺改名为感钟寺，将寺对面的山改名为感钟山，将檀家兄弟居住的村子命名为感钟山村。因为钟声的缘故，一直没有蚊子敢来感钟山村，所以感钟山村也就成了远近闻名的无蚊村。

（檀华东搜集　王征桦整理）

蛟口争渡得佳联　坡坎名传大江岸

贵池唐田坡坎汪村，方圆十里，青山环绕，树木葱茂。其笋山风洞，堪比华东第一洞大王洞；其坡坎八仙圣迹，名闻遐迩。尤其民风淳良为人称道。清文华殿大学士张英赞曰："其族以孝悌力田为根本，以读书忠厚为贻谋，故历十世而家声不衰，今子孙蕃衍，云蒸霞蔚。"（《坡坎汪氏宗谱》）因与安庆人争渡，坡坎之名不胫而走。

上联：

> 安庆大邦，前有振风古塔，后有巍峨龙山，左有七里凉亭，
> 右有五里大庙，日有千人作揖，夜有万盏明灯，风光甲天下。

下联：

> 坡坎汪村，东有眠牛望月，西有千支笔架，南有九座油榨，
> 北有水打莲花，上有狮子镇守，下有五里兰桥，锦绣壮河山。

说起这副对联，还有一段"争渡得佳联，池人胜宜人"的佳话。

不知哪一朝哪一代，徽（徽州府）省（今安庆市，旧时为安徽省会）安（安庆府宣城）池（池州府）通衢（古官道）在长江升金湖河畔唐田铺蛟口（今贵池区唐田镇蛟口村）设有义渡（免费运渡行人）方便南北过江行人。一日，过渡之人特别多，安庆、池州两地人为争渡而发生争执，安庆人自诩为来自省城，应当优先，池州人认为，在家门口受人欺负，自然不服，互不相让，争吵不休，渡口秩序大乱，渡船老大见状慌了手脚，请来蛟口塾师调解。塾师见状，知两方争胜，并无恶意，于是灵机一动，对众人道：安庆、池州府籍之人各举一人，作对联一副讲出"争渡"的理由，谁联语作得好，谁先上船渡江。争渡者一时无语。安庆府一位秀才忙上前，大声道：

"安庆大邦，前有振风古塔（塔名），后有巍峨龙山（山名）；左有七里长亭

（距安庆府七里有座凉亭），右有五里大庙（距安庆府五里有座庙宇），日有千人作揖，夜有万盏明灯（安庆位临长江，过往船只很多，那时都是帆船，水手划桨姿势一起一伏，极像拜佛之状；夜间，安庆城人烟稠密，万家灯火辉映江中，故有'万盏明灯'之号）。风光甲天下。"秀才一口气说完，顿了顿。

又道："安庆人当不当先渡？"

语声刚落，正巧被赶来过渡的坡坎汪村的秀才听到，忙说："不讲池州古邑，唐创州府，崇山峻岭，连绵万里。大大府城不表，单表汪村坡坎，也胜你安庆。请听：坡坎汪村，东有眠牛（山名）望月（月形山名），西有千支笔架（山名），南有九座麻榨（原联尚存：'尚无四两麻油过夜'。麻油榨之多，但所榨麻油之多，供不应求，形容人多且富），北有水（升金湖）打莲花（山名），上有狮子（山名）镇守，下有五里兰桥（距坡坎五里有兰桥。兰桥古驿，贵池、东流县界名驿），锦绣壮河山。"

还有："一马打过，十五里一座土桥（兰桥距土桥十五里，土桥，地名，今东至县）自奔长安（长安古铺名，在今东至县境）。嘿嘿，安庆能比嘛？"下面一片叫好声。

蛟口塾师见好就收，忙说道："义渡蛟口，礼让宜人。"又是一副好联！

在一遍哄笑声中，争渡使坡坎与宜城齐名，不胜亦胜。

（汪春才搜集整理）

唐田风光　吴旭东摄

"金牌楼　银灌口"的由来

　　牌楼镇，明清时期属兴仁乡，民国初期易名为牌楼乡。明朝景泰辛未年，当地济公九房孙家出一进士名孙仁，历任四川巡抚、户部侍郎，其子孙为旌表德行，承沐后恩，流芳百世，在老街树立了一座石雕牌坊以示纪念，即牌楼。牌坊北面百米处是乡公所，也就是牌楼乡政府（1992年改为建制镇，2011年迁至新桥大桥旁边）所在地，牌坊成为徽安古道上的标志性建筑。

　　新中国成立后，在破"四旧"运动中，该牌坊被拆毁，用作修筑河坝。后历经一场洪水洗劫，整条老街被淹，河坝被冲塌，牌坊的条石也荡然无存，但牌楼的名字一直沿用至今。

　　牌楼与灌口相毗邻。那怎么会有"金牌楼、银灌口"之雅称？这要从很久以前的"游学先生"说起。

　　据说某年的冬天，从长江以北过来一位陈姓的游学先生，经过千年古镇殷家汇，来到了原灌口乡所在地灌口村（贵池前身的"石城县""秋浦县"的县治曾设在灌口村，2001年灌口乡与殷汇镇合并称殷汇镇）。这时，一场如期而至的冬雪越下越大，不一会雪深过踝。正当他眼前一片迷茫，无路可循时，耳边传来了"叮当、叮当"的声音，在空旷的雪地里显得是那么清脆而亲切！他循声而至，来到了一条街上。只见街面上民房、铺面林立，有铁铺、豆腐坊、酒作坊弹棉花被坊等，长长的街道背面紧挨着秋浦河，河旁有一渡口，撑船的老大站在船头摆渡，来来回回吆喝着船调，很是繁忙。铁铺间杂着银器加工坊，铺内炉火旺旺，锤声叮当，火星四溅……看来此处盛行打铁，主要打制农具、建筑工具居多，如犁头、锄头、铁钳、剪刀、泥刀等，五六平方米的铺子从早忙到晚。许多过往的生意人和马帮在这里小憩，或交易，或补给养，或更换马掌铁。据铁铺的老师傅说，这里就是南宋民族英雄岳飞训练岳家军骑兵，专为战马锻打马蹄铁的地方，"铁铺"的地名由此而来。站在铁铺前，看着眼前一片银装素裹，先生一句发自内心的"瑞雪兆丰年啊"脱口而出，隔壁银器加工铺里的一位温文尔雅的中年师傅探出头，高声说道："先生，我这里有一上联：

'雪飞铁铺银灌口。'

你对出下联，今晚免费提供吃住一宿。"先生一看寒冷的夜晚即将来临，正愁晚上无处安身，于是说："好！容我细细思量，一定对上。"他思索着，许久，蹙眉不开，一下子杵在雪地里。银匠师傅见状，怕冻坏了先生事小，别落下个尖酸小气的骂名，于是招呼先生进铺，打烊后带回家中，让内人炒了一荤两素，烫了一壶刚从街上顺手沽回的米酒，好生招待了先生。第二天早上醒来，雪停了。先生赶紧穿衣洗脸，吃了主人准备好的点心"糖打蛋"，千恩万谢地告别主人上路了。经杨桥，穿过岳家军战马草料基地马草深，沿着蜿蜒逶迤的神山脚下的羊肠小道，深一脚浅一脚地朝大山深处的石埭（台）方向艰难前行。

临近中午，到了安庆府通往古徽州的必经之道——牌坊老街。只见街道两边商铺密集，招牌林立，人声鼎沸，呈现出一片繁忙景象：有经营茶叶、木器生意的，还有旅馆、作坊、当铺等。正值年关，街上行人不断，人头攒动，叫卖声、吆喝声此起彼伏；店铺里顾客盈门，生意兴隆，人们都在高高兴兴地置办腊（年）货。天公作美，太阳露出了笑脸，游学先生站在青石板铺就的街道上，抬头一望眼前有一座牌坊矗立在错落有致的徽派老房子中，在阳光照耀下，仿佛镀上了一层金色的光芒。加上此地商贾云集，夹于石（埭）、秋（浦）、至（德）之间形成三角地带，经济繁荣犹胜于所经过的灌口，好一个繁华的"金三角"。于是他来了灵感，顺口溜出了下句：

"日照石坊金牌楼。"

灌口　王庆东摄

他反复吟着，陶醉于其中。老街上一群正在打雪仗的小孩子围了上来，好奇地跟着游学先生，摇头晃脑地学唱着，从东街逛到西街，于是乎朗朗上口的

雪飞铁铺银灌口
日照石坊金牌楼

传遍了方圆几十里地。从此"金牌楼，银灌口"的说法，在牌楼、灌口两地的老百姓当中流传开来，甚至将此联用作过年的门对子，张贴在大门上，祈望来年风调雨顺，财源滚滚来。

历经岁月，时值20世纪八九十年代，牌楼镇大力发展乡镇企业，曾红极一时，成为省市区的典范。特别是茶叶精制加工出口创汇，有"万亩茶园万担茶"的美誉。

（葛文化、戴正文搜集整理）

目连马讲话　西山草做鞋

目连戏是我国古老的民间戏曲剧种，以专演佛教故事《目连救母》，宣扬因果报应而得名。其源头最早见于东汉初由印度传入我国的《佛说盂兰盆经》，后经明代祁门人郑之珍编成剧本《目连救母劝善戏文》三卷100折。目连之母刘青提咨啬贪婪，嗜好杀牲，亵渎神明，罪孽深重，死后灵魂入十八层地狱，受尽种种惩罚。目连是个孝子，遍历地狱十殿，终于救母成功。旧时夏历闰月之年，民间上演目连戏，常在村头祠堂搭台，请有名望的人士撰写对联，贴于戏台楹柱，以渲染氛围。

1930年，农历庚午年（马年），这一年正好闰六月。据传，就在这个闰月里，当时闻名遐迩的石台目连戏"高田班"，被请到了殷家汇灌口西山的马草深村，准备演出一台"两头红"的大型目连戏。所谓"两头红"，就是从太阳落山开始演，一直演到第二天的日出。西山马草深是个依山傍水的古村，村人对这台目连戏，格外"圣"重。于是，在"高田班"目连戏开演之前，村人特意邀请隐居在牌楼竹山大王洞徐姓老先生，为此作一戏台联。徐老先生，毕竟学养深厚，况且又是邻乡，自然对马草深一带的历史传说早有所闻。于是，文思泉涌，一挥而就，以"马草"二字藏头，撰写一副目连戏戏台联，贴于戏台楹柱上。联曰：

> 马讲话，此事故顺出寻常，行至半途而废，惊动绿林好客；
> 草做鞋，价值原无关轻重，须知一文有账，难瞒铁面阎王。

话说西汉末年，王莽篡权乱政，社会矛盾尖锐，自然灾害连年不断，大地萧条，生灵涂炭，民不聊生，有的地方甚至出现"人相食"的悲惨局面。于是，各地饥民纷纷起义，终于汇成一场席卷长江、黄河流域声势浩大的全国农民大起义。这次农民起义的主要策源地在湖北的京山，它的主要领袖即是湖北京山的农民王匡、王凤。王匡、王凤，首先组织荆州饥民，揭竿而起，因以绿林山为根据地，故称"绿林军"。绿林军势如破竹，沿途除暴安良，杀富济贫，相继攻下竟

马草深村牌　钱立新摄

陵（今湖北天门）、云杜（今京山县北）、安陆等地，拥众5万人。公元22年，由于瘟疫流行，为了保存实力，绿林军决定分兵进击，王常、成丹南下江陵，号称"下江兵"，王匡、王凤等北上南阳，号"新市兵"。当"下江兵"攻到皖南秋浦古石城时，发现古石城对面的西山，地处大王河神仙濠中下游，地势平旷，绿水长流，水草肥美，确是一处天然牧场。于是，屯兵休整，放牧战马。就在这时，忽见西山马岭之上，横卧一匹膘肥体壮的白马，远远看去，马眼隐隐微闭，那神情似在召唤它的主人，似在等待它的主人。不想，就在瞬间，那匹白马见这支"绿林军"进了更茂密的草地时，便骤然翻身起立，前腿腾空，引颈长啸，恰如"天马行空"。这无疑令这支"绿林军"惊喜不已，个个连赞"好马！好马！"当这支"绿林军"的首领王常想立马靠近时，只见那马蹲身下跪，让大将王常跨腿上身，然后一个腾跃，抖鬃嘶鸣，四蹄奋起，蹿出草地，向秋浦古道直奔而去。谁知刚刚行了十里，到了秋浦河边，那马收蹄打住，任你挥鞭抽腔，就是不肯迈出半步。正当大将王常疑惑不解时，只见那马双泪横流，忽然开口讲起话来："施主王大将军，只因前生穿了你施舍的一双草鞋，今生在此以身报答，祈望随缘！"话毕，那匹白马四蹄腾空，飞驰而去。

至今，"马讲话、草做鞋"的故事，连同这副目连戏戏台联，一直流传于秋浦河畔殷家汇马草深周边一带，并教人积善种德，种德收福。

（吴毓福搜集整理）

157

御封"巾帼"女

天地间正气，
巾帼中伟人。

传说乾隆年间，贵池渚湖姜有一位奇女，潜心修行，一生没有出嫁。她自小习武，练得一身好武功，尤其是一根无影鞭，舞得非常了得，八九十个彪悍武士难以近身。

有一天，夜深人静，满村人都已熟睡。忽然，村中的狗吠声四起，被惊醒的人原以为是山中野兽进村，没在意，又继续"呼呼"大睡。谁知，一伙十几个强盗握着大刀短棍，从渚湖姜东南方向，鬼鬼祟祟地溜进村内。他们撬开了几家大门，几个强匪迅速控制住从睡梦中惊醒的家人，其他强匪在家里翻箱倒柜，拎的拎，挑的挑，将家中粮食和钱财洗劫一空后，扬长而去。强盗走后，可怜那几户人吓得哆哆嗦嗦，双腿打战，连夜敲开了族长家的门，哭哭啼啼，上句接不到下句地告诉了族长。这渚湖姜村那时就有农闲习武风气，为的是能在外出时防身，在家时又能联合防备匪盗袭击村庄、祸害乡民，所以不少青年人练得一身好武艺。族长得知，迅速派人通知各家各户，聚集在一起，挑选了一些武艺好的人，迅速追拿强盗。他们追了两里路程，眼见强匪已经远去，不见踪影，只得返回村中。从此，村中加强了夜间巡逻。

事隔不久，一个月黑风高的深夜，那伙强盗又悄悄地摸入村中。这次巡逻的村民早有防备，在暗处看见十几条黑影径直闯入村中，立即"咚咚咚""哐哐哐"地敲响了锣鼓。几分钟时间，村中青壮年武士就聚集起来了，部分武士把持村口，其他几十名武士将劫匪团团围住。一场激烈的搏斗厮杀在村中的开阔空场中展开了。那帮劫匪口出狂言："我们从太平一路搏杀过来，无人能胜，不怕死的就过来，怕死的就赶紧退。"武士们有的还是有点胆怯，但这时为了保护村庄百姓，加上人多势众，顾不得自身安危，都壮着胆子，使出刀枪剑戟十八般兵器

渚湖姜石牌坊

纷纷冲了过去，和劫匪打成一团。原来这劫匪武功也的确了得，打了十几个回合，虽然有部分匪徒也受了一些伤，但村中的武士却倒的倒，伤的伤。眼看难敌对手，武士们有性命之忧，处境十分危急。

正在这紧急关头，一位头裹纱巾，身穿黑色土布衣服，三十岁左右的年轻漂亮女子从焦急的人群中站了出来，大喝一声："哪来的狂徒，竟敢在此撒野，欺压百姓？还不快快住手，束手就擒！"匪徒们瞧见是一位娇柔如水的年轻姑娘，眨着色眯眯的眼睛，露出邪恶的奸笑，说："来，来啊，我们大王正好缺一个压寨夫人。你给我们大王生个三男五女，怎么样？"这女子见匪徒不仅不住手，还用言语羞辱自己，怒不可遏，"嗨"的一声，话音未落，一铁鞭甩出去，无影无形，那边早有三名匪徒应声倒地，叫苦不迭。见这情景，匪徒不由分说，立即腾出身来迎战姑娘。姑娘毫不畏惧，盘下身子，腾挪闪转，手起鞭落，只几个回合，又有三名匪徒倒地不起。其他匪徒眼看这女子武艺惊人，便一起上来围攻。只见女子待匪徒靠近，一个三百六十度急旋风，手中鞭掠出无形，一眨眼，四人倒地，身体被打得皮开肉绽，趴在地上疼得"呱呱"直叫。另外两名歹徒情知不是对手，乖孙子一样跪倒在地，一个劲地叩头求饶。武士们一拥而上，将众匪徒五花大绑，押解上县衙去了。

这身怀绝技的奇女子正是程氏，自跟随父亲来渚湖姜落户后，因村民厚道，处处对她关心照顾，当成本族后代一样看待，所以她一直铭记村民的恩情，但也没有轻易显露秘传武功。这天晚上她在家中睡醒时听到外面闹哄哄的，心想一定是村民又遭强盗抢劫了。于是就起床更衣，操上铁鞭赶了过来。

从此，程姑娘就天天向姜姓村民传授绝密武功，并带领村民日夜巡逻，保护村民和周围百姓的平安。她攻退劫匪的事迹传出去后，四方百姓惊叹不已，再也没有强盗敢闯入渚湖姜为非作歹了。

渚湖姜石刻楹联

当时渚湖姜家族对一位王爷有恩，有人被安排到了王爷府中做帮佣。有一天，那帮佣与人闲聊这件事的时候，被王爷听到了。王爷详细追问事情的来龙去脉，第二天一早就向皇帝递上了请求旌表的奏章。皇帝听完启奏后，龙颜大悦，立即吩咐伴驾太监备好文房四宝，赐下了"巾帼牌坊"匾额，并钦赐对联一副：

天地间正气，
巾帼中伟人。

　　程氏去世后，族人为纪念她，特立牌坊于村口，将"天地间正气，巾帼中伟人"刻于牌坊上。为了村庄内的长治久安和财宝的留存，姜氏族人将刻于石壁上的藏宝图抹成了无字碑。

（柯其正、柯芳美搜集整理）

佛像托梦借蒲扇

　　九华河流入墩上街道管辖的东北方有一个村，叫低岭村。这里山峦低矮，绵延起伏。传说在清朝中期，这里曾经人口稠密，商铺济济，饭馆林立，来往九华佛山的下江香客，也会络绎不绝地在此歇脚或住宿。

　　一日，一位尼姑打扮的人来小店用过斋饭后，在街上化缘，看到旅社和饭馆、店铺到处都是风尘仆仆的香客，口中暗念"阿弥陀佛"，心里暗想：我佛慈悲。何不在此再建一座庙宇，省些众生朝拜辛苦。回旅社后，她找来店主人和当地长老，谈了自己的想法，要求他们带她去周围看看地形。长老们想：有一座庵堂在此，既能方便本地人就近拜佛祈愿，又能吸引外地香客在此留宿，这是两全其美的善事，何乐而不为？于是，他们纷纷称赞尼姑是大慈大悲的善举，表示极力支持。

低岭庵

尼姑和长老们选择好合适位置后，四处化缘，筹足经费，前后花了两三年时间，庵堂落成了。庵堂朴素整洁，正厅肃穆地供着佛像和香案。没几年工夫，这里就人来人往，香火不绝。忽一日，一位香客说："住持，您这佛像上少配了一样佛具。"住持不解，忙问："少了什么？请施主明示！"那施主说："您这佛像昨晚在我梦中显灵，说要借我身上一把蒲扇出去，向那些受苦受难的下层百姓们传授佛法。我今特将这把蒲扇赠予你，请您装在佛像手中。"住持非常高兴，立即吩咐人将蒲扇进行一番防腐刷金处理后装上了。

有一天，这佛像化作一老尼，蒲扇化成六瓣玉莲擎在手中，四处游走，逢有人家儿女不孝的、邻里不和的、为非作歹的、坑蒙欺诈的人等，一手打着佛语，一手擎着莲瓣，躬身施礼："我佛慈悲，施主可知尘缘根在何处？"那些人不解，老尼接着说："尘根全在莲瓣中。慈悲为怀，六根存善，须在今世虔诚修炼，万不可心存恶念。"逢香客焚香朝拜时，佛便暗中以佛水浴香客脑门，夜间便偶尔托梦开导住持。自此，庵堂住持便手持六瓣莲，时常外出弘法化缘。直到清末民初，庵堂依旧香客不绝，香火日日缭绕。

后来在一次庵堂修缮中，一位叫叶中泠的当地知名文士受住持之托，重新撰写了一副大殿对联：

借一蒲团，请我佛，向低处说法；
擎几莲瓣，引世人，来这里寻根。

低岭村　吴旭东摄

清末举人王迪斋来此朝拜后，听住持栩栩如生地描述后，心里想着，这庙虽不大，坐落的周围山势虽低矮，但庙中佛像与住持却能为纷纭浮躁的众生开慧启悟，使众生能深受教益，也的确十分神灵。于是，他又欣然题写一联：

神正无分庙大小，

心平哪怕岭高低。

后来住持将此联镶嵌在庵堂大门上，一直流传了下来。

（柯其正搜集整理）

求淡泊以明心志

明朝时候，棠溪有一个秀才，为人谦和，处事公道，加上诗文兼工，学识渊博，因而在当地很有威信。有一次，他在镇上赶集时碰见了他启蒙老师方先生，寒暄过后，方先生问起了他的生活情况。这位秀才向来不追求富贵荣华，生活只求过得去就行。方先生听说学生家境依然平平，便说了半副对联：

"无狂放气，无迂腐气，无名士怪诞气，方称达者。"

方先生这上联显然既是夸奖学生，也想抛砖引玉，让学生对出一个更响亮的下联来。不料，学生对的下联却平淡得无法再平淡了。那是：

"有诵读声，有纺织声，有小儿啼哭声，才是人家。"

方先生见学生能够淡泊明志，十分高兴，点点头说：

"富贵贫贱，总难称意，知足即为称意。"

那秀才接着说：

"山水花竹，无恒主人，得闲便是主人。"

二人临分手时，方先生又十分感慨地说了一副对联：

"有无不争家之乐，
上下相亲国乃康。"

据说，这位秀才后来也未刻意追求仕进，只是在乡里帮人们写写书信、对联什么的。一家人和和美美，与妻子相伴活到九十多岁。

(檀新建搜集整理)

165

朱先生输对王老者

从前，秋浦某地有一位姓朱的秀才，他仗着自己念过一些书，能作诗会联对，在乡里对谁也瞧不起。有一次，他听说邻县某村有个姓王的老头擅长联句，当地人都称他"联仙"，便一心想去"见识见识"，看王老者究竟有多大本事。

朱秀才到了王老头村子后，一位村童听说他是专程来找王联仙对对子的，便连蹦带跳地领他到了王家。朱秀才一见王老头，才发现他原来是个普通农夫，不但衣着破旧，而且双手粗糙得像松树皮，就有些瞧不起他。王老者见有客人来，放下手中的活计便往屋里让。可是朱秀才不屑进屋，连句客气话也不说，便站在院子里，开口说出一个上联：

"王老者一身土气。"

王老头见此人这么不礼貌，当然不高兴，但他还是耐着性子问了对方贵姓、来自何方、有何贵干等。朱秀才这才不大情愿地说明了自己的身份和来意，随后说："你就对对我刚才的那上联吧！"王老头说："那不难，你不就是在'王老者'三个字里都含有'土'字这一点上做文章吗？请听我的！"说着，他道出了下联：

"朱先生半截牛形。"

朱秀才一听，王老者针锋相对，用"朱先生"三个字各含"牛"字来回击自己，心想："这王老头实在厉害，还真不能小瞧他呢。"

接下来，二人便在院子里一对一地连续对起对子来。由于朱秀才是挑战者，当然由他出句，王老头对句。据说二人一气对了三十联，王老头一直没被朱秀才难住。其中最妙的一联是：

朱秀才出句：

　　　夫子天尊大士，头上不同。

王老者对句：

　　　宫妃宦者官人，腰下各别。

　　朱秀才出句的联面意思是说"夫""天""大"三个字的字头不同；联面之外的意思又是：儒家（夫子）、道家（天尊）、佛家（大士）三类人头上戴的帽子不同。而王老头的对句则庄中藏谐。其联面意思是"宫""宦""官"三字上半部分虽同但下半部分不同；其寓意则暗指宫妃、宦者、官人的下身各别。出句构思自然奇巧，对句更做到了出奇制胜。

　　还有一联，他们对得也很巧。朱秀才出的是：

　　　秤直、钩弯、星朗朗，能知轻重。

王老头对的是：

　　　磨大、眼小、齿稀稀，可分粗细。

　　三十联对过之后，王老头说："是不是也该让我出一句，请您对一对了？"
　　朱秀才当然不甘示弱，便请王老头出句。王老头出的是：

　　　山童采栗竹箱盛，劈栗扑簏。

　　簏，就是竹箱。下半句四个字既说明往竹箱中倒栗子，栗子扑向竹箱，又是用拟声法，形容栗子倒入竹箱时的响声。

　　秀才这次还真被难住了，在院子里踱来踱去，想了半天也没对出来。最后不得不拱手向王老头请求"赐教"。

　　这时，王老头才对出下联：

　　　野老卖菱担筐倒，倾菱空笼。

　　后四个字也是既说明筐倒后菱倾出，笼内空，又用拟声法形容筐倒时的声响。

　　这一回，朱秀才算是服了。

　　　　　　　　　　　　　　　　　　　　　　　　　（檀新建搜集整理）

智收独角虎妖联

金冠盖虎归于箧，
宝塔镇妖护华鬘。

龙池湖村杨地处美丽的小九华腹地，船峰山脚下，东西两条河流环村而过，又在村北交汇，形成了一个人字形小平原，湖村杨就处在平原的中心。村前是天门山，与狮形山、蜈蚣岭、小九华连绵一片，方圆百里，树木葱茏、峰峦险峻、云雾缭绕。古代这里是香火旺盛的佛教道场，也是休闲览胜之地。寺庙、道观掩隐在石壁或翠绿之中，两条古徽道从此通过，一条向东通庙前至徽州，一条直通大九华。北面是螺蛳顶和狙狼凹。所谓狙狼凹，就是四周大山之间的凹处，遍布着不计其数的小山，因竹木参天、野猪虎狼成群得名。这里沟壑纵横，山洼犬牙交错，使得它成为天然的迷宫。东侧是大青山，高大而平缓，多灌木和果树，是最好的宜居之地。传说古代曾有所高等学府在此，渚湖宝山洞和龙池宝马洞十八大学士探险失踪的传说就源于这里，所以至今人们仍然把这里称着学堂凹。西侧就是船峰山，高耸陡峭、怪石嶙峋，因地藏王菩萨泊船而得名。

相传，湖村杨是古代小九华腹地最大的一个村庄，这里也是唯一的山中盆地，私塾、学堂、店铺、一百多户居民，好不热闹繁华。然而，兴盛的背后，却隐藏着一个鲜为人知的传奇故事。

明朝年间，湖村杨氏家族族长（人称杨员外），家中有一千金小姐，年方十八，生得如花似玉、美若天仙，引得方圆百里的公子小生们众星捧月般追求，前去提亲的络绎不绝、踏破门槛。

正当杨员外为小女张罗婚姻大事之际，一日家中来了一位不速之客——独角虎。

这独角虎是何方神圣？原来是狙狼凹的一只独角虎妖。他早就垂涎杨小姐的美色，因此变成人形纠缠骚扰杨小姐。只是这虎妖来无影去无踪，且谁也看不见其真身，唯独只有杨小姐一人能看得到他。一时间，杨府人心惶惶，不知如何是好。有人说，赶快将杨小姐许配他人，等名花有主了，相信独角虎也就作罢了。可这畜生哪肯罢休？一夜之间，他弄来成千上万的石块堆进杨家稻田，还扬言不把杨小姐许他，就将湖村杨推成废墟。杨员外无奈，只得派家丁十多人日夜护卫小姐，一边故意放出风去：好哇！这么多石头犹如一泡泡人畜粪尿。太好了，今年要大丰收了！就怕他弄一田的狗屎，狗屎烂稻根，那就坏事了。独角虎听了，又在一夜间将石头搬掉，弄来满田狗屎（谚语"一个石头三泡屎，大石头还不止"就出自此）。

稻田乱石风波总算摆平，可这么日夜看护防着终不是办法，得想法子让独角虎知难而退才是。此时，杨家正在兴建祠堂。老人们说，先假意许亲哄骗住独角虎，然后让他筑造整体石门框18座，再借来百只木马，若做不到就算自己违约，那么小姐自然不许配与他。杨小姐告诉了独角虎，心想这回独角虎定会知难而退了吧！

龙池风光　方再能摄

次日凌晨，杨员外去工地一看惊呆了，祠堂18座门基上稳稳地矗立着18块整体花岗石门框（至今还有完好门框遗存），祠堂广场上百匹母马黑压压一片。原来，独角虎把木马误听成了母马，所以，半夜前去州府军马养殖基地将百匹母马盗来。这还了得？盗用军马是要被砍头的，甚至会株连九族。杨小姐恳求独角虎立即将军马赶还州府。

没挡住独角虎反而险些弄得罪株九族。怎么办？独角虎不除，祸患无穷。

某天，杨小姐探得独角虎最惧怕和尚的帽子和庙堂香案上的铁塔，于是，杨家请来船峰山禅峰寺的方丈与众僧捉妖。事先杨小姐把一只小口瓷缸在闺房放好，只等独角虎前来求救。众僧人身披袈裟，头戴佛冠，手捧铁塔和玉钵，村民们也一手持钢叉铁锹，一手拿桃枝助阵。独角虎见到处是吆喝的僧人，无处可逃，只得躲进小姐闺房恳求搭救，小姐指着瓷缸说："你钻进去，我坐上面就没事了。"待独角虎钻进了缸中，小姐一屁股坐定，等方丈到达将佛冠紧紧扣住缸口，再封上符咒，镇上宝塔，整个瓷缸包裹上袈裟，两根碗口粗的铁棍夹住缸口，抬入村东桥头的五猖庙中。至此，独角虎妖终于被擒，永远被镇住了。为弘扬擒虎降妖、为民去害精神，知府大人撰联：

> 金冠盖虎归玉篋，
> 宝塔镇妖护华鬘。

（杨则发搜集整理）

风调雨顺拜龙王

贵池区梅村镇新村村龙王庙始建于清末民国初，1959 年因当时沙坡生产队建队屋需用木料而拆除，重建于 2002 年，因沙坡一村民患病到殷汇求仙姑治病，仙姑说："你们村有菩萨可以保佑你们。"而后有三人为首，村民自发集资在原址上重建了龙王庙。每月初一、十五，有中老年信徒烧纸上香。龙王庙门前的一副对联是：

西龙登位救苦难，
宝山打坐保平安。

其经当地人世代口口相传，为这座龙王庙增添诸多神秘色彩。

话说，新村村境内有一条龙须河，环绕该村 8 千米，其源头一支来自于佛教圣地九华山，另一支来自于闻名全国的霄坑大峡谷。龙须河孕育着两岸的世代百姓，也曾是长江中游香客沿河朝拜九华山的必经之路，鼎盛时期呈现过"商贾如云，货物如雨，朝圣如龙，香火如风"的景象。现如今，错落的山庄，幽寂的田野，叠翠的山峦，清澈的溪流，淳朴的民风，仍饱含着牧歌似的情调。

龙须河也并非常常静如处子，每当汛期来临，山洪暴发，凶猛异常，农田淹没，庄稼受损，百姓遭殃；如遇干旱少雨年份，龙须河又细若游丝，无精打采，致使土地干裂，作物枯黄，甚至颗粒无收。据说，有一次正当电闪雷鸣、暴雨倾盆，一条巨龙腾空而出，龙尾横扫，龙须深扎这片土地，顿时，暴雨骤停，天气放晴，阳光普照。龙王显灵了，于是人们奔走相告，有人便出资在此建起龙王庙，内有龙王塑像。于是，古时这里的人们将祈求的目光投向龙王，便有着风调雨顺拜龙王之说。

龙王，道教神祇之一，源于古代龙神崇拜和海神信仰。其被认为是掌管海洋中的生灵，在人间司风管雨，因此在水旱灾多的地区常被崇拜。大龙王有四位，掌管四方之海，称四海龙王，即东海龙王、南海龙王、西海龙王、北海龙王之总称。龙王信仰起源较早，后渐遍及中土。早期的龙神，虽有降雨等神性，却无守土之责。如汉代祈雨时则祭土龙。龙王是奉女娲娘娘之命管理海洋及人间气候风雨的龙神，为上古之神，屈原《楚辞》《九歌》当中对其有描述记载。

梅村苦岭　王庆东摄

龙由九种动物融合而成，能上天下海，呼风唤雨。所以龙为灵兽之首，又是炎黄华夏归一的见证，被历代帝王视为君者象征，故古代帝王多次下诏封龙为王，以求社稷风调雨顺。古时先民民智未开，认为龙王只与降水相关，遇到大旱或大涝的年景，百姓就认为是龙王发威惩罚众生，所以龙王在众神之中是一个严厉而有几分凶恶的神。由于多受旱涝灾，民间为祈求风调雨顺，建有龙王庙来供拜龙王。庙内多设坐像，通常只立有一位龙王。小的龙王可以存在于一切水域中。龙王形象多是龙头人身。

新中国成立后，龙须河几经整治，其穿境而过的新村村逐渐变成丰饶之地。特别是改革开放后，勤劳朴实的新村百姓，日子越过越红火。但是，风调雨顺拜龙王的传统习俗仍延续了下来。

（陈莉搜集整理）

龙袭梅姑茶留芳

　　龙袭山庄是一家主要经营有机绿茶和相关茶文化产品的企业，它位于贵池区梅村镇霄坑村二队，东临莲花佛国圣地九华山，南眺黄山，古木参天，峰峦叠嶂。茶园平均分布于海拔 800 米的高山峡谷之上，常年云雾缭绕，清晨远远望去，似有神仙下凡，如同仙境。而作为贵池区农业产业化重点的龙头企业，它的起名更是源自于一个浪漫美丽的爱情故事。

　　据池州志记载：乾隆皇帝为了体察民情，了解民生疾苦，曾多次微服私访。因久慕秋浦之名而游江南，赏美景。一日，乾隆一行行至钱谿，见此处田园风景如画，美女如云，山川秀丽，空气清新，流连忘返，一路走来，竟不知疲倦。待在旁边人家借留片刻后才发觉有些口渴，困乏。此时，该农户家中一位约莫二八芳龄的少女上前招呼："公子，可要饮茶提神？"说罢便端上一壶自摘自制的高山野茶来供乾隆品赏，乾隆却不接茶，亦不接话，只一个劲地端详姑娘美貌，一边摇扇一边笑曰："姑娘如何称呼？"该女子含笑答道："梅凤姐。""姑娘姓梅吗，只为何姓梅却不姓钱呢？"而后乾隆便以钱公子自称。在品茶过程中，乾隆发觉此茶条索细紧、芽壮而肥、形如龙须、色润俱全，入口后更是清香醇厚，回味无穷，深知采茶制茶艰辛，对梅凤姐好感更增。而乾隆本就是人间情种，梅凤姐亦心仪这样面目俊朗、满腹珠玑的钱公子，自此两人便结下一段奇缘。由于乾隆要去姑苏继续私访，无法长住久留，便与凤姐约定，待到重阳定来迎娶，不负相思。待乾隆皇帝第二次下江南时，率銮驾从京城一路南下直奔池州府，不料在乌沙夹遇江水猛涨，差点触太子矶沉船，修整数日后，才至秋浦河口以西，便派大臣通报梅凤姐兄嫂前来迎亲，并在此等候回话，后人称此地为驻驾。钦差备重金厚绸马不停蹄日夜奔波，却未曾见到梅凤姐，多方打听，才知梅凤姐离别那日过于不舍，错把重阳听成了端阳，在家久等不见钱公子前来娶亲，羞愧万分，遂一狠心投江而亡。消息传到，乾隆懊悔不已，心系梅凤姐恋情，久久不能忘怀，即封之为梅龙娘娘，后来人们为纪念这段爱情便把梅凤姐进山采茶时居住的村落

贵池生态示范区"霄坑月亮湾景区"　王庆东摄

叫作梅村，居住过的篱笆山庄称之为龙袭山庄，同时也留下了绝句：

> 皇帝爱茶香永袭，
> 红梅谢世水哀吟。

这个美丽的爱情故事，让人感叹不已，龙袭山庄便是由此而来，期望继承梅凤姐传统制茶工艺，让"花香花味，自然天成"的传统好茶，留芳万里。

（施璇搜集　陈莉整理）

神奇丁家冲

20 世纪 60 年代末，我出生于墩上渚湖姜村，几岁的时候（即 40 年前），我五姐柯华美天天要早起去丁家冲修水库，一日，妈妈叫六姐（柯方明）送饭给五姐，我跟着去了。丁家冲离我家约一公里远，我与六姐到了目的地后，沿山边小路走到一废址前，青砖古石，有石桩，桩上有文，后得知这就是五猖菩萨庙的旧址，在"文革"中被毁。十年前，村民自发自费在原废址右侧修建了一个很小的寺庙，专供五猖菩萨。门两边楹联：

> 一坛五神三岔口，
> 片霞孤月满目山。

这副楹联十分好记，村里长者都知道。围绕这座五猖菩萨庙及楹联，在当地流传着一个神奇的故事。

古时候，丁家冲常发蛟水，一日，一位从九华山云游的老人与挑着一担小猪的渚湖姜村商人经过此地，老人是去石船山（石船山距离丁家冲三公里远，有寺庙，如今虽已重建，但古遗址犹存，传说是金乔觉弟子名叫了缘的和尚修建的），天突然昏暗，老人回头一望，一妖女正在山尖雾顶翩翩起舞，老人对卖小猪的说，要发"美女蛟"了。"美女蛟"即山顶石缝冒大水，民间传说是唤名"美女"的妖精所致，并有传言：蛟精过处，便是河汉，蛟精翻舞，便是湖塘。卖小猪的惊慌失措，跌倒，箩筐里小猪跑个精光。此时，老人腾空而起，直向山顶，与蛟精战斗，但蛟精凶猛恶劣，老人与之天上地下战斗多时不分胜负，且有危险，正在关键时刻，卖小猪的紧握扁担，向蛟精拦腰砍去，这一砍，果然有效，蛟精化为一股水流消逝了。为什么一扁担就砍死了蛟精？原来是扁担头上有铁钉，为牢固绳索而用，而铁钉正是蛟精的克星。战胜了蛟精，老人使法力将小猪收回。此时天色已晚，山坡平坦处有几十户人家，见证了二人斗蛟精的过程，于是请二人在村中留宿，并好吃好喝款待。第二天，村民将小猪买下，姜姓商人自然回家将此故事传开了。村长亲自陪老人去了石船山，与了缘和尚谈及此，了缘和尚建议，可在此修五猖庙，抵挡妖精施难，于是唐朝末期丁家冲就修建有五猖庙。完工后，村长又请了缘来看，了缘看了地势，在两边庙柱上写下上述对联。

渚湖古桥　吴旭东摄

　　三年后，老人复来此，看见此联，大为惊讶，"一坛五神山岔口"，是很厉害的，任何鬼神想在此害事都是不可能的了，可是"片霞孤月满目山"，这也是不利于人丁发展的场所，"满目山"即"满目伤"。老人告知村长搬迁，可是村民世代生活场所，一切安好，怎舍得弃家？因此并未听从老人劝告，老人为护持丁家众生，在离寺庙约二百米处搭篷住下，不知活了几百岁，圆寂后，丁氏村民在其所住处安葬了老人，现依然有石碑刻有"老人大人之墓"六字。老人到底姓啥名何，未有人知，一生一世，大人小孩都称呼他"老人"。现在的渚湖姜村，还有不少人知道，丁家冲有个老人坟，每到正月十五还有很多人去上香祈福，希望保佑平安。五猖庙确实确保了丁家冲之后再无蛟精妖怪作乱，村民安然无恙，依山傍水，自耕自食。那么"片霞孤月满目伤"，这被当时老人理解的"咒语"应验了吗？"当然应验了。"这几乎是六十岁以上的村民共同的答案。带着姜来富老人在五猖庙周围山峰行走，姜伯伯指着原丁家冲村庄旧址说："这就是丁家冲，在清朝时雍正年间全死光了。一个大村庄灭了。二十年前，站在五猖庙前能看到一些石条砖瓦。"我要去看旧址，却被老支书拉住："现在树木柴深，黑暗沉沉，怕是有蛇。"

　　回到城市，我一想起丁家冲五猖庙楹联应险系列故事总是惊心动魄、心疑重重，于是，便与懂得风水学的姜少林先生取得了联系。他告诉我，丁家冲这块是个三岔口，是个危地，五猖庙的楹联是百分百应验的，不仅丁家冲丁氏全族灭门了，邻村一个叫"廖家板"的，还有"杨家畈"的也都灭了。但到底他们怎么死的？渚湖姜村因为背靠义湖山这阳气山脉，而至今繁荣，姜少林先生又告诉我，是血吸虫所致。山岔口背阴，是血吸虫猖獗之地。我恍然大悟。"一坛五神三岔口，片霞孤月满目山"是神仙之语，是玄妙之语，是禅语，真实不虚，在渚湖姜村，老百姓们是深信不疑的。

（柯芳美搜集整理）

晏塘桥头戏联妙

戏唱杜司勋，笛弄扬州明月夜；
联评伍相国，箫吹吴市楚乡人。

作为文化载体，戏台是传统文化的凝聚，无论简朴、华丽，都展示了戏剧文化特有的美感。戏台楹联更是一座戏台或整出戏的灵魂……

晏塘桥，今贵池区乌沙镇晏塘社区。晏塘，古称"雁滩"。其地处长江南岸，滩涂连绵，沟渠纵横，水草丰美，候鸟翔集。每年秋来，时有成群大雁栖落在此，故而得名"雁滩"，后谐音易名为"晏塘"。宋宣和六年（1120年），开通车轴河（李阳河）后，时人便在晏塘街上下端各建一座桥，故名"晏塘桥"。明清时期，晏塘桥属舞鸾乡。舞鸾乡，自古即是重文之乡。从晏塘桥这副独特的戏台联，即可窥见一斑。

相传，民国元年（1912年）壬子正月，晏塘桥曾连续上演了两场大戏，其戏台联乃舞鸾乡邑武乃文所撰。此联之妙，在于以诠释剧名，一戏配一联，给人以丰富的联想和戏曲的美感。

"谁是杜扬州"，杜扬州，即晚唐杜牧。杜牧（805—约853年），字牧之，号樊川居士，生于晚唐，是宰相杜佑之孙。青年时代即已彰显经世之志和倜傥才情。后因牛李党争及过于坦率的性情，入仕后几乎为人幕僚，然落拓不羁，后又远守黄州、池州、睦州等"僻左小郡"。

"笛弄扬州明月夜"，联文如诗，自然让人联想到杜牧的那首《寄扬州韩绰判官》："青山隐隐水迢迢，秋尽江南草未凋。二十四桥明月夜，玉人何处教吹箫。"

"二十四桥明月夜"，意指扬州的夜色独绝、风情浪漫。徐凝诗云："天下三分明月夜，二分无赖是扬州。"其盛可知矣。如此繁华冶香、青楼弄月之地，自然会演绎出许多迷人的故事来。为此，杜牧后来曾遣怀追思，情愫若梦，其诗云：“十年一觉扬州梦，赢得青楼薄幸名。”

《太平广记》之《杜牧》篇戏言："唐中书舍人杜牧，少有逸才，下笔成文……性疏野放荡，虽为检刻，而不能自禁。会丞相牛僧儒出镇扬州，辟节度掌书记。牧供职之外，唯以宴游为事……"

于是，就有了元代戏剧家乔吉那温婉动人的《扬州梦》。

"我怀伍相国"，武相国，即春秋伍子胥。伍子胥（公元前559—前484年），名员，字子胥，本是楚国椒邑人，春秋末期吴国大夫、军事家。曾率吴军大破楚国，并营造姑苏城。

"箫吹市上菊花天"，联文即是典故"吴市吹箫"的诗化，指的是春秋时楚国的伍子胥逃至吴国，在市上吹箫乞食。《史记·范雎蔡泽列传》："伍子胥橐载而出昭关，夜行昼伏，至于陵水，无以糊其口，膝行蒲伏，稽首肉袒，鼓腹吹箫，乞食于吴市。"

《史记·伍子胥列传》：司马迁着重记述了伍子胥为报杀父子之仇，弃小义而灭大恨的事迹。昭关受窘，中途乞讨，未曾片刻忘掉郢都仇恨的心志，忍辱负重、艰苦卓绝，终于复仇雪耻，名留后世。

于是，亦有了元代杂剧家李寿卿的《伍员吹箫》。

《伍员吹箫》以杂剧特有的舞台表演和戏曲语言，向观众展现了伍子胥复仇以及报恩的故事，突出伍子胥知恩图报的侠义精神。《伍员吹箫》，自古以来，即是深受百姓钟爱的好戏。

遥想当年，晏塘桥那次的戏演，无疑是这两个为百姓所喜闻乐见的《扬州梦》和《伍员吹箫》。据说，那两场大戏的演出，至今在晏塘桥阡陌水湄，依旧余音缭绕……

（吴毓福、徐琳搜集整理）

联傩共存荡里姚

荡里姚，古称虾（鰕）湖、霞湖，是贵池东南方向山里的一个古村落。据《姚氏宗谱》记载，荡里姚，唐时旧名虾湖（鰕湖），宋改虾为霞，今名荡里。

诗仙李白漫游秋浦时，曾投宿此地，并写有《宿鰕湖》诗："鸡鸣发黄山，暝投鰕湖宿。白雨映寒山，森森似银竹。提携采铅客，结荷水边沐。半夜四天开，星河烂人目。明晨大楼去，冈陇多屈伏。当与持斧翁，前溪伐云木。"首句里的"黄山"，即黄山岭，位于贵池棠溪，即今黄山岭铅锌矿一带的山脉。鰕湖，即虾湖，今荡里姚，距黄山岭十五六里。

荡里姚村落，聚族而居，依山傍水，古风犹存。其标志性建筑为明末徽派建筑"姚氏宗祠"，坐落于村落中央地带，四水归堂，雕梁画栋，祠前广场有半月形放生池，为姚氏总祠。

宗祠，是一个家族血脉传承、心灵贯通和祭祀祈愿的道场。姚氏宗祠，亦是如此。据说，每年新正，荡里姚的许多傩仪、傩舞和傩戏几乎在此搬演。戏台搭在宗祠内，并且置于祠堂天井与宗祖牌位之间，其空间意义，显而易见。两侧台柱楹联常贴的几乎是其宗族固定的联文：

> 制度礼仪遵古法，
> 声音节奏守遗风。
> 横批：乡人衍庆

然而，为了以壮观瞻，往往也会根据当时傩戏演出内容而撰写有针对性的联文。据说，清代光绪年间就曾贴出这样一副傩联：

> 这台戏，把大菩萨请来，一鞭扫净千方鬼；
> 那雷公，将不孝儿打死，九域骇微几多人。

此联贴出后，荡里姚及周边"九刘十三姚"村民赞不绝口，一时传为佳话。

上联"这台戏，把大菩萨请来"，荡里姚的这台戏，自然与傩戏有关；而请来的大菩萨，无疑是指南朝梁代的昭明太子。

据余大喜在《中国傩神谱》一书中的不完全统计，常见的傩神神主就有108种之多。除了广为人知的钟馗、城隍、关羽之外，还有很多带有地方特色的神。贵池傩戏中，就有一位显赫的神主——昭明太子。

乡傩出巡　吴旭东摄

在贵池乡间，昭明太子备受崇祀，旧时民间香案上就有身着黄袍的木偶童子像，俗称"案菩萨"，亦称"文孝昭明圣帝"。有道是，自晚唐诗人罗隐《文孝庙》"秋浦昭明庙，乾坤一白眉。神通高学识，天下鬼神师"一诗，流布秋浦之后，昭明被尊为"天下鬼神师"的称誉，便不胫而走，在贵池，甚至家喻户晓。

下联"那雷公"，雷公，自古即是傩神之一，《中国傩神谱》里亦有其神秘的一页。在中国神话里，雷公信仰起源很早。《山海经》最早有其雏形的描绘："雷泽中有雷神，龙身而人头，鼓其腹则雷也。"

翻阅多部史书发现，雷公，亦是倡导忠孝之神。在流传的众多民间故事中，均有雷公"见世人不行忠孝"，而"代天诛伐此恶逆"。唐宋文人笔记中，多记大雷雨后，雷神、雷鬼从空而降，霹打不法商人和不肖子孙。

神话里的雷公，具备人、龙、猴、马等多种不定形象的综合，兼有鬼与神的形象和职能。到了明清，雷公的形象才逐步脸谱化，大约便于民间演唱大戏。

由雷公的神话故事而演绎出许多典故和成语。最著名的，也是被人们最为常用的，无疑是"天打雷劈"这个成语。曹雪芹《红楼梦》第六十八回里就曾用过："好婶娘，亲婶娘，以后蓉儿要不真心孝顺您老人家，天打雷劈。"

日常生活里，也通常会用这个成语，以表达对罪恶滔天、为非作歹、不尊不孝的人的惩罚；或者表达两者之间的另一方，为了取得对方的信任以证明自己的清白。

回到下联，荡里姚的那次傩演，也许是传统傩戏《宋仁宗不认母》，以此傲骇并告诫后辈子民："身体发肤，受之父母，不敢毁伤，孝之始也。立身行道，扬名于后世，以显父母，孝之终也。夫孝，始于事亲，中于事君，终于立身。《大雅》云：'无念尔祖，聿修厥德。'"（《孝经·开宗明义》）正所谓："百善孝为先。"

孝道，是中华民族传统美德。荡里姚古村，每年的傩演，不但在于驱鬼逐疫、祈福禳灾，更在于崇尚古礼，尊祖敬宗，种德收福，以孝传家。

（吴毓福搜集整理）

章县令齐山吟联

清朝年间，贵池县衙新调来一位章姓县令。与上届不同的是这位县令年轻，才三十岁出头，且新婚不久。章县令上任不到一个月，就用自己的八抬大轿把家住桐城县的妻子吴氏给接了过来和自己一起生活。

比章县令小十二岁的妻子，早就听说贵池自然山水风光优美，经常像个孩子似的吵着要刚上任不久的丈夫带她出去游山玩水。无奈章县令公务繁忙，抽不出时间来，直拖到七月初七这天，才满足妻子这点要求。

七夕节这天，天气晴好，章县令小衣小帽带着妻子逆清溪河而上，吴氏见清溪河水清澈，两岸垂柳、农舍、古桥，对岸的田野、牧童、水牛，还有天上飘着的白棉絮样云朵，倒映在清溪河里，人行景移，如诗如画。很少出门的吴氏被清溪河两岸的美景陶醉得如痴如醉、手舞足蹈。好在她的父母都是开明人士，思想进步，也没有给女儿裹脚，所以这次出来也没有坐轿。七月七这天暑热还未退却多少，待走到五六里外的上清溪时，两人已热汗淋漓，尤其是娇生惯养的吴氏此时非但有些疲累，更感饥渴难耐。好在这天游玩赏景人较多，上清溪几家小酒肆都在开张营业，章县令见前方大柳树底下三间草房门前飘着一面酒旗，便偕妻直奔而去。

吃饱喝足以后，夫妻双双从店家带出一条板凳来到树底下歇凉，久不走路，几里路走下来，都有些疲乏，此时又被树底下习习凉风吹得特别舒坦，有些不愿离开。舞文弄墨惯了的章县令，把今天的事经大脑稍一琢磨，就想起一副上联：

　　　七夕日偕娇妻游清溪，娇妻饥渴遇酒肆，乐不思蜀。

谁知再往下想，却卡了壳。这下联怎么也想不出来，本来今天玩得挺高兴，可现在却被这个下联给弄得没了心情，吴氏见了也有些扫兴。待她听完丈夫的述说，不屑一顾地说，你真是个书呆子。

　　一个多月后的中秋节，章县令同窗好友因慕名贵池的山水，趁中秋佳节放假专程从江北枞阳到访贵池，章县令带他到集自然风光与人文景观于一体的齐山览胜。章县令被故友钟情痴迷齐山风景、乐得眉开眼笑流连忘返的神情所感动，触景生情，突发灵感，对出了下联：

　　　　八月节同故友览齐山，故友风雅见胜迹，流连忘返。

　　不曾想这个有关清溪河齐山的对联故事，不胫而走，流传至今。

（方再能搜集整理）

罗汉先生游晓岭

传说这个罗汉先生是上界"帝王星"下凡，有一朝人王地主的福分，自幼便气度不凡，才气过人。三岁能读圣贤书，一目十行，过目不忘，五六岁时便能写得一手好文章。可惜，只因其母恶语得罪了灶王爷，被玉皇大帝撤去龙骨，换上了狗骨，但却留下了一口玉牙。于是，他一生广游天下，戏乐风尘，随口而言，即为真事。

相传那一年那一日，罗汉先生骑着瘦马，从新华苦竹坂一路向北走来，到了晓村日已近午，天气又热，他下马在树荫下休息，见一村夫正在田中插秧。于是，他踱到田边，开口问道：

"插田哥、插田哥，一天插了几千几百棵？"

村夫抬头一看，此人身着长衫，模样斯文，定是跑学之士，心想："他虽然是随口之语，定是考究于我。"于是，认真思考反问道：

"骑马老、骑马老，一天走了几千几百脚？"

罗汉先生见村夫竟能如此巧妙作答，便想进一步考量，故有意吟道：

"稻草扎秧父抱子。"

村夫一时犯难，不知如何作答。恰巧，一村妇在田塍边拔了竹笋，装在篮中回家，见罗汉先生作难村夫，略思接口答道：

"竹篮装笋母怀儿。"

罗汉先生一听，十分惊讶！这么一个幽静的小山村，村夫亦是不俗，而这村妇更是才学超群。于是，他又想刁难村妇。他对村妇说："贵妇人才高八斗，不知识礼否？"村妇道："要如何识礼？"罗汉先生说："日已正午，我肚中饥饿，能否求得一饱乎？"村妇笑道："承蒙不嫌，就在奴家吃顿便餐就是。"罗汉先生

185

晓岭村风光

并未起步,故意道:"我有个规矩,吃饭要圆桌子连着板凳,需九十九碗菜,还要空心筷子配方碗,你能办到吗?"村妇已知刁难之意,心中盘算,不如这般……于是,说道:"山居简陋,我尽力而为吧。"村夫领着罗汉先生回到家献上茶,说道:"先生请稍等,奴家略作准备,片刻即可。"不一会儿村妇在厨房中叫道:"先生请至厨房用餐。"罗汉先生心想,看你如何作为?进入厨房,罗汉先生一看傻了眼,磨盘连着磨凳,这不是圆桌子连板凳吗?再走近一看,磨盘上放有一碗,碗里摆着九根韭菜,这不是九十九碗菜吗?正在惊叹之中,又见村妇一手端着量米的方升,一手拿着两根细短的麻骨,这不是空心筷子配方碗又是什么?罗汉先生心中叹服不已!就餐后心中老大不服,一定要想个法子,让村妇认输。于是,慢慢走出,也不作谢,突然看见了自己的瘦马,心中豁然一亮。他忙跑到马旁,一脚踏上马脚凳,回头对村妇洋洋得意地说道:

"村妇、村妇,你可知我上马还是下马?"

正在窃喜间,只见村妇来到门口,一脚伸出槛外,侧身笑问先生道:

"先生、先生,你可知我进门还是出门?"

罗汉先生见村妇如此聪明、敏捷,只好上马悻悻而去。

且说罗汉先生出庄不远,见一壮汉用铁锹铲起被雨水冲积在田角的泥沙,抛在路边,堆起了一堆。原来他已听说罗汉先生为难村夫,后又为难村妇,心中不平，也要想法作弄罗汉先生。他见罗汉先生慢慢走来，便爬上田埂，持锹站在路中，对罗汉先生说道："先生，对不起了：

> '一堆重泥拦子路。'"

罗汉先生受辱憋屈之气还未消尽，又见壮汉拦路求对，一时才堵口塞，搜肠刮肚，不知如何应对。表面看来上联是堆泥巴拦住了你的道路，而内中的玄机是重泥为"仲尼"，孔子之名，子路，孔子学生之名。正寻思中，一青年挑着两箩麦麸轻快地走过来，见罗汉先生窘迫，忙解围道：

> "两箩夫子笑颜回。"

罗、箩同音，"颜回"，也是孔子门徒。接着对罗汉先生解释道："你是罗汉先生，我是罗姓秀才，吾俩皆为孔圣人门徒，一同笑着回家如何？"众人捧腹大笑。罗汉先生面红耳赤，只好下马绕道而行。

罗汉先生一路感叹，晓村之地，书香之家，名不虚传，真的不可小觑了。这时，他心中焦躁，口里犯渴，不知不觉已来到赤岭地境，他见一农妇赶着猪回家，忙叫道："大嫂，讨口水喝。"农妇从水缸中舀来凉水，先生喝了，摇摇头："此水咸中带苦，实难下咽。"农妇苦笑道："这里找不到好地方挖井。"先生听后，四周察看一番，指着篱笆边猪打滚的地方说："这里打井，必得好水。"农妇听后大喜，忙找来丈夫等人，铲出浮土，清出碎石，挖出粗沙，再往下，沙子越来越细，不多久，一股清泉喷涌而出。捧水喝之，果然清凉甘醇。罗汉先生笑道：

> "水井靠泥笆，发到千百家。"

一村妇忙接口道："千百家那还得了？！哪里有许多地方做屋喔？况且，人嘈马哄的，吓坏了孩子！"罗汉先生改口道："哪好吧，水井靠篱笆，发来发去，只有十七八家。"

罗汉先生金口玉言，果然灵验，至今赤岭榨里洪村庄仍然是二十来户。

（张法嘉搜集　王韩炉、胡志学整理）

巧断句联讽"铁公鸡"

旧时，贵池高坦有个姓吴的财主，此人目不识丁，却极善经营。他在镇上开了一家酒坊，生意十分红火。后来他又兼做醋，酒糟、醋糟则用来养猪，十几头大猪个个膘肥体壮。很快，吴某便成了远近闻名的大财主。

凡是财主，十有九个是吝啬鬼，吴某也不例外。他财富越多，待人越刻薄，乡里人都背后叫他"铁公鸡"。

这一年，除夕快到了，吴某去找本镇老秀才李某，请他给自己写副春联。去年吴家的春联就是请李秀才写的。当时说好了的，写完对子吴某付二两银子。结果李秀才写好后，吴某借口其中一个字的某一笔画稍歪了一点，硬是扣去了一两银子。今年他又找上门来，李秀才有心拒绝，不给他写，但想到吴家财大气粗，硬顶也不好，便答应了。不过，这一次，李秀才却留了一手，就看吴财主是否还那么刻薄了。双方议定，润笔还是二两银子，于是李秀才写道：

> 酿酒坛坛好做醋缸缸酸，
> 养猪只只像老鼠个个瘟。

写好后，吴财主说："你知道，我不识字，你得先把这对子念给我听听。"于是李秀才念道：

> "酿酒坛坛好，做醋缸缸酸；
> 养猪只只像，老鼠个个瘟。"

吴财主听了心想："不错，这副对联十分吉利，来年一定再发大财。"然后，他又横挑鼻子竖挑眼了，不是这个字小了些，就是那一划歪了些，挑来挑去一句话，还是要扣一两银子。李秀才见这铁公鸡真是本性不改，便没说什么，这次又只收了一两银子。吴财主拿着对联正要走，李秀才又把他叫住了，说："很对不起，刚才写时掉了两个点，让我给你补上吧。"于是吴财主又给他，让他补了两个点。

　　大年初一，吴财主家门前贴的对联吸引了许多人围观，门前一片喧笑声。吴财主莫名其妙，出门一看，只见一个人正在高声读道：

　　　　　　"酿酒坛坛好做醋，缸缸酸；

　　　　　　养猪只只像老鼠，个个瘟。"

　　在人们尖利的笑声中，吴财主气得连忙把这对联扯掉了。

　　　　　　　　　　　　　　　　　　（檀新建搜集整理）

即兴之作成绝对

民国年间的一个寒冷的日子，设在梅村某山冲口庙堂里一私塾学堂，五十开外的私塾先生正欲为他所教的学生批改诗文，便从笔筒里抽起毛笔，拔下笔帽，不想天太冷，笔毛被冻硬了，先生便将冻硬的笔毛放到嘴边，对其不停地哈气，意在用热气解冻笔毛，不想片刻之后，解冻软化了的笔毛上的墨却弄黑了嘴唇。先生触景生情，不由脱口吟道：

"笔冻嘴哈唇染墨。"

熟料，这下联，先生连续数日却怎么也想不出个子丑寅卯来，很是懊恼。这位先生脾气倔，钻了牛角尖，认为自己随意出的上联，却无法对出，这事传出去，多丢面子，往后在学生和家长面前都抬不起头来，枉为人师，越思越想越气恼，觉得没有脸面再教下去，刚好这时距年关不远，谎称妻子得了肺痨，孩子还小，需要他在家照应，让东家来年另请先生，就这样离开了这家学馆。

说来也怪，自先生走后，夜深人静时常能听到一种鸟叫声，其音节酷似吟读先生的上联：笔冻嘴哈唇染墨，并连续多年如此，学馆里学生听着先是觉得奇怪，听久了也没有谁把这当回事。人说：铁打的营盘，流水的兵，学馆里学生走了一批又一批，几年后有个刻苦好学的门生，天天掌着清油灯读书到深夜。所谓的青油灯，就是用乌桕炸的油（也叫木子油）作燃料，灯盏是铁制的像炒菜锅样，只是它很小，只有小碗口大，放在竹制的、方形有手柄，且有尺把高"灯盏架子"上，倒上清油，再向灯盏油里放两根灯草。将灯草点燃，发出的光亮便是用来照明的灯。有天晚上，这个学生读书正值忘情处，灯火却昏暗了下来。学生抬头见露在油外的灯草快燃尽了，便用食指将灯盏里的灯草往上搽一点，灯火便立马明亮了许多。由于刚才搽灯草时手指上粘了点油，便起身找东西揩一下。此时忽然想起那鸟的叫声，继而想起学馆里相传了多年的那位先生因对不出下联而离开的事来，于是突来灵感，想出下联：

灯昏手捺指占油。

打此过后，再也没人听到这鸟的叫声了。当这事传到当年的那位没能对出下联的先生耳朵时，他不由地连连感叹：真是后生可畏呀！

（方振海口述　方再能整理）

尼姑巧联获无罪

　　一位酒喝多了的汉子，趔趔趄趄倒在庵堂门前的地上，刚好被刚出庵门的年轻的尼姑看见，立马将醉汉扶起，并将其搀扶进庵堂歇息，进而引发一则趣联。这趣联在高坦（现梅村镇）一带广为流传。

　　故事详情是：民国初期一天傍晚，贵池高坦乡（今梅村镇）某山村上首河边的一庵堂里，一位年轻尼姑，刚出门就见一醉汉倒在山门边的地上，不省人事。尼姑弯下身子一看，二话没说，便将醉汉搀扶进庵堂歇息。不想这事被人看得一清二楚，认为这尼姑行为不端，有伤风化，便将尼姑告到县衙。县太爷一见此状，义愤填膺，立即差衙役将这尼姑捉拿归案，立马升堂问审。县太爷惊堂木一拍，厉声询问道："大胆尼姑，身为出家之人，为何将醉汉搀扶进庵堂歇息，从实招来！"这位跪在堂下的尼姑心情十分平静地回禀大人道：

> "醉汉妻弟尼姑舅，
> 尼姑舅姐醉汉妻。"

　　县太爷一听，方知醉汉是这位尼姑的家父，便挥挥手，将尼姑无罪释放。

（方振海口述　方再能整理）

赵钱合族联姻亲

根据彭城郡江南《钱氏家谱》艺文篇记载：赵钱两家在历史上以联结姻亲传为佳话。清代年间，在龙坦赵村（今池州市贵池区马衙街道）有一户赵姓人家，乃是诗书门第，财产家业丰厚。赵家有一子，名叫乾坤，年方二十岁，正是谈婚论嫁的年龄，由于受封建社会制约，必须在门当户对的基础上，方能成婚姻大事。

赵家为此到处托人给儿子物色对象，后来，经媒婆多方打听，介绍了"凤坡钱"一大户人家的千金，名叫钱鸾凤，同样也出自书香之家，赵、钱两家对此也比较认可。于是赵、钱两家长辈对子女这门婚事进行了议定。尽管男女婚姻存在的基础是双方平等，但在封建社会男尊女卑的思想根深蒂固，赵家在迎娶儿媳之前，出了一副对联，送到钱府要求对出下联，以显示他男方的地位。赵家出的上联是：

乾坤八卦，卦卦已定乾坤。

钱家也不甘示弱，请来本家族的一些文人先生集思广益，对出下联一定要高出赵家一筹，好让赵家知道他钱家也不是等闲之辈，女儿嫁过去也风光。钱家的下联是：

鸾凤九声，声声和鸣鸾凤。

下联送到赵家，赵家连声称赞，对得好，对得妙，于是两家结成了亲家。结婚当日，八抬大轿，锣鼓喧天，好不热闹，在迎亲的前排队伍中，左右高举一副用金黄丝线刺绣在大红绸布上的对联，格外引人注目，周边村庄男男女女、老老少少纷纷前来看稀罕、瞧热闹。其联语是：

龙坦赵满门欢喜娶佳丽，天生一对；
凤坡钱合族庆贺嫁裙权，地设一双。

赵、钱两家以对联联姻一时被传为佳话，流传至今。

（钱立新搜集整理）

班头改联讽县令

　　清康熙年间，池州府秋浦县（今贵池区）有一个县令名叫耿清廉，是个贪赃枉法、强取豪夺的家伙，却偏偏标榜自己清正无私。这年除夕之夜，他铺开红纸挥毫写了一副对联，命衙役贴在县大门两旁。联文是：

> 爱民亲若子，
> 执法稳如山。

　　不知是谁，在一夜之间悄悄地用红纸在上下联各添了六个字，联文却成了：

> 爱民亲若子，更亲金子银子；
> 执法稳如山，最稳钱山靠山。

　　县令一看，气得面如土色，忙命衙役将对联撕下，根据笔迹，查改对联之人。因为是吃过年夜饭写好才贴的，到清晨只有几个时辰，改联之人，定在衙内。于是县衙上下，追审逼讯，闹得人心惶惶。

　　原来改联者是为人耿直的班头钱赤金，他避免连累大伙，就自己投案自首。县令耿清廉坐上大堂，怒斥班头钱赤金："哼，你叫钱赤金？我看你就是一个贪财不法之徒，不然，你怎么叫钱赤金！"并指着大堂上"明镜高悬"的金匾说："老爷我明镜高悬，为人清廉，岂容你污蔑？快快从实招来！"

　　班头钱赤金并不申辩，拿起笔纸写了"供词"县令打开一看，原来是一副对联：

> 大老爷明镜高悬，未必心明如镜？
> 小班头赤金为号，却是眼赤似金！

　　县令气得瞠目结舌，只得把惊堂木一拍："既然招供，听候发落，押下去！"就这样乘机下了"台阶"。毕竟县令大权在手，班头一直被关押在牢房里。

　　却说县城绅商百姓为此大鸣不平。正好，八府巡按来到秋浦县，众百姓联名告倒了县令耿清廉；班头钱赤金出了冤狱，复了职。

新上任的县令，闻听这段经历，当年除夕之夜，仍按前任一样写了一副"爱民亲若子""执法稳如山"的对联贴在县衙大门两旁。这回班头钱赤金却公开地在上下联各添几字。这副对联成为：

> 爱民亲若子，斥金子银子是贼子；
> 执法稳如山，视钱山靠山为坟山。

后来这副对联改木牌油漆粉饰，张挂在县衙大堂，作为县令理政亲民的座右铭。

（谢海龙、檀新建搜集　王义礼整理）

对 联 亲 家

美丽的秋浦河畔，隔河住着两亲家。河东住的是低头亲家，姓刘，河西住的是抬头亲家，姓李，他们的儿女是在外打工自由恋爱的。李府亲家虽读的书不多，但平时喜欢读报看新闻，逢事爱说顺口溜，传说他刚结婚到丈母娘家拜年时，进门就说"一打春二拜年，节礼办得不周全，敬请二老把谅原"，只乐得丈人丈母娘咧嘴笑。每年他家的门对子都是自己编好，然后再请人写，虽不怎么对仗工整，但把他的心愿写进去了，村里人都称他"土秀才"。去年春上，他听说刘府亲家文墨不浅，便撑船过渡，走马河东，明察暗访，考了一回刘府亲家，还未进门，只见刘府大门上贴着：

> 淘气争气应成大气，
> 无业创业该建伟业。

读了这副门对，李府亲家第一印象就不错，心想，嗯，教子有方，遂进门入座寒暄叙新，话题自然而然地进入了对文的境界。李府亲家说："我有一亲戚住在圩区，他出了一句上联让我对，我对不上，今天来请教你。上句是这样的：

> '放木闸水，养晏塘鱼，放进清溪繁殖，到秋后，浩浩荡荡奔向殷家汇。'"

刘府亲家思索着出了门，这上句不是嵌进贵池四个乡镇的名称吗？他信步徜徉，远望后山和梅村一脉相连，山上修林茂竹，郁郁葱葱，眼前一亮，忙将李府亲家喊出了门，说："有了，你看这样对可行？

> '采梅村苗，剪桃坡枝，移往墩上嫁接，待明年，轰轰烈烈栽遍桐梓山。'"

李府亲家听了，暗中佩服，这不也嵌进了贵池四个乡镇的名称吗？果然文墨不差。不知不觉，时值正午，刘府备酌款宴。席间，刘府亲家手执锡壶提出一上联：

　　"提锡壶，游西湖，锡壶掉西湖，惜乎锡壶。"

　　他说这是传世绝对，至今无人对上。李府亲家心想，既如此，我一个土秀才，四两棉花——不弹（谈）！刘府亲家怕给李府亲家出难题陷入窘境，便请他吃鸡喝鸡汤。谁知这李府亲家触景生情，想起那年送鸡汤到矶滩（属石台县）给五保户老先生，将鸡汤泼了的事，便随口对出：

　　"拎鸡汤，到矶滩，鸡汤泼矶滩，几叹鸡汤。"

　　刘府亲家听了，简直目瞪口呆，拍案叫好，将鸡汤溅了满桌，连声称赞："绝妙！绝妙！"心想，只听说新亲家能说几句顺口溜，没想到这千年绝对竟被他对上了，真是有缘。

　　席间，二亲家越说越近、越说越热乎，都为门当户对而高兴，谈两家前景，谈孩子们的未来。在谈到儿女洞房花烛之事时，两亲家又是高山流水遇知音。李府亲家说："我们将玉宝、桂花的名字编成一对联，上联我出，你学问深对下联，上联你看这样可行？

　　　　'玉兔蟾宫伴月桂。'

你什么时候对上，我什么时候来喝酒。"说完径自而去。

　　待到玉宝、桂花成亲满月之后，一日，刘府亲家亲自登门接李府亲家，李府亲家一进刘府的门就看见了大红对联，那下文是：

　　　　宝阁洞房藏娇花。

好，喝酒！这正是：二亲家门当户对，两儿女花好月圆。

　　　　　　　　　　　　　　　（录自李明江著《千年古镇殷家汇》）

乡村婚俗对联故事

　　梅龙与大通是长江南岸一衣带水的千年古镇。自古它们就出名。唐朝大诗人孟浩然有一首诗："西塞沿江岛，南陵问驿楼。湖平津济洞，风止客帆收。去去怀前浦，茫茫泛夕流。石逢罗杀碛，山泊敬亭幽。火炽梅埂冶，烟迷杨叶洲。离

民间婚俗

家复水宿，相伴赖沙鸥。"诗中的"火炽梅龙冶，烟迷杨叶洲"，指的就是贵池梅龙镇和大通和悦洲两地。唐时，和悦洲称为杨叶洲，梅龙称为梅埂。两地地相连，人相近，交往密切。两地结为秦晋之好的，大有人在。

传说过去，梅龙有一个女子，许配给大通镇和悦洲一户人家。男方在接亲时，在轿上贴了上联：

梅花开五福。

要求女方对出下联，并用红纸书写贴上，配上男方上联。如此做法，缘于当时婚俗。次者，是男方想考验女方是否有人能对得出此联。结果，梅龙一时无人能够对出下联，一直对到茶饭时，尚未见到结果。女方非常着急。此时，有个补锅的路过此地，他也凑热闹，跑轿边去看看。有人问他说："你跑来凑啥热闹，难道你能对出不成？"他若无其事笑笑说："这有何难？"于是对出下联：

"竹简报三春。"

顿时，女方家里掌声雷动，一片欢腾。随后，女方立即发轿。轿至大通，红日未落。两头红，吉祥如意。

（鲍俊搜集整理）

寡妇巧答轻薄郎

相传清代时，在棠溪山区的某村庄里有一位寡妇。某天，她上山砍柴时，注意到一个书生又跟了上来。近日来这个书生一直向她献殷勤，总想帮她干这干那。可寡妇知道他是有家室的人，对她不怀好意，所以总是有礼貌地躲开他。那书生上山见到寡妇后，说是怕她累坏身子，特地来帮她砍柴的。寡妇不好撵他走，躲也没处躲，只好默不作声地干自己的活儿。那书生装模作样地砍了一会儿柴后，便话里有话地对寡妇说：

"树密林深，叫樵夫何处下手？"

那寡妇听了后不予回答。过了一会儿，书生迫不及待地又说："我在问你呢，你怎么不回答呀？"还边说边靠了过去。寡妇怕他非礼，便边收拾好砍下的柴火边说："今天砍了这些够我一担挑了，我要回去了。"随即挑起两捆柴火向山下走去。此时那书生仍不识趣，又跟在寡妇后面追问道："我来帮你挑吧。"寡妇只是笑笑，并不搭话。书生急了，又说："问你的事你还没回答呢？"

当寡妇下山走到一条河边时，书生追赶上来执意还要帮她担柴。还没等那书生动手，她便说："二哥（当地习俗，见人不能称'大哥'，只有称'二哥'才是对人尊敬），谢谢你帮俺砍柴。你那句问话俺说出来后，你就头里走吧。"她答的是：

"水清河洁，劝渔翁不必劳心。"

书生一听，寡妇是在暗示他捞不着什么，觉得自讨没趣，便连鞋子也没脱，趟着水过河走了。

（檀新建搜集整理）

试文采联择佳婿

清代时候，池州一位姓方的书生去杭州拜师求学，因盘缠用尽，正在湖滨摆了摊子写字作画，换几个盘缠钱。晌午时分，杭州城有个姓米的大户人家年方二八、待字闺中的千金小姐也来到西湖，一心要选择一个既有才学，又身健容美的后生为婿。说来也巧，刚好遇见到了刚刚到杭州城的那位书生。米小姐见小伙子一表人才，写字作画也颇有章法，不免有所动心。于是，她便让父亲找人去打听那小伙子的来路，并将择婿之意透露给他，看他意下如何。

这位池州的方姓书生听了很是高兴，初来乍到就有姑娘看上自己，正巴不得有个理想的落脚之处呢。更何况那米小姐在湖滨看他写字时，他也着实为米小姐的容貌所动，只是未敢造次，没有搭话而已。

方姓书生如约来到米家后，米小姐的父亲接待了他。按照女儿的要求，小姐的父亲要试试这书生的才学。他先命题让书生作了两首诗，看过之后，比较满意，便又请书生对对子。米老公先出一上联：

"天近山头，走过山头天又远。"

书生对道：

"月浮水面，拨开水面月还深。"

米老公点点头说："对得不错！"接着又出句道：

"画上荷花和尚画。"

说罢，指了指墙上挂的一幅画。那是清初僧人弘仁画的一幅黄山松石图。那书生知道，弘仁早在明末便已有画名，他本姓江，名韬，是明亡后削发为僧的，在画坛与查士标、汪之瑞、孙逸并称"海阳世家"。米家有此藏画，可见家底不薄。书生环视室内，一时找不到合适的东西作对，便问米老公，可不可以室外之物属对？米老公说可以。于是书生对道：

"书临汉帖翰林书。"

米老公问对句所本。书生解释说，他为习字，曾看过翁方纲的《汉石经残字考》。翁方纲官至内阁学士，对汉代书法最有研究，故作成此下联。米老公心想，自己出的第一个上联，还不算难，可这第二个，没有真才实学的根本对不上。于是在心里就默认了选这后生当女婿！

这时，一直躲在屏风后面偷听的米小姐，也早给小伙子打了满分，于是按照事先约定，她轻轻地咳嗽了一声。米老公见女儿那边也表示"通过"，便对那书生说："找个媒人，明日来换帖子，三日后成亲，如何？"

那书生当然高兴。他做梦也没想到，自己刚进杭州城，就碰上了这等好事。

（檀新建搜集整理）

聪明女险被聪明误

20世纪60年代，池州某乡村有一位女青年，她不仅容貌俊秀，勤劳能干，而且十分聪明。姑娘18岁时，来说媒的人接连不断，可是都被她婉言谢绝了。后来，她父母沉不住气了，一再劝她有合适的应早定了，免得挑来挑去，错过了好小伙儿。可这姑娘总说不急。当父母的就这么一个宝贝闺女，也只好依她了。

其实，姑娘对自己的终身大事不急是假的，原来，她早有了意中人。那人就是邻村在县城念高中的一个小伙子。上小学时，他们俩同班同桌，关系一直很好。因为家中生活困难，姑娘未考中学，回生产队采桑养蚕了。不过，那小伙子虽小时与她很好，但只是同学关系。考上中学后，小伙子便很少与姑娘来往了。他又因潜心学业，一心要考个名牌大学，所以根本不想分心去谈恋爱。很显然，姑娘是害了单相思。

由于父母一再催劝，那姑娘实在耐不住了，便对父母说："我的事我自己作主，你们不用操心了。隔日我写半副对联，你们送给邻村刘海婆婆（该村媒婆），就说，他们村后生中谁能对出那半联来，我就嫁给谁。"第二天，姑娘果然写了半联，看联面，是个下联，写的是：

采桑女，摘叶留心待后生。

前头说过，这姑娘十分聪明。你瞧这半联，既切合姑娘劳作实况，又话中有话，设计得相当巧妙。也许由于姑娘过于聪明了，她只以为，邻村只有三五个念过书的后生，但多数只念到小学毕业，而且功课又都不好，唯一能对出这半联的，只有在县城念中学的她那位意中人。

没到一周功夫，刘婆婆把上联送来了，说是看荷塘的后生刘小二对的。姑娘打开一看，见写的是：

挖莲郎，盘根摸梗寻佳藕（偶）。

这上联可谓无可挑剔，与下联对得严丝合缝。这刘小二，姑娘也认得，也是她小学同班同学，在班里最调皮捣蛋，也最笨，姑娘怎么能瞧得起他呢！再说，凭他那点水平，也根本对不出这么好的对子。姑娘拿了这半联就去找刘小二去了。刘小二见了姑娘就想躲，躲不及了才在姑娘的追问下说了实话。他说："我表姑（即媒婆刘婆婆）把你的对联给了我。我也想跟你好，就跑到县城找奎哥（即那位高中生）让他帮忙，是他帮我对出来的。你对我相不中，我也不勉强你。我知道配不上你。"姑娘知道了实情后又后悔又生自己的气，因为自己是聪明反被聪明误了。

姑娘与刘小二的"婚事"当然没有成。后来因历史原因，高考被取消，那位学业甚优的高中生也回乡当了农民。当刘小二将姑娘如何苦苦等他的情况向他说了后，他心动了，便去找那姑娘，接受了那姑娘的爱情，二人终于结为百年之好。

（檀新建搜集整理）

宗祠庙堂类

专员题联惊四座

茅坦杜氏是皖唐著名诗人杜牧、杜荀鹤的后裔，因人丁兴旺，有清廉状元杜宗鹤和蟾宫摘桂者众多，成为贵池"四大姓"之首。建于明清之际的杜氏宗祠，青砖石板、雕梁画栋、风格凝重古朴、匠心独具，是全省杜氏唯一的一座宗祠，属安徽省重点文物保护单位。

民国二十二年（1933年）春天，茅坦杜氏五修家谱接近尾声时，时任安徽省第八区专员、兼任贵池县县长的向乃祺闻讯率随从骑着高头大马前来祝贺。一向自恃清高的先生长辈们，仗着自己是显赫名望家族的人，对专员大人的到来，一没有去村口迎接；二也没人替大人牵马整鞍，态度不冷不热；三更没有讨好献媚。向乃祺心下明白，这些先生、长辈自恃自己是贵池第一大家族，把他这个专员不怎么放在眼里，这些都在他预料之中。向乃祺因此非但不去计较，反而满面春风地向这里的先生长辈们点头问好，随从们也立马会意，忙着给傲气十足的先生长辈们续茶添水。

这时的向乃祺缓步走到放有文房四宝的桌案前，不想此举却引起在座的杜氏家族长辈、先生们的注视，只见向乃祺潇洒地拂袖、提笔，仅仅一袋烟的工夫，为即将付梓的《茅坦杜氏宗谱》写下："诗人循吏，其泽弥长，子孙蛰蛰，祀胜桐乡"，紧接着又为古老的杜氏宗祠题联一副：

杏花沽酒菊花题诗棠荫遍花封遗爱千秋公去后，
召杜齐名老杜媲美茅坦瞻杜庙寻春五马我来迟。

这些先生长辈们纷纷起身来到桌案前，品读专员那墨迹未干的题联，认为作者不仅对杜氏祖先的渊源脉络了然于心，更是表达了对杜牧及茅坦杜氏家族仰慕和崇拜之情，专员大人的才思敏捷和虚怀若谷的气度也跃然纸上。一向顾及脸面的先生长辈们，表面上虽然不便来个180度的大转弯，但心里都已生起对专员大人的敬佩之情！

杜家祠堂　吴旭东摄

　　向乃祺专员八十年前所题的楹联墨宝原迹已不复存在，而今嵌在杜氏宗祠第二大厅两边大木柱上的楹联为贵池区文联书法家杜德喜先生所书。

（陈春明搜集　方红兵、方再能整理）

茅坦乡傩戏台联

踏地成歌，续古人之既往，庶几鼓宫宫应，鼓商商应，华国金瓯期永奠；

呼天遥祝，邀厚福于将来，但愿春风风人，春雨雨人，清时玉烛更长调。

　　　　　　　　　　　　　　　　　　　——清代·杜先庭

　　茅坦，即茅坦杜，贵池古村落之一。据《茅坦杜氏宗谱》记载：茅坦杜源自杜牧后裔杜绍先，为避明初战乱，于洪武年间，由太平举家迁至茅坦。明初茅坦之地，因地势低坦，茅草丛生，芦苇遍滩，杜氏始祖故率子孙以镰刀拓荒，栽桑植麻，从而定居。之后，男耕女织，繁衍生息，至清末一直富甲一方，耕读不息人才辈出，并且成为贵池境内屈指可数的聚族而居的古村落。

　　旧时，大凡像茅坦这样的古村落，均有类似的譬如对关公的崇祀，于是，在村中显要处几乎都建有关帝庙。茅坦杜，在清代时，即有一座气势恢宏的关帝庙，庙内雕梁画栋，正中关羽面如重枣，唇若涂脂，威风凛然；庙前广场平阔，远山含黛，是古村每年举行傩戏、祭神等活动的娱乐场所。茅坦关帝庙，"破四旧"时被砸毁。据说，清时茅坦关帝庙题匾、戏台楹联，曾经无数。《中国戏台乐楼楹联精选》就曾收录"贵池茅坦关帝庙戏台联"三副。而文首这副，则是其中最长的一副，并且鲜为人知，作者是茅坦杜清代庠生杜先庭。

　　先看上联，"踏地成歌"：即踏歌。踏歌，是古时候的一种娱乐表演形式，源自于民间。踏歌人一边唱着歌，一边用脚踩踏出各种节奏，边歌边舞，边舞边行。所谓"丰年人乐业，陇上踏歌行"，它的母题即是民间的"达欢祈福"意识。而茅坦杜的踏歌，更包含了地域特色，表现出乡傩的独特风情。乡傩，即孔子所称的"乡人傩"。它是以宗族为单位，以傩事为载体，以敬神祀祖、娱神娱人、驱邪纳福为目的，以戴面具表演为特征，包含着诸多古老的文化要素。

　　"续古人之既往"：即是承续古人的信仰。《艺文类聚》："舞四夷之乐，明德泽广被四表也。"是先民的一种古礼。这种古礼，在傩舞"舞回回"中，尤其得

209

到深刻的传承。回回，是南方对胡人的称谓。舞回回，既寄予政治清明的良好愿望，也祝愿国家太平而万民太平。

"庶几"一词：意为希望、但愿。

茅坦傩戏　钱立鑫摄

"鼓宫宫应，鼓商商应"，翻译过来，意思是敲击宫音则其他的宫音与之共鸣，敲击商音则其他的商音与之共振。

旧时每年正月，茅坦杜人几乎都要在关帝庙前上演古老傩舞《花关索大战鲍三娘》，一般是4个年轻人，站在2米高的高跷上，演绎关公之子关索与鲍三娘挥枪比武，而后终结连理的爱情故事。

再看下联，"呼天遥祝"，意指贵池乡傩的"嚎啕神会"。嚎啕，歌哭也。这种歌哭起源于原始宗教的巫歌。《周礼·春官》"女巫"条说："凡邦之大灾，歌哭而请。"《淮南子·缪称训》载曰："歌哭，众人之所能为也，一发声，入人耳，感人心，情之至者也。"古人信奉，如此歌哭，可以达于神灵，通于亡灵，使其感动而对世间众生怜恤赐福，正所谓"邀厚福于将来"！

贵池素有"无傩不成村"的民谚。据说，茅坦杜，自扎根之后、繁荣之时，《孟姜女》是每年必演的一场傩戏。《孟姜女》故事，源于杞梁妻善哭的故事，体现了歌哭感天动地的力量，这力量甚至能推翻秦始皇暴政下的万里长城。傩戏《孟姜女》，无疑体现了古傩乡百姓祈求减轻徭役、祈愿国泰民安的虔诚祝福。

"春风风人，春雨雨人"，典自汉·刘向《说苑·贵德》："吾不能以春风风人，吾不能以夏雨雨人，吾穷必矣。"

"春雨雨人"，应该是一个仿词。"春风风人，春雨雨人"，即和煦的春风吹拂着人们，春天的雨水滋养着人们，比喻及时给人教益和帮助；同时，箴劝世人常怀慈善感恩之心。

再回到上下联的"金瓯"和"玉烛"二词，其实源于惯用语："金瓯无缺，玉烛长调。"其古典寓意为疆土永固、国泰民安。此联用词，正符合茅坦杜氏乡傩所表达的祈愿和祝福。

茅坦傩戏　钱立鑫摄

再说"清时"一词，联系联作者所处朝代，此词定然一词双关，既指清朝，亦是颂辞。单是"颂辞"，《后汉书》云："固幸得生'清明之世'……"清时，即清明之世，指当时的国治清明。

这副长联，对仗工整，内容丰赡，恰如其分地蕴涵了茅坦杜古老的民俗文化和茅坦杜氏的美好祈愿。

鞭炮噼啪，铳声响起。一座地处皖南江边、九华脚下的古风犹存的茅坦杜，在正月里，在昔时的关帝庙前，似乎正和着清代杜先庭的那副妙联，摆开了傩事、傩舞、傩戏的开局……

（吴彧搜集　吴毓福整理）

茅坦杜关帝庙楹联及简注

在池州市东偏北约六十里的茅坦杜，在这个如今 5000 多人的古村落中，原有一座气势恢宏的关帝庙，庙内雕梁画栋，横批对联盈盈，关羽面若重枣，唇若涂脂，庄严整肃；庙前广场平阔，是村民唱戏、祭神等活动的场所之一。新中国成立后被废，现已不存。今从残存典籍及老人的斑驳记忆中，整理出原裱，贴在庙门和台柱上的几副对联，以表达对古迹的感念之情。

大门：

四马单刀扶汉室，
忠心义胆壮山河。

作者武直臣：本是晏塘乡人，1986 年卒，享年 84 岁。

大殿：

三教尽皈依，正直聪明，心似日悬天上朗；
九州隆享祀，英灵昭格，神如水在地中行。

作者秦润泉：清初江宁县人（即今南京市），乾隆进士。官至侍讲士，才气书法绘画，钧名重一时。

戏台（一）：

何处武陵源，此邦烽火无惊，仙寰即是；
今朝上元节，竟夜傩歌不废，古礼犹存。

作者杜池洲：清末当地人，庠生。武陵源即桃花源。烽火：本意是指战争，这里是指乡民看戏时用着照明的火把。仙寰：仙界、化境。上元节：农历正月十五元宵节。傩歌：古代腊月仙民以歌舞驱除鬼疫的仪式。明中期以后，茅坦杜与九华山方圆百里的大姓村落都盛行此种歌舞，后发展成为傩戏。

戏台（二）：

> 远景重逢，覃北阙新恩，颂遍黄童白叟；
> 春光又现，喜东风强劲，吹开万紫千红。

作者杜宝根：清末当地人，恩贡生。覃北阙新恩：新受皇家的深恩。据老人讲，此"关帝庙"即老西街头的财神庙。

（黑领撰文）

名家楹联咏民歌

竹海听箫仙洞千筝弹古调,
溪泉击磐宝山百鸟唱新歌。

渚湖姜村农民文化乐园广场南面建有罗城民歌传习所,传习所正中两根石柱上嵌有这副楹联,增加了渚湖姜村的文化气息。此楹联由贵池楹联专家邱戎华先生根据村情所作,原墩上街道党工委书记汤新异(现任区政府副区长)找到我想请知名书法家写出来,我请年届八旬的知名书法家韩立德先生题写,对申报省历史文化名村起到了重要作用。

渚湖姜村隶属池州市贵池区墩上街道罗城村,西南靠义湖山,东北连船峰山,山与九华佛国一脉相连,路接318国道,距池州市城区25千米。其村四面环山,国土面积15平方千米,350余户,1300多人口,8个村民组,姜姓为主,俗称“十里长姜”。洪武二年(1368年),姜氏太祖均道公携妻室,从青阳县土桥镇迁居渚湖建业,迄今已有645年的历史。明、清姜氏二十四代在此生息繁衍,得渚湖水土之天饴,工农商学兵诸业渐达鼎盛,列为贵池“李、姜、杜、章”四大姓氏之一。随着人口增多,经济发展,村庄扩大,渚湖姜村文化民俗也日积月累,拥有丰厚的历史文化资源和秀丽的自然山水风光,2010年被评为安徽省历史文化名村。

罗城渚湖姜村历史文化底蕴丰厚,该村孕育出一朵美丽的文艺奇葩——罗城民歌。均道公从土桥带着家人在罗城渚湖姜开垦种植,创造财富,辛苦劳作时有劳累的呻吟,有收获的喜悦。他们与大自然对话,与天籁共鸣,渐渐形成一种状态,三人一起,五人一群,用这种状态传递着思想和情感,又经历着数百年的传唱,便形成了今日的罗城民歌。明末清初,政治活动家、文学家、贵池人吴应箕在《卷园诗集序》中曰:“予邑民歌,涌三十年如一日,此其诗在民间矣。”

墩上渚湖姜宗祠楹联　方再能摄

　　在 20 世纪五六十年代里，罗城民歌有了当代音乐工作者的参与，农民歌手姜秀珍把家乡民歌从罗城山村一直唱至北京城，把带着泥土芳香的旋律传送到中南海领导们的耳边，从此，罗城民歌一直享誉海内外。2007 年罗城民歌被批准入选安徽省非物质文化遗产名录。

（陈春明搜集整理）

元四章长联道心声

池州市贵池区里山街道元四村是一个古老而又有着深厚文化底蕴的自然村落，境内章姓聚族而居，村民百分之九十五均姓章。历史上人文荟萃，群星灿烂，明清两朝读书考取功名，在朝为官且载入《章氏宗谱》者比比皆是，如"钦赐翰林章敬修""钦命督储章宗辂"等，但遗憾的是他们都没有留下具体的诗词文献，供后人欣赏研究。而晚清秀才章自超，留下了一序一联，序为《仲德公迁居杨村源流序》，联是为杨村章氏宗祠"秩叙堂"（又称仲德公祠）所作的一副七十字长联：

回头溯历代先型，太傅武功，邰公仁政，恭毅道德，如愚文章河涧绍渊源，逆衍箕裘千载艳；

屈指数四周佳境，湾潭后带，清水前襟，象垅西环，狮山东绕杨村横缔造，同陈俎豆万年新。

据《梨树章氏宗谱》第九十七卷记载，章自超字文彬，号古墩，乳名清雅，生于清光绪丙子年（1876年）十一月二十一日，卒于1949年，享年73岁。章自超自幼勤奋好学，苦读诗书。参加了清末科考，取得郡庠生（科举制度中府、州、县学的生员的别称），即秀才。因他是元四章分支祠堂秩叙堂仲德公的后裔，当时考取秀才的捷报直送秩叙堂。秩叙堂在"文革"破四旧中侥幸保留下来，现为省级文物保护单位，2016年省文物局拨专款进行了修缮。秩叙堂后进两侧木质板壁上，当年粘贴的章自超考取秀才的官府捷报仍保存完好，引起文物保护单位的高度重视，并拍照存档，同时也让众多前来参观访问的文人墨客和各地章氏宗亲感到惊讶：一个多世纪前的官府文书赫然留在古祠板壁之上，晚清秀才捷报及官印清晰可见。我们透过这历史隧道，可以想见当年章自超考取秀才在元四章引起的轰动效应。

章自超考取秀才后，本可在大比之年继续参加乡试，争取中举，可惜机会在历史大动荡中一去不返。清王朝在辛亥革命中土崩瓦解，科举制度也随之寿终正寝。老先生为了教育，也为稻粱谋，便在家乡设馆教学，这时元四章一大批懵懂孩童有幸成了他的门生。而这些门生后来陆续成了章氏一族中的文化人，有的新中国立后也当上了教师，有的走上了新中国的教育岗位（如原城关小学校长章载江）。还有笔者的父亲章宗达也是他的门生，写得一手漂亮的小楷毛笔字，曾参加人民解放军，当上了连部文书。

元四章氏宗祠　钱立新摄

墙上捷报见证了一百多年前秀才的光彩，而秩叙堂正堂两柱的一副长联却印证了秀才的文采。前文所记的章自超专为祠堂所作的这副长联，也成为元四章氏子孙津津乐道的文坛趣事，许多章家有点文墨的老人都可背诵出来。可随着时光流逝，秀才也未给长联留下注释，更无标点，现在的年轻人一进祠堂看着长联，一脸茫然，似懂非懂，还有几个生僻字更是连音也读不对，只好猜吧。其实要读懂这副长联并不难，但必须具备三个要素：一要了解章姓家族史；二要熟悉当地山水地名；三要懂得楹联对仗和音韵平仄关系。现就本人有限的知识水平略作解读：

上联：回头溯历代先型，太傅武功，郇公仁政，恭毅道德，如愚文章河涧绍渊源，递衍箕裘千载艳。

这是回首章氏家族历史上有文治武功的代表性人物，如太傅是指南唐福建浦城先祖章仔钧（868—941 年）以德威治军，保闽有功，封为校检太傅西北面行营招讨使。郇公仁政是指仔钧公五世孙章德象，官至北宋宰相，多受皇封。如愚文章是指北宋宰相章惇，他曾是王安石变法的积极支持者和忠实执行者，曾与苏轼政见不合，但仍保持良好的文友关系。河涧绍渊源一句指的是章氏属河涧郡（绍，继承之意）。"逆衍箕裘"一句较难懂，秀才用的是比喻手法，箕是星宿名称，这里泛指群星，裘指皮毛之多，"箕裘"这里是比喻祖先的事业，可理解为章姓从古到今家族繁衍生生不息，人丁兴旺，人才济济，灿若星斗。

下联：屈指数四周佳境，湾潭后带，清水前襟，象垅西环，狮山东绕杨村横缔造，同陈俎豆万年新。

此联实为描写祖祠秩叙堂周边的山水佳境，秩叙堂坐落在杨村（地名，实没有杨姓），由巴山、青龙山几大山脉形成一条山间河流，流到村后自然形成了一湾大水潭，深不可测，再绕到村前又回湾变成了朝山清水潭。联中将村前村后的河流水潭喻为衣带与衣襟，又用两短句将西边象形山，东边的狮形山罗入联中，这样美丽的杨村山环水绕，眉清目秀，真是上天赐予章家的一块风水宝地，而章姓的传统是耕读为本，忠孝传家。同陈俎豆万年新，可作如下解释：俎豆为子孙祭祀先祖的祭品，秀才希望章门子孙年年到祖祠虔诚地献上祭品，敬祈祖先佑护子孙薪火相传，万代兴盛。

纵观此联，上下联各三十五字，字句工整，平仄相对，上联叙史，下联描景，内涵丰富，文采飞扬。老秀才留下的一副长联，道出了一个兴旺家族的心声，妙哉！

（章新景搜集整理）

村部楹联赞元四

太朴山作纸书章氏峥嵘岁月，
元四水润毫绘梨村美好家园。

这是里山街道元四村村部大门口的一副对联。作者系时任贵池区文联《杏花村》编辑部编辑、元四章族人章征胜先生。其与里山街道党工委书记王学敏先生作的楹联"天降甘霖作人字，龙伏太朴佑章家"一样概括了全国文明村元四村的地域风貌和风土人情。

元四村位于贵池区里山街道北部，距主城区 17 千米，面积约 35 平方千米，辖有 25 个村民组，全村现有人口 3074 人；中心村有 8 个村民组，人口 1100 人。

元四村地理环境独特，北依太朴山，中心村坐落于来龙山山脚，所以说龙伏太朴佑章家，东、西两条溪水抱村环绕汇入村前，形成二水合抱，故称天降甘霖作人字。交通十分优越，贵梅公路开通前，属陆路交通要冲，南北线是由贵池经白沙、元四、潘桥、七都到徽州的商道必经之路，东西线是由白洋、元四、渚湖姜、庙前至九华山朝香的交通干道。太朴山上的梨岭建有古凉亭四座，三亭已毁，现一石亭上刻有"梨树岭"三个楷体大字。岭上岭下古道依存，石板光润。有人考证为李白诗中的"水车岭"，抗战期间，梨岭作为战略要冲，中日双方展开激烈争夺，岭上战壕、碉堡等战争遗迹依稀可见。

元四章为贵池历史上四大名姓之一，宋末元初，池阳教谕章文风之章仕儒，游猎于此，择地开社建坛，明清时期，已有千户。抗战时期，城内工商巨幅、乡绅名士多避难于此，既有前清遗老，又有留洋学生；既有长袍马褂，又有西装礼帽，繁荣度号称"小上海"，千白年来，章氏子孙繁衍生息，现有人口达三万，本地居住约八千人，池州章姓大多出于此地，有的外迁至全国各地，甚至海外。历史上出有清代翰林、实业家（馒头山矿业主）、民国临时国会议员、东北银行干校校长（副部级）等人物。新中国成立前，拥有大小地主近 200 人，地产涉及

2012 年 12 月，贵池区作家协会组织骨干会员赴里山街道元四古村落
开展"元四章寻梦"笔会活动　李学铭摄

池州各县，1950 年列为池州地区土改工作试点村。

古村落保留完整，空间变化多样，建筑色调朴素淡雅，古民居一律明清风格，祠堂、老屋、古道、牌坊鳞次栉比，蔚为壮观。村落水系灵活，河道以麻沙石驳岸，河上有古石桥多座，古河道穿村而过，明清风韵依存。道路以鹅卵石铺地，古徽道依然使用。村中散落众多的石鼓、石柱、石板、石阶等。

元四村民俗文化独特，宗祠文化底蕴深厚，现有三座宗祠，分别为省级文保单位"秩叙堂"和市级文保单位"敦睦堂""孝友堂"。"敦睦堂""孝友堂"前后相连，为全国少见的兄弟祠。敦睦堂历经 400 年建成，占地面积 1883 平方米，为原贵池县五大古建筑群之一，被乾隆帝誉为"江南第一祠"。每年腊月二十四，章氏子孙多达 2000 人聚祠堂，文明祭祖。

近年来元四村两委在里山街道党工委办事处领导下，加大宣传力度，强力对外招商，吸引外来资金注入，兴办古村落旅游业，形成古村落保护开发与民俗文化传承的旅游特色村。修建了 800 余米的元四水库环湖简道，放养各类鱼苗 5000 余尾，发展深水垂钓；利用元四村现有资源，通过招商引资，目前已成功引进了池州市太普生态发展有公司，项目总投资 1.8 亿元，总用地面积 12283 亩，主要建设花卉苗木、生态农业、特色种植和旅游度假休闲基地；池州乡巴拉旅游发展有限公司，皖南水寨景区 2015 年接待游客超 2 万人，成功申报 3A 级景区。同时，利用村道路边大量的荒山地及水库水面的资源，有效整合，启动实施1000亩的生态农业产业种植产业园项目，广泛种植梨桃等经济作物，牡丹、菊花等观赏植物，最终形成山中林木可观赏、深水水面可垂钓、林海深处能度假的现代生态观光农业产业植园。

如今的元四村已荣获：全国文明村、全国生态村文化村、全国乡村旅游模范村，安徽省水环境优美乡村、先进基层党校、特色景观旅游名村、森林村庄，市级生态村、历史文化名村、民俗文化特色村、美好乡村建设示范村等。

（陈春明、杨贤英搜集整理）

元四章村部

二品按察使与他的对联

卜宅晋元兴石门秋色桃坞春风聚九华秀气绵延累代簪缨后裔至今怀祖泽，

溯源齐公族谷熟分支姑苏派别守百祀清芬宗奉不祧俎豆先祠终古傍魁峰。

这副没有标点符号的六十二字对联，简直是奇迹般地返回故地，可谓失而复得，难能可贵，是不可复制的古文化瑰宝。说起此事，将近五十年的记忆再度显现。

这是清道光年间留下的对联，制成木匾悬挂在宗祠正中堂正中间两根柱子上，漆成黑底刻阳体描金字，含意深邃，字体刚劲有力。1963 年原池州地区第一任书记胡坦曾经瞻仰过该匾额，点头称赞。由于"文革"中被当作"四旧"，其被愚蠢地摘下销毁。当时没有人记下对文，可我却记得是浙江按察使兼盐运使所题，内容读不通，也记不住，却记住"俎豆"两字，一直不曾忘记。

历史往往也有轮回逆转的时候，2012 年 7 月 19 日贵池区棠溪镇石门高举办了一场全国高姓宗亲联谊会，由广州大学法学系教授高路加主编的《中华高氏大总谱》第 738 页有这副对联，也注明石门高氏祠宇对联字样，由湖南提供。与会者有一人就发觉，问我家谱中有没有这副对联的记载，我一看就马上回想起来这正是"文革"中被毁掉的木匾上的对文，怎么由湖南人提供出来了？觉得很奇怪。好在我家宗谱就在手中，翻出一查，这个二品官按察使的资料很详细，名叫高卿培。这个提供对联的湖南人也看了，因时间仓促，人又多，没有亮明身份，临行时塞给我一张纸条，上写着"两高是一高"。

这个高卿培字滋园，生于乾隆四十五年（1780 年），我们两家是刚出五服的近亲家族。他的上五代应字辈兄弟四人，他家属老大叫应鳌；我家是老三叫应齐；还有池州民国名人高炳麟家是最小，叫应并。

卿培上三代都在浙江做官，他父亲高灿，任浙江省天台县典史、县尉。本人二品花翎，浙江盐运使、两署浙江按察使。大弟元培浙江候补县丞；二弟善培浙江泰顺县典史；小弟庆培江苏高淳县典史；儿子尚缙四品顶戴，授浙江杭、甯、绍、温、台盐运副使；侄尚志浙江遂昌县典史，被称为荣禄世家，久住杭城。

贵池县志卷三选举志仕籍篇从 15 页至 19 页，均有记载，而且与家谱记载一字不差。卷三人物志 23 页有这样一段记载："高卿培，字滋园。父灿官浙江天台县尉，多惠政。培少随任，所精励志，授例分发浙江县丞办理海塘，保举知县，接办军需，升知府。克服杭城、奉旨赏戴花翎以道员用。督院左见共精明强干，熟习盐务，奏请署理盐务使，奉旨即着补授厘奸剔弊，商民受惠。两署按察使。政治廉明，奉旨加二品衔，封赠三代，以目疾乞休。"

石门高古民居　吴旭东摄

这段文字说明卿培从小就跟随父亲从政，显示其聪明睿智，锋芒渐露，一步一台阶，逐步登上仕途高峰，整饬吏治，清理盐政，为官清正廉明，最后由于眼睛不好，主动要求退任告休。

在此值得一提的是：高氏最后一次修谱（1910 年）因未去人到浙江采集谱稿，后面发生的事就未登录。一定是他的后代又被分到湖南做官，故将家中资料带到湖南，才出现文章开头那一幕。

历史要靠人去挖掘，否则就会被淹没。高卿培为官一生，功臣显著，官位甚高，而且多次被皇上褒奖。不说在一个小家族中稀有，在整个池州府也不多见，既是石门高家族的自豪，也是池州人的骄傲。

今年元旦在江西南昌，再次见到了这个提供对联的人，名叫高加协，是湖南沣县原文化局局长。巧合的是与我同庚。二次见面分外亲切。他承认对联是他提供的，说明了两高是一高的含意。我们合了影，相互留下联系方式。回想这一切，简直如梦幻一般。真正应了那句老话："踏破铁鞋无觅处，得来全不费工夫"——既找回了对联，又见到了他的下代。

要想读懂这副对联，可不是一件容易事，首先要熟悉石门高的历史与地形，其次还要会断句取义。将它分为五、四、四、五、四、四、五格式分句解读方可。下面就我的理解，解释如下：

上联的大意是：高姓始祖在春秋时被齐襄公赐姓高，高文诱从河南谷熟县（今商丘一带）分支到江苏苏州。由高岳从苏州又分支到石门高，守住这里山清水秀好地方已经有千百年。现在祭祖不需要追踪很远，就现在的祠宇有祖宗的牌位和肖像，在供桌上放在供品，进行祭拜，凡是从这里走出去的子孙永远都是魁峰派高氏的后代，不会改变。

下联：高氏第一代祖先高岳，从东晋元兴二年（403年）来此卜宅定居。卿培自己这一年秋天首次回到故乡，环顾四周，桃花坞这一片开阔地与九华山靠得很近，也沾上了九华山的秀气与灵气，在这块风水宝地，高姓繁衍了几十代，代代都有读书做官人，这要感激和怀念祖宗的恩德与福荫。

（高陆旬整理）

圆瑛法师赐联仰天堂

大道无形空色相，

灵光独耀脱根尘。

清德宗光绪十七年（1891 年），游方道士罗玉福发现玉屏山上到处都是古迹，于是四方募化，修建一座道观，叫仰天堂，但竣工不久他即仙逝，道观因无人管理而荒废。1914 年，湖北有一个叫张教光的道士朝拜九华，看到仰天堂所在的玉屏山山灵水秀，古松参天，翠竹蔽日，荷池映月，遂发愿重修庙宇，即今天所见的仰天堂之庵堂。

张教光道长为建庵堂，建窑烧灰，制砖作瓦，夜以继日，终至积劳成疾，以致双目失明，下肢瘫痪，生活不能自理，幸有潜山县徐氏女至仰天堂修道，张教光道长的起居才算有了着落。1932 年正月，又有怀宁县一官僚妇人张氏，因中年丧夫，自叹命薄，心灰意冷之下，投仰天堂出家修行。徐、张二人皆拜张道人为师，此年农历八月间，张道人羽化，时年 81 岁。自此徐、张二位道姑共住仰天堂。

1933 年，中华全国佛教总会会长圆瑛由上海经无锡、南京来到九华山，参加祇园寺受戒法会并充任尊证阿阇黎。阿阇黎就是高僧的意思，圆瑛法师是中国近代佛教领袖，1929 年与太虚共同发起成立中国佛教会，并连续数届当选主席，是一名德高望重的高僧。他的到来，不仅池州的佛教界欢欣鼓舞，就连道教人士也欲一睹他的风采。

仰天堂的徐、张二位道姑也不例外，她们听说圆瑛法师的书法和他的道行一样，均是天下一流，要是能得到圆瑛法师的墨宝，岂不是为仰天堂增添光彩？于是两人下山往九华山而来。可路途艰险，走了两天，她们才到了九华山祇园寺，这时受戒法会已经结束了。远远的二位道姑看到圆瑛法师正欲下山，不禁着急起来。

　　毕竟释道有别，她们二人踌躇不前，拿不定主意。要是贸然向圆瑛法师求字，他肯不肯答应呢？可要是顾着面子，就此错过，又辜负了这两天长途跋涉的辛劳。最后，还是徐道姑鼓起勇气，拦在圆瑛法师的面前，上前欲说明来意。圆瑛法师见两个年轻的道姑拦住了自己的去路，便停下了脚步。只见徐道姑打了个问讯，说道："贫道来自玉屏山仰天堂，闻法师来九华弘法，特跋山涉水而来，想请法师为小庵题写对联一副，指导修道之法。小道唐突之至，还请法师恕罪。"

仰天堂　方再能摄

　　圆瑛法师说："释道两家，同是为求道而修行。所谓大道无形也，向何处求，怎么求，两家只是方式不同而已。脱去根尘，不执着于相，就会现出灵光，开启智慧之门。只是今日我已行至半途，又无笔墨纸砚，如何为你题写对联呢？"想了一会，圆瑛法师说："这样吧，等我回上海之后，写好对联寄于你们如何？"

　　圆瑛法师到了上海之后，在上海创办圆明讲堂，常住讲堂讲经说法，著书立说，终日忙碌，竟然忘记了这件事情。1937年卢沟桥事变后，他召开中国佛教会理监事紧急会议，号召全国佛教徒参加抗日救国工作，并担任中国佛教会灾区救护团团长，组织僧侣救护队，积极进行救护抗日伤员工作。1939年秋，圆瑛法师被日本宪兵以抗日分子罪名逮捕，经20多次审讯和恫吓，法师都镇定自若，闭目打坐，表现出中国佛教徒的民族气节。

　　抗战胜利后，到了1947年，圆瑛法师70岁时，有一天，他在圆明讲堂静坐，忽然回忆起在九华山弘法时的情景来。"糟了！我竟然忘记了给仰天堂道姑写楹联的事了。"当即磨墨铺纸，写下了一副楹联让人寄到池州。

大道无形空色相，

灵光独耀脱根尘。

丁亥五月，圆瑛时年七十。6年后，圆瑛法师逝世，他写的对联被镌刻在仰天堂庵堂正门上。

（王征桦搜集整理）

仰天堂名联释疑

池州历史文化源远流长，其中，宗教文化堪称文艺百花园中的一朵奇葩。这里不仅佛文化盛行，而且道教文化色彩也非常浓厚。相传中华人文始祖黄帝在黄山修炼成仙，其子孙分封陵阳（青阳）也先后得道成仙。青阳南阳的神仙洞，相传唐朝张果老在此修炼得道，宋朝时期（989年）法力无边的陈抟老祖也在此修炼成仙。陵阳县令窦子明（号尊窦真人）在九华山乘白龙飞升，其弟驾黄鹤飞天，有诗曰："黄鹤一去不复返，白云千载空悠悠。"传说李白的炼丹处在池州六峰山百炉庄；葛洪炼丹处在贵池里山的碧岩和东至葛公的葛公山等地。碧岩风光秀丽，有"山中不置四时历，开到碧桃知是春"之说。

贵池殷家汇有一处待开发的处女地，那里的道教文化底蕴非常深厚——这就是玉屏山，古称芙蓉尖。山上现有道观仰天堂，里面曾经住过一位颇有仙风道骨的传奇人物——宋道姑，故人们习惯用仰天堂借代玉屏山。登高"瞻仰"仰天堂，一进门便可看见两副让人顿生疑窦的对联：

其一：

> 有感即通千江有水千江月，
> 无机不破万里无云万里天。

其二：

> 水从天汉落，
> 山逼画屏新。

其实对联一是宋代禅僧雷庵正受的偈句。意思是：有感应立即通达，就好像江里有水，天上有月，只要千江里都有水，千江上便都有月；没有任何机心不被破除的，就好像天空有云，云上是天，只要万里天空都无云，那万里天上便都是青天。虚妄与真实，刹那间，湛然相应，千江有水千江月。佛家解释说：月如佛性，千江如众生，江不分大小，有江就有月，人不分贵贱，有人就有佛性，佛性自在人心，就如月照江水，无所不在，佛性无所不在，道亦无所不在；天如佛心，是本性，是镜台，云可看作物欲，是烦恼，是尘埃。万里无云，便是万里晴天，物欲烦恼尽去，佛心本性自然展现，尘垢除拭，明镜自然恢复光明。

难怪在玉屏山山麓石城村一直流传着这样一个动听的传说：清朝咸丰年间，湖北一姓田的员外家有一女儿，天生聪明伶俐，眉清目秀，由于生性内向，好求道访仙，慕名来到此地修炼。原来这是佛性使然啊！在仰天堂登高可揽月，俯首可望江，月照江水，江月一体，佛性无所不在，道亦无所不在啊。后来她把道观传给了弟子张道光，自个儿悄然下山云游四方，不知去向。张道光死后葬于门前，门前有墓碑，碑文记载：张道光，系龙门正宗第十七代"羽化师"。

玉屏山下　方再能摄

关于仰天堂的道教文化可以追溯到唐朝开国元勋鄂国公——尉迟敬德，他集忠、孝、智、勇于一身，曾辅佐秦王李世民夺得江山，功勋卓著，晚年却信奉道教。白居易曾有诗云："高卧深居不见人，功名抖擞似灰尘。只留一部清商曲，月下风前伴老身。"

相传尉迟敬德曾经在湖北襄阳和宣州做过官（秋浦县曾经属于宣州），而昭明太子出生于襄阳，"封邑"为贵秋浦，基于这一层渊源，鄂国公曾慕名来到秋浦县，至今在玉屏山下的秋浦河畔昭明钓台上仍留有一座鄂国公忠武庙。

后来诗仙李白五游秋浦，曾数次"君临"玉屏山下，有两首诗为证，一首诗《赠崔秋浦三首·其三》：

> 河阳花作县，秋浦玉为人。
> 地逐名贤好，风随惠化春。
> 水从天汉落，山逼画屏新。
> 应念金门客，投沙吊楚臣。

挂在仰天堂的第二副对联正是出自该诗句。另一首诗《赠秋浦柳少府》：

> 秋浦旧萧索，公庭人吏稀。
> 因君树桃李，此地忽芳菲。
> 摇笔望白云，开帘当翠微。
> 时来引山月，纵酒酣清晖。
> 而我爱夫子，淹留未忍归。

从以上两首诗可以看出，李白到过仰天堂所在的芙蓉尖。"水从天汉落，山逼画屏新"的诗句，说明李白若不站在芙蓉尖上，是看不到长江之水从天而落的气势的。"摇笔望白云，开帘当翠微"更是说明李白在玉屏山脚仰望芙蓉尖的切身感受。《李白集校注》释曰："凡山远望之，则翠；近之则渐微，故山色翠微，亦曰山腰。"这说明李白对玉屏山的景致观察细致入微，对芙蓉尖也没有等闲视之。

芙蓉尖海拔 380 米，是秋浦河中游一带的制高点，也是雄踞一方的天然屏障。《秀山志》载："因双峰耸峙望之若芙蓉"而名，因此山形绝巘可望长江而俗称望江尖。今日若站在芙蓉尖上，还可望见安庆长江大桥如横眼前，气势磅礴。芙蓉尖以南山峰耸立，如伏驼啜饮，称作骆驼吸宝，远看如一面迎风飘扬的旗帜，因此又称作"红旗尖"。

不仅如此，仰天堂上道教色彩非常浓郁。茂林修竹、荷花飘香，正是道教崇尚"道法自然"的具体体现。道教认为"天人合一"，不能唯我独尊，认为一切有血性的动物皆有灵性，即有道性，由于各人悟性有早迟之分，所以修道阶次有快慢之别，而且道教把戒杀作为主要大戒，并且崇尚人不能无故采摘花果、毁坏园林，否则就会下地狱，受吞铁丸之苦。这些思想与云南丽江纳西族的东巴教惊人相似，东巴文化认为"人和自然是亲兄弟"。道教作为本土宗教，在池州大地上曾经如此盛极一时，这也难怪池州能成为全国生态经济示范区、全国优秀旅游城市，盖与道教不无渊源关系。池州有"秋浦仙境"之称，自古以来就极负盛名。唐朝诗仙李白五游秋浦，留下许多脍炙人口的诗作，其中不乏风景写意，如："水如一匹练，此地即平天""千峰照积雪，万壑尽啼猿""山川如剡县，风日似长沙"等，李白"十五游神仙，结发受长生"，于天宝四年，双手反剪走上济南齐州紫极宫，"朱笔写道箓"，成为名副其实的道人，从此开始了"还家守清真、孤洁励秋蝉""炼丹费火石、采药穷山川"的漂泊生活。当李白以种种原因先后五次踏上秋浦这块风水宝地，写下了45首诗歌，为秋浦仙境作下了一个有力的注脚，为池州道教文化添上了最灿烂的一笔，仰天堂上芙蓉尖因李白的到来而名闻古今。千百年来，多少文人墨客慕先贤、寻仙踪，谪仙踪迹遍布秋浦的山山水水，山山水水皆渗透进了道教文化色彩。仰天堂上芙蓉尖既见证了李白的诗文化，也见证了百代雄才的道士风采。

仰天堂上芙蓉尖，一个非常诗意的名字（而李白号"青莲居士"），水从天汉，山逼画屏，无机不破，有感即通，融道教文化色彩于其中，韵味无穷，意味深长！

（臧胜阳搜集整理）

霄坑镇国寺挽联

世事百年花上露，
名闻千古树头风。

这是我在下村工作途中征集到的一副古楹联。此联为明清时期修行于梅村镇霄坑杉山镇国寺圆寂高僧所作的挽联。

镇国寺始建于唐代贞观年间，为地藏王菩萨道场，占地面积15000平方米，鼎盛时寺内僧侣达百余名，分里寺、中寺、外寺三座，后因战祸及交通不便，香火逐渐衰落，寺庙都已被毁坏消失，遗址上现存有1957年重建的寺庙一座。据考证，"先有镇国寺，后有九华山"，足见镇国寺是九华山之祖。

在镇国寺遗址周边两侧的草丛中，还发现一副古楹联：

惟欣乾暖无淹没，
且喜朝阳有往来。

个人理解这副古楹联可能赞颂僧人的禀好或此地的风水。

（方正搜集整理）

青山寺佛傩佑苍生

青山寺坐落在贵池区梅街镇境内，东临南山刘，西眺黄村，南望茶溪汪，北顾山里山外姚，此处依山傍水，景致宜人。青山寺所在地曾是国务院前副总理姚依林的家乡，境内山清水秀、人杰地灵、民风淳朴、古韵悠悠。青山寺自古以来是佛教圣地九华山之南大门，从此上九华也是上江、下江善男信女来九华朝圣的五条古道之首。

青山寺历史悠久，人文底蕴深厚。据《七修姚氏宗谱·卷首三》记载，青山庙始建于元代大德七年（1303 年），是姚姓迁贵池后第十一世祖祖一公捐资建立，后来，元末至正年间（1341—1368 年），汪姓七十一世祖开迁公续建，明正德年间（1506—1521 年）姚村姚本宪公又捐资重建，后遭兵燹。清康熙年间，众社重建。最后一次修葺是民国三十五年（1946 年）。此庙规模宏大，富丽壮观，其中有天王殿、文孝殿（南梁昭明太子萧统的牌位）、观音殿、大雄宝殿、城隍殿、转轮殿（十王殿）、钟鼓楼、放生池、韦陀殿、伽蓝殿、祖师殿以及斋堂、安堂、寮房等，还有桃园、茶园总面积达数十亩之多。最让人难以忘怀的就是文孝殿之上的一副名联：

　　青山古庙佛傩显灵天下风调雨顺，
　　九华行宫城隍坐镇江南国泰民安。

都督城隍保八府，文孝菩萨佑九州。青山寺自古以来一直香客不断、香火旺盛。尤其是新中国成立前，每到深秋时节朝山拜佛的"百子会"结队成班，唱着佛号念着弥陀到青山寺烧香礼拜。有的晚间夜宿在寺内，有的则住居在刘街的客栈里，待到第二天东方拂晓继续朝山、登山拜佛……

青山寺属于九华道场范畴，自古号称"九华行宫"，地属安徽省的八府五州都频城隍驻地。明朝正德皇帝敕封的八府五州都频城隍即南四府：池州、太平、徽州、宁国；北四府：颍上、凤阳、庐州、安庆，因此青山寺以都频城隍著称。

青山寺庙会一角

传说金乔觉（九华老爷）在上九华之前曾在此修行过，然后再卓锡九华，因此民间才有朝九华必先到青山寺烧香之说。梅街镇荡里姚村就有"小九华"之称，并留有九华老爷的足迹以及回香阁、望天台等遗迹。

青山岗上建古庙，龙王潭畔舞傩仪。青山庙会沿袭至今已有300年的历史，它是由九社联合组织的大型朝庙活动。每年元宵节各傩戏会一大早便组织好人员，排开仪仗队伍，身穿彩衣，抬着龙亭，敲锣打鼓，放着火铳，依序向青山寺集会朝庙。九社朝庙不仅仅是拜都督城隍，拜菩萨，而是朝拜"文孝帝君"。新中国成立前，庙前、杜村、九华山等地香客坐轿、坐兜或步行一大早便赶到刘街参加一年一度的朝庙活动。作为联社性质的土地之祭——青山庙会主要是对本地信仰区域中心的"土主"——昭明太子的祭祀活动，同时又复合了佛教道教诸神，成为各神崇拜、祖先祭拜的民间综合祭祀活动。

约在一个世纪前，每年由九个社联合朝庙，即姚姓五社半，汪姓一社，刘姓一社，戴姓一社，宋村半社。朝庙的繁荣历史当在300年以上。据光绪三年（1877年）重修《姚氏宗谱》"信仰篇·傩戏"记载："元宵清晨更以卤簿导神至青山庙文孝祠，俗谓之朝庙。此俗南边、西华、姚村皆同，唯姚村附近，先到后归，相传为尽地主之谊云。耆老言，古时朝庙，仪仗外，有秋千、抬阁、高跷诸胜。又选俊童十余人，着梨园服，扮故事，立人肩窝上，名曰站肩，其壮丽繁华与江浙等省赛会无异。"傩乡古谚："南边旗子荡里伞，刘锣戴铳汪夹板，山里山外光呐喊，郑家探一探，黄家只有踮脚板。"

1983 年后，恢复青山庙会，依照传统的老规矩，农历正月十五上午，按姚村、茶溪汪、南山刘、南边姚、西华姚、荡里姚的顺序依次入场进行朝庙。由姚村的队伍先行到达，俗称"开（庙）门"，荡里姚最后离开，称"关（庙）门"。各傩神会一律抬着放有面具的龙亭，仪仗有彩旗队、锣鼓队、细乐队，队伍前有开道锣、肃静牌、回避牌及刀、枪、戟、锤、矛等兵器模型。走在前头的香首手执五色神伞，健步来到庙前的空旷地，一边高喊"朝庙舞伞断"，一边用力舞动神伞。所有的队伍井然有序，鱼贯入场。当六个傩神会全部进场后，众人在龙亭前燃香、揖拜，并互致新春祝福，此时，观者如潮、旗伞遮天，铳炮齐鸣、声震山谷，烟雾漫坡、香溢旷野。朝庙的人群沉浸在敬神祀祖、祈福纳吉的狂欢里。

各傩戏会都从正月初一开始到元宵节先后进行活动，十五上庙是高潮，因此当天各村男女老幼结队来观光，每届人数达万人以上，规模之大简直是万人空巷。

（臧胜阳、刘政权搜集整理）

青山寺傩佛　苏福应摄

释道相融琅山崖

玉屏山顶仰天堂宗武祖师打坐，
骆驼岗上朝阳洞目莲和尚修行。

这是殷汇镇一带流传甚广、口口相传的楹联。传说的朝阳洞在现今的梅村镇旧溪村骆驼岗上，很久很久以前，洞中有一位静修的高僧，法号目莲，人称目莲和尚。与骆驼岗遥遥相对的是玉屏山，山上有个仰天堂，仰天堂上有个道人，自称宗武祖师，法力高强。

在骆驼岗下有一条河，是秋浦河；在玉屏山下也有一条河，是龙须河。两河交汇处，是古县城石城县衙所在地。由于河流的冲积，石城县土地肥沃，人民富庶。可是，河流能带给人们财富，也可以带给人们灾难。龙须河有个蜈蚣蛟，时时借着风雨作乱，祸害百姓；秋浦河里有个青蛇精，也动不动兴风作浪，两岸人民深受其苦。

目莲和尚修行时，和宗武祖师有一个不成文的规定，就是双方不能越过玉镜潭，做到修行之时互不干扰，实际上就是释、道两家划清了界限。目莲和尚看到蛟、蛇二怪肆无忌惮地残害生灵，慈悲之心大起，决心除掉二怪，还石城县一个朗朗乾坤。但由于不能越过玉镜潭，所以无法去龙须河里除去蜈蚣蛟，目莲和尚便派一个小沙弥去仰天堂，约请宗武祖师一同除妖。双方约定宗武祖师在龙须河里除蜈蚣蛟，目莲和尚在秋浦河中除青蛇精。大半天后，小沙弥从玉屏山回来，对目莲和尚说："师父，仰天堂的师父答应了。"

目莲和尚最为担心的就是玉屏山道人不肯和自己合作，可万万想不到的是，心高气傲的宗武祖师竟一口答应了，不禁大喜。此后不久的一天，天降大雨，浊浪滚滚，山洪排山倒海而来。目莲和尚和宗武祖师便飞身下山，一同坐在玉镜潭的岸边上。

果然不出所料，远远地，蜈蚣蛟开始借助雨势，摆动着尾部在龙须河里作怪，巨浪腾起三丈多高，河边水桶粗的柳树都被水冲倒了，县城危在旦夕。说时迟，那时快，只见宗武祖师拂尘一挥，一只公鸡腾空而起，把那条作怪的蜈蚣一啄、一甩，蜈蚣顿时断为两截。这边秋浦河中的蛇精见龙须河的蜈蚣蛟被杀，不禁大怒，催动河水向岸边漫来，一瞬间，河水陡涨百余丈，铺天盖地压向二人。

目莲和尚不慌不忙，将手中念珠迎着浪头一掷，化作一只巨鹰，看那巨鹰长喙金翅，目光如炬，从滔滔洪水中叼起一物，不是别的，正是一条青蛇！擒住青蛇之后，风浪自然平息。看着鹰嘴里的青蛇，目莲和尚不忍心杀生，便念念有词，顷刻之间从白面山移来一块巨崖，把青蛇压于崖壁之下，这块巨崖就是琅山崖。

除掉二怪，本来是个高兴的事，宗武祖师却闷闷不乐。原因何在？原来宗武祖师觉得自己这次丢了面子。鸡是蜈蚣的克星，鹰是蛇的克星，为除去蜈蚣和蛇，将拂尘化为鸡、念珠化为鹰都是情理之中的事，但毕竟鸡不如鹰，形象上比目莲和尚输了一筹。一旦心中有了暗结，便要生出事端来。

一日，宗武祖师派小道童来到朝阳洞，约请目莲和尚斗法。目莲和尚再三推辞不果，便应了下来。这次两人坐在玉镜潭边的琅山崖上，斗法开始，宗武祖师抢先将拂尘化为老鹰，一飞冲天。目莲和尚知道宗武祖师的心思，便将手中念珠往地上一掷，化作一只红冠大公鸡。一时鹰鸡大战，日月无光，整个天地漆黑一团，伸手不见五指。约莫过了一个时辰，猛然听见一声鸡啼，黑暗消去，重见天日。宗武祖师和目莲和尚定睛一看，原来二人都越过了玉镜潭，你到了我的地盘，我到了你的一方。两人对视良久，不禁拊掌大笑。

在仰天堂，释、道两家从此相融，再无芥蒂。

（王征桦搜集整理）

"石林""铁券"家族魂

石林春到枝枝茂，

铁券图开处处新。

这是墩上大叶村祠堂里的一副楹联，这副楹联中的"石林"已成为叶家传家之精神，"铁券"则是提醒后世子孙不忘根本的一个词。

这得从大词人叶梦得说起，叶梦得字少蕴，吴县人。出身文人世家，其曾祖父为北宋名臣叶清臣，四世祖叶参为咸平四年进士，官至广禄卿。母亲晁氏为"苏门四学士"之一的晁补之妹。

绍圣四年叶梦得登进士第，调丹徒尉。徽宗时官翰林学士。高宗建炎二年授户部尚书，迁尚书左丞。绍兴元年起为江东安抚大使，兼知建康府。八年授江东安抚制置大使，兼知建康府、行宫留守，总管四路漕计，致力于抗金防备及军饷勤务。十二年移知福州。陈振孙说他"平生所历州镇，皆有能声"。晚年隐居家乡湖州卞山石林谷，自号石林居士，以读书吟咏自乐。

由于叶梦得所著诗文多以石林为名，如《石林燕语》《石林词》《石林诗话》等，所以叶梦得的嫡传子孙皆以"石林"为传家之宝，实际上就是以崇尚读书为荣。

叶梦得曾孙叶允文，进士出身，绍兴初年，为池州秋浦教谕。教谕是一县之最高教育行政长官，府学教谕多为进士出身，由朝廷直接任命。因为叶允文以礼讲诵不辍，所以在秋浦有极高的声望。但叶允文祖籍湖州，不是池州人，友人们舍不得他离开，就劝他在贵池安家，叶允文也有此意。正巧有一天叶允文到九华山去，路过墩上黄屯坂，黄屯坂是古时黄巢屯兵之处。在黄屯坂，叶允文看见前面有一座山，层峦耸翠，清秀无比，便问路人："这是什么地方？"路人答道："这是铁券山。"

"铁券山？好个清幽之处。"叶允文对同行的友人说，"你不是劝我安家于贵池吗？此地甚好。"就停下来不走了，叫人搬来书籍，建造泥屋，开荒种田，从此卜居于铁券山。

叶允文大儿子叶荟，为邑庠生，邑庠生就是秀才的意思。叶荟是个大孝子，有一个故事说的是：有一年九月，叶荟的母亲生病了，忽然想吃新鲜的李子，可旧历九月是深秋季节，那里还有鲜李呢？叶荟心里一急，哭着跑到后花园中，抱着李树流泪。过了一会，叶荟抬头一看，那李树的叶子底下，还真的出现了一对新生的火李。叶荟把果子摘了，奉给母亲，母亲的病立时痊愈了。

宋乾道三年，大词人周必大至铁券山，投宿叶荟秀才家。叶荟有子名叫叶楠，登进士第。据周必大散文《九华山录》中记述：那一天山林深深，夜里甚是寒冷。叶楠陪同周必大游完九华，回来时，一直送周必大到五溪的大路，两人才惜惜相别。

叶楠，字元质，乾道进士，为鄱阳县尉。后为绩溪县令，亦多惠政。邑人有歌曰："前有苏黄门，后有叶令君。"可见当时叶楠名望可与苏辙相比。其一生撰有《知非集》《精舍训鉴》《永丰钱监须知》《昭明事实》二卷、《童蒙记》等著作。叶楠酷爱清溪山水，致仕后，就把家迁居到大叶村，修建了著名的义兴桥，至今古桥尚存。

叶楠的子孙又迁至贵池各处，如桥头叶、黄山叶、洼里叶等，成为贵池的一个大家族，一个新的画图展开了，而这一切都是由叶允文卜居铁券山而始的。

（叶学根搜集　王征桦整理）

节烈香娘美德扬

墓前怀圣恩，菊井留方长济世；
湖畔仰高节，莲花出水永含香。

贵池区梅村镇檀林村，即古高阳（今贵池高坦）浯溪河畔，世代相传着一位节烈娘娘的故事。后人为了纪念她，修了一座娘娘庙，并留有"湖畔显灵大士婆心济拔三途苦，山前圣景莲瓣九品广渡诸有情"的佳名。据说，很久很久以前，有个名震天下的胡姑娘，名叫胡香娘，人美手巧，粗活、细活样样都能干。香娘在家绣朵花，蜜蜂闻香采花瓣；香娘园里去种菜，葫芦闻香长成双；香娘走在大路上，好似三月红牡丹，百折罗裙摆一摆，一阵风来十里香……这香气不仅能治百病，就连皇上闻了都开心。事情虽已过数百年，但故事仍在民间广为流传。

康熙皇帝是清朝的一代明君，纲纪严明、政绩卓著，史称康熙盛世。康熙二年（1663 年），不甘宫廷寂寞的康熙，将朝政交付大臣，微服私访江南，听说高阳有个为民造福的一代名医夏禹铸医术盖世，康熙便想眼见为实。于是将官兵銮驾安驻在秋浦河畔的一个村庄里（后来这个村庄就叫驻驾乡），康熙带了几个钦差大臣便服前往浯溪河畔的夏村，私访名医夏禹铸。

时值阳春三月，杨柳吐絮、桃李飞花，浯溪河畔一条通往九华山的石板古道上人来人往，几位头戴瓜皮帽身着马褂袍自称江湖客商的人，兴致勃勃地走进路边的三门亭，他们举目眺望四周青山绿水，如入桃源仙境。亭内有位叫香娘的烧水姑娘，为客官们端上几杯青碧透明的香茶，她满面春风地笑道："请各位客官品香茶。"顿时三门亭香气四溢、沁人心脾，人香、茶香令人陶醉。客官中有位洒脱的中年人抬头一看，半晌都说不出话来，原来此女子虽是民间姑娘，却是天生丽质、举止不凡，说也奇怪，一贯矜持庄重的胡香娘见此人眉目清秀，气宇轩昂，便不知不觉与其攀谈起来，几个时辰过去，还是谈得那么投机。客官们终因事务在身不可久留，那位清秀客官便赠以扇坠给香娘留作纪念，临行时香娘远送话别。

　　康熙原本圣主，更是人间情种，对聪明贤淑、闭月羞花的香娘小姐已是一见钟情。第三日清晨，康熙便亲自指派钦差大臣率领全副銮驾，传旨封胡香娘为娘娘。胡香娘一边听旨一边看着扇坠吓得目瞪口呆，香娘这才恍然大悟，前日所来的客官并非江湖商人，而是当今万岁康熙皇帝，钦差见香娘无动于衷便问："为何不敢接旨？"香娘便把自己与青梅竹马终身许配之事一五一十禀告了钦差。钦差说道："大胆，一介布衣竟敢与皇上争情。"大臣们以为无法交旨，便领官兵亲自搜抓香娘郎君，香娘抗旨连夜潜逃到方庄，让自己的未婚夫躲进了深山老林，以砍柴烧炭谋生存才避开了那场劫难。

　　有道是祸不单行，香娘的未婚夫在进山不久的一次砍柴中，被老虎咬死了，香娘得知后哭得死去活来。为了赡养公婆，躲藏已久的香娘也回到了家中，忠孝守节度日。同时她还拜访了地方名医夏禹铸，苦研中医药，并在民间广泛搜集各

节烈娘娘殉情于浯溪潭立碑处　方再能摄

种药方、验方、单方，上山采集药物为民义务治病。万万没料到的事情却发生了，婆家长兄竟为了吸毒的银两犯愁，便私下把香娘卖给了当地财主家无恶不作的公子为妻，并确定了雪夜抢亲。抢亲的人马到达后，香娘告诉众兄长们、不需无礼，不要抢亲，我自愿出嫁。其实香娘早已备好了盛情款待抢亲队伍的酒饭，并生了炭火让大家取暖。酒过三巡，香娘进厢房梳洗打扮，香娘是灌口胡家（现贵池区殷汇镇灌口村）大族的掌上明珠，年少时寄养方家庄，多少豪门官员前来提亲，她都没应允，就连圣旨都违抗了，她怎么受得了这种买卖捆绑的婚姻！她决心以死抗衡。于是她把一双绣花棉鞋倒绑在脚上，从厢房后门踏着皑皑白雪来到了浯溪河边，纵身跳进了碧绿的浯溪潭中……

次日，东流县令上九华山，路过浯溪潭边，见水中开着一朵莲花，命随从们立即打捞莲花，但捞起的不是莲花而是一具女尸，县令顿时疑心，心想：此人必有冤情，便将香娘死的前因后果问个水落石出，称赞胡香娘好一个节烈娘娘！当时由于到处是积雪覆盖，尸体捞起后无处可埋，唯独三门亭边一处坑宕内无积雪，方家庄的乡邻只好将香娘尸体就宕埋葬了。三年过后听说香娘开始显灵了，一日徽州歙县江村有七房头共一个男儿，久病卧床刚刚断气，突然一个仙女带着一阵香味飘然而来，将灵丹妙药塞到了男孩的嘴里，慢慢地男孩开始颤动着，然后爬了起来。男孩父母问仙女姓氏名谁，是何神医，仙女说道："名曰娘娘，浯溪河畔三门亭大门朝东歪。"话音刚落仙女不见了。为感谢救命之恩，江村的七兄弟挑着金银财宝，找到仙女告诉的地方，但不见此处有人住，便在周围询问，有人告诉："三门亭从来没有人家住过，只有一丘坟墓。"于是七兄弟来到了坟前，便又有一股香气扑面而来。见碑文胡氏节烈娘娘墓，墓碑朝东歪着，七兄弟心里终于明白了，原来是娘娘显灵了。于是把金银财宝全卖掉，修建了一座庙，供奉娘娘雕像，取名娘娘庙。

到了康熙八年（1669 年），当年娘娘所拜的名医夏禹铸得中武举人后，他抛弃功名，不做朝廷御医，专攻医术。为了光大娘娘为民治病的美德，夏禹铸在娘娘庙里悬挂了一百个特别灵验的药方，有求必应，效果甚佳。从此娘娘庙里求丹药治病的人络绎不绝，香火连年不断。康熙三十四年（1695 年），康熙皇帝得知了当年胡香娘的遭遇后，便御赐"节烈娘娘"匾额悬挂于娘娘庙门楼上，直到"文化大革命"时庙被毁掉。现在这里仍叫娘娘庙，已被文物主管部门确定为古文化遗址。每年农历的二月十八、十九和九月的十八、十九娘娘生日和娘娘会的日子里，远近的村民多会来此敬香祈福。

（方远来口述　陈莉整理）

"天人三策"德治家　董祠楹联教化人

承先祖遗言，传百世家风；
七松绵世泽，三策振家声。

　　池州市贵池区马牙"七松董氏"密集居住于马江公路丘林地两侧，是马牙街道峡山村的重要组成部分。宗谱记录明末清初，先祖"魁一公"自安徽宣城泾县泾川中村迁至贵池，绵延至"潮源公"定居于峡山，潮源公育有伯文、伯谦、伯刚、伯健四兄弟，各支系后人分布如下：老大伯文公后人在杨安桥、新屋董；老二伯谦公后人在月形董；老三伯刚公后人在老屋董、大冲董；老四伯健公后人在高脊岭、乌沙董。历史的发展让七松董氏成了贵池旺族：从西汉名相董仲舒，唐朝礼部尚书董翳，到近代董希白等一批专家学者。1917年立祠堂修谱，藉此时村口有七棵大松树团团相抱，枝叶又簇簇向外伸长，不论在多么恶劣的环境下，仍然耸立地生长，故得名"七松董"。

　　七松董氏历史上曾有四座祠堂，分别为：老屋董"董氏宗祠""董氏支祠"各一座；杨安桥"董氏支祠"一座；陈冲"董氏支祠"一座。"董氏宗祠"曾有现成的"三策遗风"之楹联，联曰：三策振家声，七松绵世泽。"三策"乃指董氏先祖——西汉名相"董仲舒"关于"天道、人世、治乱"之三篇策论，史称"天人三策"。建元六年（公元前135年），太皇太后窦氏驾崩，汉武帝乾纲独揽。建元初年被扼杀的新政，再一次被提上了日程。元光元年（公元前134年），汉武帝令郡国举孝廉，策贤良，在内外政策上进行一系列变古创制、更化鼎新。董仲舒《天人三策》《春秋繁露》以儒家学说为基础，以阴阳五行为框架，兼采"黄老"等诸子百家的思想精华，建立起新儒学思想体系。

　　汉武帝在元光元年策贤良文学诏中向董仲舒问道："……夫五百年之间，守文之君，当涂之士，欲则先王之法以戴翼其世者甚众，然犹不能反，日以仆灭，至后王而后止，岂其所持操或缪而失其统与？固天降命不查复反，必推之于大衰而后息与？呜呼！凡所为屑屑，夙兴夜寐，务法上古者，又将无补与？三代受命，其符安在？灾异之变，何缘而起？性命之情，或夭或寿，或仁或鄙，习闻其号，未烛厥理。伊欲风流而令行，刑轻而奸改，百姓和乐，政事宣昭，何修何饬而膏露降，百谷登，德润四海，泽臻草木，三光全，寒暑平，受天之祜，享鬼神之灵，德泽洋溢，施乎方外，延及群生？……""何行而可以彰先帝之洪业，上参尧舜，下配三王？"（《汉书·董仲舒传》）同时还向董仲舒强调："朕欲闻大道之要，至论之极。"（《汉书·董仲舒传》）可以看出：汉武帝求解的不是具体的一时权变之策，而是一个既能总结

七松董氏續修宗譜序

董氏自賜姓 董父始乃數千年也歷史民族之遷徙董氏後裔已遍布華廈之各地自董公仲舒獻策封相之後董氏家遂名揚天下矣董氏之喬遷至承事公遷大市中十二世傳至知達公遷涇公遷德興海口而子孫繁衍興旺傳五世至承事公遷邑中村至二十一世有魁一公諱斗者遷至貴池則爲七松董氏始祖也歷史之變遷時代之滄桑年復一年七松董氏家族已繁衍有二十六代之衆撫今追昔賢能志士可謂多也賢德之才層出不窮

七松董氏宗譜自民國六年（即公元一九一七年）續修至今乃九十之春秋爲弘揚先輩之業迹承先祖之孝悌賢德團結吾族之民衆共建和諧之社會續修董氏家譜乃是當務之急然此舉有諸多困難因年歲之久遠族裔生卒之年代難以考證也然吾董義不容辭勇挑起重任遍訪族人走村串戶采訪登記之歷經重重磨難克服其種種阻力戰勝來自諸方面之責難糾正了多種謬誤時經兩個寒暑之籌作七松董氏宗譜續修之巨任已告成功并出版于世此乃是吾族之大慶謹以數語賀之是爲序

公元二零零六年農歷丙戌十一月

董氏家谱　柯芳美摄

以往兴亡治乱的历史经验教训，又能解决国家现实问题，从而保证汉朝强盛的长久治安之道，是带有规律性、普遍性、战略性的历史政治哲学。

针对汉武帝的征问，董仲舒连上三篇策论作答，因首篇专谈"天人关系"，故史称"天人三策"（或《贤良对策》）。《天人三策》被班固全文收录在《汉书·董仲舒传》中。

没有人能只依靠天分成功。上帝给予了天分，勤奋才能将天分变为天才。没有田地不经过勤勉管理耕作而有收获的。天道为勤，七松董氏历代承袭至今，无论读书耕地，业绩显著，芳名远播。

守节操，守德孝，重在"守"字。在近代，董悦性之父董玉公之妻何氏，二十八岁守寡，独自将三男二女抚养成人；董苏民之母姜氏，二十五岁守寡，将一男一女养大，勤奋劳作，并供苏民读大学，这些失去丈夫后依然顽强顶立门

户，不从二夫，将子女培养成人的事例，至今依然在民间传为美谈。

围绕宗祠"三尺振家声，七松绵世泽"的严格家规，目前村中长者董知高说了一则真实故事，20世纪30年代，村中有恶男小名曰董小胖，偷窃并强奸族中寡妇李氏，其后族中长老聚会商议处之，以汤罐即烧水铁罐套头活埋于荒野，以警示族人，违反族规，必受严惩。此例尔来八十余年，族中人丁孝善礼先，和谐共处，人才辈出，无人越规。

董氏老谱是1917年制定，新谱系1988年尊长辈少悦宗亲从台湾返乡，倡议续修宗谱，到2007年完成，新老谱皆对董氏祠堂楹联"三策振家声，七松绵世泽"有记录。

（柯芳美搜集整理）

"联"想姚村小目连

时局慨如何，借魔杆一挥，扫净中原小鬼子；
民心应有感，看铁花满树，出来尽是木头人。

据中国戏联书载，1941 年，姚村"十三姚"（荡里姚、楼华姚、南边姚、畈里姚、山里姚、山外姚、殷村姚、毛坦姚、西华姚、宋村姚、蓝冲姚、庄屋姚和庄村姚十三个自然村）在姚氏宗祠曾上演了一场小目连木偶戏，并且撰有以上小目连木偶戏联一副。

1938 年 8 月，日军进犯贵池，池城城乡相继沦陷。在 1940 年 4 月，青（青阳）贵（贵池）战役中，日军对贵池东南山区至九华山沿途村落实行疯狂性轰炸，几日之内，日军即窜据九华山小天台……

1941 年，皖南事变后，中国抗日战争已处于最为艰苦卓绝的时期。为激发广大抗日军民的热情，在沦陷后的贵池，山乡艺人曾自发组织"土班子"，巡演《三江好》《傀儡皇帝》《放下你的鞭子》等剧目，宣传抗日，激发民众斗志。值得一说的是，是年新春，姚村十三姚，却上演了一场源自祖籍婺源的目连戏《雪里梅》，通称《会缘桥》，其中一段戏俗称《哑背疯》。据说当年上演时，姚村老艺人巧用了当时被誉为"时代的鼓手"田间的《新会缘桥》，这无疑已"赋予它完全不同的意义"，以此用来宣传抗日。

《新会缘桥》的剧情，大致如下：福建漳州，爱国书生文焕日日习武，立志为剿灭倭寇而从军效力。文焕之妻范娇鸾赞赏其志，夫妻更加恩爱。时有流窜江浙的倭寇被明军打败，窜犯到福建沿海。文焕在其母支持下，离家投总兵俞大猷麾下为参谋。

倭寇杀到漳州，范娇鸾扶婆母逃难，途遇倭兵，婢女被掳，婆母被杀。范氏貌美，两敌兵逼其依从。范氏假意应允，骗得二敌兵葬了婆母又自相残杀，自己由山坡滚下脱身，被其兄救回。

　　俞大猷大军将往漳州剿倭，派参谋文焕先行回乡探听敌人虚实。文焕扮成一白发老者，回到家中，范娇鸾对面不识，文焕说起夫妻一年前恩爱唱和之语，又除去化妆，夫妻欢喜相见。

　　文焕欲回营报告敌情，但必经之会缘桥有敌人把守。时有乡绅傅员外在桥上赈济灾民，夫妻俩决定扮作难民混过桥去。于是文焕仍扮作老者兼哑子，范氏扮作一风瘫之妇，由哑子背着，向会缘桥行来。桥头，范氏向傅行乞，并要求傅向东洋兵说情，许他们过桥头探母。傅问他们何以为生，范氏答说唱曲为生。于是范唱一曲劝世文，劝全国兄弟姐妹男学岳飞，女学花木兰，精忠报国。一曲动听，傅员外喜，且与东洋兵说过，因哑夫瘫妻不可能有何作为，许他们过河探母。文焕驮妻匆匆过桥。倭寇起疑，喝其站住而文焕仍飞跑，于是倭众追赶。此时俞大猷率大军赶来，文焕遂放下妻子，拔刀厮杀，大军继至，而倭兵被驱杀一尽。

　　据说，此剧和此联，曾伴随着连天的抗日烽火，在贵池东南山乡广为流传，起到了唤醒民众抗日救亡的巨大作用。

　　品咂此联，"时局慨如何，借魔杆一挥，扫净中原小鬼子"，在特定的形势下，借目连艺人的魔杆，以扫净中原小鬼子，从而表达了万千抗日军民的决心和意愿；"民心应有感，看铁花满树，出来尽是木头人"，既彰显了小目连木偶戏独特的魔力和艺术感染力，同时，更凸显了抗日军民的坚定信心。

　　　　　　　　　　　　　　　　　　　　　　（吴毓福、徐琳搜集整理）

鸳鸯松与古庙宇

在平天湖畔白沙村（现属清溪街道）老屋郭境内，有两棵枝繁叶茂、苍劲挺拔的百年松树。一棵高大挺拔，英俊洒脱，像一个"力拔山兮气盖世"的伟男子，另一棵像一个亭亭玉立、婀娜多姿的美少女，它们像一对恩爱的夫妻，相互相依，任凭风吹雨打，永不分开。当地人都称这两棵树为"鸳鸯松"。在这两棵树的旁边，镶嵌着一块青石碑，碑文上"鸳鸯松"三个大字十分清晰，落款是"汾阳支宗捐修"。据郭氏家谱记载："山西汾阳王郭致义的裔孙，因父为官

鸳鸯松　钱立新摄

秋浦，遂家迁徙白沙铺查浪复地耕读于此，地处丘陵，依山傍水。"郭氏家族祖祖辈辈就在此居住。原来在两棵树旁建有一座古庙宇，庙内供奉着菩萨佛像，1991 年，村民自发募捐，恢复古庙宇，还原真面貌，用石头、水泥、砖瓦建了一座仿古的亭子，将原来遗存的石伞、石马摆放在亭前，村中老先生郭良谋按古亭的老楹联文字重新撰写：

> 仙鸟润喉歌碧树，
> 神牛昂首泳清流。

此联较好地表达了当地的自然景观，树名：鸳鸯，地名：鸟嘴，亭前有河流，有牛头形山头，以及人们和谐自主的田园生活。在亭门两侧书有原著名的民国期间老私塾先生郭镜湖所撰写的二副对联，分别是：

> 西五猖，东灵官，是天地正神，一庙庄严庇老屋；
> 左六峰，右石马，得山川秀气，万年香火享加琅。

> 神居鸟山嘴，
> 福镇木形头。

庙宇、古树、楹联寓意人们祈求生活美满、幸福甜蜜、平平安安的美好愿望。

（钱立新搜集整理）

姚文然避难荡里姚

崇祯十四年（1641年），张献忠围攻桐城。张献忠是谁？他是历史上有名的杀人不眨眼的魔王。传说的张献忠黄面长身虎额，人号黄虎，性狡谲，嗜杀，一日不杀人，辄悒悒不乐。每下一城，都要屠城，不仅如此，张献忠还吃人。所以，桐城的百姓听说张献忠来了，都投奔远方的亲友避难，特别是当地的富贵人家，更是提前就走远了。

在桐城，姚氏宗族有一分支叫麻溪姚；在贵池，姚氏宗族有一分支叫荡里姚。两姚是一个祖先传下来的，始祖是唐朝的名臣姚崇。因这个宗亲的关系，姚文然选择到贵池避难，要说避难，年仅二十岁的姚文然并不觉得狼狈不堪，相反，他心里暗暗高兴。因为在贵池秋浦，他有一个仰慕的偶像，那就是当时赫赫有名的复社领袖吴应箕。

五月的一个黄昏，桐城的方玄成、方亨咸、姚文烈、姚文然四位青年才俊，终于见到次尾先生吴应箕。此时吴应箕已经有五十岁了，但他们坐在一起吟诗唱和，没有一点不和谐的地方，用现在的话来说，就是没有代沟。方玄成、方亨咸是兄弟俩，是名士方拱乾的儿子；姚文烈、姚文然也是兄弟俩。这四人中，数姚文然最小，但也数他最聪明，学问最深。为什么这么说呢，单从中进士而言，这次聚会的两年后，也就是崇祯十六年（1643年），姚文然就中了进士，而比他年龄稍大的方玄成、方亨咸直到清朝顺治六年（1649年）才考中进士。

四位青年才俊每人写了一首诗赠予吴应箕，吴应箕也现场以诗酬答。可惜的是吴应箕的诗歌正如他的好友侯方域所说的那样，不留副稿，故多散佚。五个人相见恨晚，全然忘记了自己身在乱世之中。就这样，一连多日，他们都在诗酒中度过。忽一日，他们看见窗外人喊马嘶，官兵们正在疏散背着包袱四散奔逃的百姓。

这时，店家慌里慌张地上楼来，对吴应箕说："次尾先生，你们快走吧，池州城要戒严了，再不走就走不成了。"吴应箕问："出了何事，如此慌张？"店家说："听说李自成从西边打过来了。"五个人大惊，付了账，就下楼来。

可到哪里去呢？四野烽火，战乱连连。本地人吴应箕也有点茫茫然，不知怎么安顿这四位文友。这时，姚文然说："我听说荡里姚那儿山清水秀，是个世外桃源，我们去那里住上几天吧。"吴应箕说："那太好了。只是我要去一趟金陵，不能陪你们去了。"四位青年和他依依惜别，就各自上路了。

走了一天的山路，四个人终于到了荡里姚。荡里姚又称虾湖，大诗人李白《宿虾湖》写的就是这里。虾湖是一片很大的山中湖泊，因盛产白虾而名。虾湖四面环山，山洪出口之处的姚家水口老虎嘴，是个极美极隐蔽的地方。看到四位青年才俊远道而来，村民们非常高兴，免不了带他们参观族里的宗祠，姚氏宗祠外有一块半月形水塘，天光水影，白云徘徊。姚氏族人的血脉之情，让姚文然有了回家的感觉。他说："我为宗祠写一副对联吧。"磨墨铺纸，即兴为姚氏宗祠写下一副著名的宗祠联：

> 建德长绵世泽，
> 虾湖丕振家声。

（王征桦撰文）

桂百万敬香得佳联

梅村桥根根杉木，
浯溪河滚滚洪流。

相传，在清朝年间，贵池梅村桂超万（当地百姓又习惯称桂百万）为官清正、廉明，在审理案件方面留下许多脍炙人口的美谈，被人们誉为桂青天。但有关他青少年时期去高坦鸟窝方家的娘娘庙敬香留下的对联故事却鲜为人知。

桂超万，自幼聪颖好学，很得私塾先生的喜爱。话说某年的梅雨时节，因发山洪，距学馆九里之遥的私塾先生的家里被水淹一尺多深，急需先生回家料理，所以被师娘带信给叫了回去。走之前，他给桂百万等几位学生放假两天。这对正处苦读诗书的桂百万来说是难得的空闲，因此他被管家领着前往高坦鸟窝方娘娘庙，为他的母亲半年前生场大病吃了"娘娘"的"仙丹"而愈敬香还愿。当他行走到梅村河见有五个叉杩桥架上搭着六扇由杉木串拼而成、约两尺见宽，专供两岸村民往来的木桥时，不由随口吟出：

梅村桥根根杉木。

上联全是木字旁，这下联一时半会还真对不出来。这下倒把自己给难住了，他一路走一路想，直到过了罗田渡也没有想出来，他们主仆二人在高坦街小茶摊喝茶歇脚后继续上路。经下畈、过毛坦，不一会就到了坐落在鸟窝方村前浯溪河对岸的娘娘庙。那时的娘娘庙是那种柱子落脚的串枋四正屋，四周青砖墙到顶，二面的厢房全是木板隔的，堂中正前方还有一口长方形天井。喜欢诗联歌赋的桂百万敬完香就拿眼看庵堂里的楹联，娘娘菩萨神龛两边柱子上的楹联是：

浯溪一水千年秀，
狮象二山万载春。

大门上的楹联是：

狮象环绕节烈千秋威福地，

浯溪澄清甘露万载润心天。

接着他又跨过天井池中间的踏石板来到庵门外转转，通过这两副对联的描述，桂百万当即知晓这娘娘庙的正名是"节烈庵"。庵堂前方的山是"象山"；庵堂靠背是狮山；庵门前的河叫浯溪河。有道是：踏破铁鞋无觅处，得来全不费工夫，这浯溪河平日水不大，可今儿个因昨夜下了一夜大雨，河水暴涨，洪水与河岸几近持平（据当地人说这庙基是船形，水涨船高，无论浯溪河发多大的山洪，这庙从没有被淹过），浑黄的洪水巨浪滔滔，桂百万见此立马来了灵感，一路上苦思冥想之下联终于有了：

浯溪河滚滚洪流。

这下联全是三点水，与上联全是木字旁，对仗工整，珠联璧合。

（方振海口述　方再能整理）

节烈庵　方再能摄

殷汤卜居殷家汇

星堕盘中，彩笔生辉光祖泽；
圃治山下，寔峰垂训裕孙谋。

此联为汤氏宗祠通用联，相传为殷家汇殷氏家族子孙所作。汤家宗祠联为何是殷氏所作呢？这得从贵池桃坡人殷文圭说起。

"星堕盘中"说的是殷崇义的故事。唐末时，殷文圭以榜眼，授翰林院学士，被誉为皖南文学领袖。生有三子：长子崇义，次子崇礼，三子崇范。长子殷崇义生于马牙，就是这个殷崇义偏偏对诗书文章不感兴趣，傻头傻脑的，总不开窍。殷家人很着急，但也无可奈何。有一天，小崇义忽然对妈妈说，昨夜他做了一个梦，梦见飞星堕入盘内，他一不小心就把星星吞下了。殷文圭说，这个梦好，傻儿要开窍了。

果然，吞星之后，殷崇义文思日进，被誉为神童。相貌也大变，变得举止脱俗，仪表堂堂。当南唐国开科取士时，殷崇义登进士第，擢升为翰林院学士。南唐之诏书、敕令、文献和外交文书，绝大多数均出于其手，文名声震江南。出使后周时，从容得体，不卑不亢。周世宗见其仪表非凡，也甚爱之，以国家元首的礼仪接待。

陈桥驿兵变后，后周为宋所代。南唐在赵宋威逼下改奉赵宋王朝。遣殷崇义作为使者到宋都汴梁，碰到赵匡胤之弟赵匡义。赵匡义责问道："不知我宣庙讳耶？"宣庙即赵匡胤、赵匡义兄弟的父亲赵弘殷，赵家坐天下后被追尊为宣祖。崇义之"义"，也犯了赵匡义的名讳。南唐投降后，太祖密旨，凡殷氏子弟，不改姓者不得入国学，更不得入士。

为了不忘殷氏祖先——商代开国明君汤，殷崇义改名为汤悦，殷崇礼改名为汤静，殷崇范则隐姓埋名，为延续殷氏香火，仍从殷姓。青阳、刘街、马牙等地的殷姓如老屋殷家、和平殷家、新屋殷家等，汇至城西白面山一带居住，取名殷家汇。汤悦、汤静也被奉为汤氏的始祖。

"圃治山下"说的是汤岩起的故事。汤岩起，贵池人，为南宋宰相汤思退的长子。宋绍兴三十年（1160 年）八月，汤思退坚持与金国议和的政策，遭到众人的反对。御史陈俊卿趁势上奏弹劾汤思退，言其"挟巧诈之心，济倾邪之术，观其所为，多效秦桧，盖思退致身皆桧之父子恩也"。同年十二月，宋高宗诏准，罢免汤思退相权，后复相位。到了宋孝宗的时候，汤思退就没有这么好的运气了。宋孝宗在主战派的支持下，再次诏罢汤思退宰相之权，太学生张观等联名72 人上书论汤思退议和误国。当时汤思退正行至信州（江西上饶），闻太学生之请，气愤忧悸而死，年仅 47 岁，此后身败名裂。此间，思退儿子及族人均惧怕被朝廷所杀，四处逃跑，隐姓埋名而居。

作为汤思退长子的汤岩起，初任营道（今湖南道县）知县，以廉洁著称，官至徽州通判时，发生了汤思退罢相事件，从此之后，汤岩起心灰意冷，辞官归隐贵池治小圃，教育子孙，隐居自乐。其著有《论语义》及多部诗集。

殷汤两姓，本是一族，所以殷氏为汤氏作宗祠联也不奇怪了。

（王征桦搜集整理）

文孝庙联藏文孝

　　文孝庙，实为"昭明庙"，因坐落于贵池城郭西郊的杏花村，民间则俗称为"西庙"，始建于唐永泰年间。自李唐来，即是贵池黎民及八方文人朝谒昭明的圣地。旧时，西庙四围，乔木交柯，幽篁掩映，尤以槭枫、乌桕最多。白露霜降，便呈现一派"秋林丹叶，三里如霞"的迷人景致。因而，"西庙霜枫"，时人谓之古"池阳十景"之一。

　　而"文孝"之庙名，据宋末元初马端临《文献通考》记载：宋元祐年间，宋哲宗赵煦曾赐额昭明庙"文孝"；嘉泰元年宋宁宗赵扩又追封其"文孝英济忠显灵佑王"，以颂昭明文学才华和孝善仁德，故而得名，而后袭用。

　　据传，文孝庙，唐宋时，极具规模，宏丽壮伟；明清时，曾几度修葺。其中有正殿、文选阁（即昭明书院）、钟鼓楼、回廊堂、山寮房等古色古香的建筑群，幽藏于杏花村杜坞的山谷水湄，故而又成为古"杏花村十二景"中最具文气的圣境。

　　若查阅历代史料，谒文孝庙诗，的确蔚为大观。文孝庙自唐而下，直至民国年间，可谓胜景非凡，历代无数诗家墨客，探幽晋谒，赋诗题联。只可惜，这一恢宏的胜迹，在"文革"时，遭到毁灭性地破坏。如今，西庙虽无，但西庙诗联却永存于志书和诗集里。

　　据说民国年间，文孝庙在举行庙祀时，就曾悬挂一副五十二字的长联：

　　文章冠六代，十万卷、讲艺东宫，著文选以振文风，文苑树旌昭学子；
　　孝德动三辰，六七龄、问安西寝，读孝经而全孝道，孝思锡类仰储君。

　　此联，即是民国时期贵池乡邑舞鸾乡晏塘人纪伯吕所撰，今存其诗联集《啸乡刬余集》中。

　　此联之妙，在于紧扣"文孝"，以"文孝"二字为凤头，镶入联首，珠联璧合，启人深思。细看此联：

"文章冠六代"：六代，即三国吴、东晋和南朝之宋、齐、梁、陈六朝。此五字，乃指昭明文学才华冠誉六朝。无怪乎，清代文史大家赵翼评说："创业之君兼擅才学，曹魏父子固已旷绝百代。其次则齐梁二朝，亦不可及也。……至萧梁父子间，尤为独擅千古。"明人辑有《昭明太子集》留世，影响深远。

"十万卷、讲艺东宫"：是指昭明曾收罗古今图书三万卷，藏于东宫，并引纳才学之士，赏爱无倦。《南史》称"于时东宫有书籍三万卷，名才并集，文学之盛，晋、宋以来未之有也"。

"著文选以振文风"：则是指昭明编辑《文选》时，正式是我国古代文学继汉开唐的转折期，而其《文选》的选录标准则是"事出于沉思，义归乎翰藻"。昭明这一文学观点以及《文选》编成，无疑振兴了当时南朝绮靡的文风。

"文苑旌旃昭学子"：是指隋唐而后，《文选》犹如树起一面文学的大旗，不但逐渐成为科举取士的范本，而且唐宋时亦渐次形成了研究《文选》的专门学问"文选学"，甚至在民间一直流传有"《文选》烂，秀才半"的谚语。由此可见《文选》既成，的确昭示着千秋百代的莘莘学子。

秀山门　钱立新摄

"孝德动三辰"：三辰，乃日、月、星之统称。此处指昭明的孝善仁德，感动天地。

"六七龄、问安西寝"：据《梁书》本传载，昭明，三岁受《孝经》，五岁通读五经。事父母孝敬笃至。其母丁贵嫔有疾，太子朝夕侍奉，衣不解带，直至送终，可谓孝矣！

"读孝经而全孝道"：此句是说昭明少小读《孝经》而能率为"孝"之楷模，并健全孝道。

"孝思锡类仰储君"：孝思锡类，源于《诗经·大雅》"孝子不匮，永锡尔类"。其意为：孝子的孝心不匮乏，孝行不终止。那么，上天就会赐福给他的子子孙孙。其实若本身能行孝，子女自会竞相仿效，如此一来，子女自能获得福泽了。储君：古代指王位或皇位的继承人，此处即指昭明太子。一个"仰"字，既表达联作者对昭明孝德千古的赞誉，亦代表世人对昭明孝德的千古仰慕。

总之，此联堪称旧时晋谒文孝庙之妙联，文孝藏头，文孝并举；并且联文丰赡，古意盎然。赏读此联，自然会让人联想到"文孝庙"昔时的辉煌，并且从中领悟到"文以载道"和"孝善为本"的人生哲理！

（吴毓福搜集整理）

绿树黄梅桂林郑

绿树万千株，遍地栽来皆得意；
黄梅三两本，大家听后变知音。

——民国·桂泽民

桂林郑，一个藏在贵池东南刘街山坳里的古村落。古村四围，群山环抱，层峦叠翠，万木深秀，雾霭流岚，峭岩飞瀑，泉香溪洌，堪称皖南大山中的一处"世外桃源"。

在这里，郑氏族人，聚族而居，亦耕亦读，古礼犹存。据清光绪二十三年（1897年）《郑氏重修家谱序》载：郑氏族人，因躲避徽州战乱，"于明初自徽郡迁贵池桂林（今桂林郑村）"，由此可以想见桂林郑古村的确很"古"了。很古的桂林郑，自然藏有外人罕见的"古董"。这些"古董"一直被郑氏族人奉为至尊瑰宝。

其一当属郑氏宗祠。宗祠，代表着一个家族的辉煌与传统，是家族的圣殿，具有一定的凝聚力和向心力。郑氏宗祠坐落于双溪口古桥边，三进砖木结构，明末徽派建筑，历四百余年风雨，曾几度修葺，并由族人世代看护。宗祠联为：

峭壁东开题十景，
清泉西出汇双溪。

旧时，为祭祀祈愿、驱邪纳福，郑氏族人每年都要在宗祠举行傩仪、傩戏、傩舞、舞龙灯等活动。

其二应是桂林郑的摩崖石刻《泉石幽居》。《泉石幽居》石刻，乃明万历年间江西临川的儒生何珠所刻。石刻正文为《泉石景记》（1007字），文辞高古，言情清逸，书体俊秀。虽为"记"，读之却有"赋"体气象。陶公云：奇文共欣赏，疑义相与析。在此，特选摘几句，以期共赏。记曰："……予南旋方乡，属方士衔盟，推毂于秋浦。……寓郑氏之居焉。其居也，枕山面水，带涧屏峦；修竹森然，乔木翳若；奇岚怪石，飞瀑停泉。美卉奇葩，态冠京洛；华堂广厦，雄跨杜公。有岩岫泉石之幽，无尘坌喧嚣之杂。扳悬崖，而霄汉可摩；临绝壑，则鸢鱼可羡。真大块一画图，眼底一奇观也！"尾款为："时皇明万历……何珠题记。"

其三该是文首的那副戏联。那副戏联，作于民国年间，作者乃是桂林郑乡邑桂泽民。此联联文虽然通俗直白，但上下联巧妙工对却出奇制胜。譬如："绿树"对"黄梅"，"得意"对"知音"。因此，此联被收录于《中国戏台楹联精选》一书。这无疑是值得"桂林郑"郑氏后人骄傲的又一艺术瑰宝。

"绿树万千株"：极言桂林郑四围，山坡崖峰，皆植树木，"万千"一词并非夸张，实为一种皖南山区森林的浩然气派。

"遍地栽来皆得意"：作为山区，靠山吃山，遍栽树木，而后成林，林成伐之，如此循环，自然成为山居生活的主要来源。

据桂林郑的老人回忆，1947年植树节前后，郑氏族人曾邀请当时贵池有名的戏班子，在郑氏宗祠搭台唱了两三本黄梅戏。

据说，那日，整个桂林郑，热闹非凡，黄梅曲调，空谷流响，余音不绝。不但有黄梅小调《打猪草》和《闹花灯》，还上演了一本传统黄梅大戏《织锦记》。

《织锦记》剧情为：秀才董永家贫，父亡，卖身傅府为奴，得资葬父，孝行感天，玉帝命七仙女下嫁董永，赐婚期百日。成婚后七女为傅府一夜织成十匹锦绢，傅员外喜，认董永为干儿，焚卖身契。时满百日，傅员外赠银送董永回家，途中夫妻泣别。七仙女临时告之有孕，留白扇进京进宝，董永进宝得官，七仙女如约送子旋返天庭。董永乃与傅员外之女结为夫妻。

此戏，主旨应是凸显传统的孝感文化，董永原本注定是悲剧命运的人物，但因其"孝行感天"，结局出人意料，这在一定程度上改变了原有的悲剧宿命。旧时《织锦记》，虽不及后来新版《天仙配》，但在清末以至民国年间其影响还是很大的。据传，严凤英唱响大江南北的新戏《天仙配》，即由此改编而成。

此后，有徽郡文化基因的桂林郑老少亦能唱上几句或几段黄梅小调，劳动之余，几乎是天天《打猪草》，夜夜《闹花灯》，甚至年年《天仙配》。正所谓："黄梅三两本，大家听后变知音！"

（吴毓福搜集整理）

大起大落浯溪方

浯溪方氏宗祠坐落在浯溪河南岸、名叫鸟窝方的自然村的正中（现贵池区梅村镇檀林村前后边村民组），坐南朝北，它背靠象鼻山，面朝狮形山。五开间，前后两进。整座宗祠是用近百株火桶般粗细的柏木柱与电冰箱粗细的横驮、大梁串构而成，上有雕龙画凤人物鸟兽图案。前后两进相距 80 余米。两边是一人多高的围墙将前后两进相连，一溜排三级麻石台阶将 80 余米内院二一添作五，分成后高前低两个大平台，整个内院场地全是用鹅卵石和七八寸长一寸见宽的青石条排列有序地拼嵌而成。前进部分，左右两侧是木板隔成的 4 间厢房，中间是空旷的大厅，两扇黑漆大门，高约 8 尺，宽约 4 尺，上书：

> 浯水千支归系派，
> 溪河万脉统根源。

门旁两侧各有一个偌大的石鼓，石鼓后座上是方形木柱，木柱上方镶嵌一雕有龙的图案横幅木板。大门上方是一块长约 3 米、宽约 1.5 米，墨绿底色的匾额，上是当朝皇帝的御笔"文武世家"四个黑体大字。宗祠前方百米处是一半月形水池，常年盈水不涸。宗祠的后进的后半部分是呈阶梯形祖宗龛，那一层层一排排牌位上写的全是方氏列祖列宗的名字。祖宗龛两侧柱子上的对联是：

> 敬祖敬宗家道盛，
> 诚心诚意子孙贤。

据方氏家谱记载：古时方氏家族先后出有进士 13 名。万历四十四年（1617年）方氏子孙方仪凤以三科武举中进士，皇上赐封武状元。先后任广东屯田都司金书、广西指挥使、广州参将、擢南路总兵，在广西、广州沿海清剿倭寇红毛夷过程中为朝廷创造了一方平安，立下汗马功劳。其子方懋昌，万历四十六年（1619 年）进士，由游击参将历贵州安顺总兵，在征剿海匪倭寇战斗中，战功显赫，名震滇黔。崇祯十六年（1644 年），任泗州获陵副将，统兵三十六万，征讨叛军，功绩卓著。皇上赐封九门提督总兵（《贵池县志》光绪九年版上有传）。

浯溪方氏家族在太平天国之前，十分兴旺，村里有 1000 余烟（户），连象山背后的衡坑里都住着人家（现部分遗址还在）。那时的方氏宗祠共有七进，雕龙画凤，气势宏伟，十分气派。太平天国年间，某年五月间的一天，村里来了三四十个强盗，抢夺村人的财物不算，还奸污方氏家族的女子，闹得人心惶惶。本着为民除害的原则，族长召集全村强壮丁夫齐出动将这伙强盗全给活捉了，就在准备处死之时，一个瘦小又满头癞痢壳的年轻人磕头作揖苦苦哀求，说自己是被捉来当挑夫的，家中还有卧病在床的老母。族长听了便信以为真，放了他。不想，族长这一念之差，却让方氏家族遭受灭顶之灾。

事隔一个多月的一天夜里，数千名举刀扛矛的人（后听说这伙人是长毛）把村子给团团围住，几班刽子手分头挨家挨户将熟睡的村人杀个鸡犬不留，连摇窝里婴儿都没放过，致使满村尸横遍地、血水成河。这帮刽子手、强盗临行时还一把火丢进祠堂，时值如火的炎夏，熊熊大火借助高温燃烧了七天七夜，方氏宗祠和千户民宅全化为灰烬。这帮人为首的竟然是谎说家有老母卧病在床的那满头癞痢壳的年轻人。

许是天不该灭，遭此毁灭性劫难时，几个在外的生意人躲过一劫。浯溪方氏家族自此衰败，繁衍至今，全村虽有 70 多户 300 多人，加上后来安家落户于罗村、绍埂等地的方氏后裔，也不过三四百户。方氏宗祠在"文革"期间再次被毁，遗址尚存。

（方振海搜集　方再能搜集整理）

智对砖匠讥讽联

一段烂木，朽木不可雕也；

遍地沃土，粪土岂能墙焉。

1965 年，我 13 岁，读初一，暑假期间，比我大 12 岁的大姐家拆老房建新房，姐夫家住观前祠堂村。在新中国成立三四十年间，因祖父愚弱，被国民党残兵和土匪，在门缝里塞绑票恐吓，几乎卖空了地产，只留下这栋清中期的老房子，土改时才落个上中农成分。姐夫因此经常感叹说，要不是因祖父家道败落，自己肯定成了地主分子，说不定还要受强行管制着呢！

这栋四正两厢老房有 28 根银杏木柱子落地，阁楼花窗，附属用房一应配齐。当时正值"破四旧、立四新"运动，大队干部三天两头到姐姐家要他们将老房子拆了做新式大三间，姐夫多次解释，这是祖上留下的，已住了七代人了，在他手上拆实在不忍心，后来大队长带着治安主任一帮人，下最后通牒，说你祖上是大地主，你留着这四旧老房子是不是想变天，不拆我们马上可以给你戴上漏划地主的帽子，这下可把我姐一家人吓蒙了，只好同意拆。时值夏日，说拆就拆，姐有 3 个孩子，大的才 5 岁，小的不会走路。砖木工匠师傅进门，仅做饭她都忙不过来，于是要我帮忙带小外甥，我不想去，想自己小时也是姐带大的，便勉强去了，天天抱着小的、牵着大的看拆房建房，当新房墙砌到一人高时，有一天粗工不在，砌墙的包师傅要我挖一兜子三合泥递给他，这包师傅五十来岁，穿着黑哔叽裤，白府绸褂，很精干，根本不像泥瓦匠，曾听姐夫说，他很有本事，能在墙上画壁画，用砖雕鱼虫鸟兽，懂些诗文，特喜欢对对联，年轻时修包家大祠堂，脚手架离屋脊还有五尺，有位师傅在上面要求升脚手架，他不同意。那位师傅说，那你来砌，他拿起砖刀健步登梯上墙，蹲在墙斗上将那屋脊砌成了，因此名声大振。我拿起大钉耙很费力地装泥，连地上的黑泥土都给弄进去一大块，包师傅还要我将泥提上去，我提了几次提不上去，他跳下脚手架自己举过头顶才放上去了，还弄脏了衣服，他很生气，看着旁边几根废木料，说：

> 一段烂木，朽木不可雕也。

他将也字拖很长音，我一听这明明在骂我呀！还是要我对对联？我抱着小外甥，气得一屁股坐在地上瞪着那洋洋得意的包师傅，想自己出生在贵池四大村之一的茅坦，明清两朝出过文状元或进士，现在还有几位讲古好诗的师塾先生，听他们讲过许多对联故事，古时茅坦，有九岁孩子对"鱼过浅水肚拖地，熊越高山脊摩天"。渔老板亲自下水将那条大鱼捕获送给他，还有"子把父当马，父望子成龙，暑鼠凉梁，饥鸡盗稻"。天对地，雨对风，大陆对长空，都知道一些，并琢磨怎样对付包师傅，这时见他随手一砖刀将那粘有地皮土的黄泥挖起放进墙斗里，我急中生智对他说：

> 遍地沃土，粪土岂能墙焉。

只见包师傅一愣，挑出那块黑土甩掉，从架子上跳下来，走到我跟前，蹲下来两手扶着我双肩，然后朝脚屋里正在做饭的姐姐喊："小美，小美呀！"我姐慌慌张张用围裙擦着手跑过来，包师傅笑着说："你这个小舅子，不简单，将来有出息。"

时隔半个多世纪，包师傅早已作古了，姐姐也年近耄耋，我已从行政上退休多年，今年被市书协聘为顾问，这难道就是包师傅预言的所谓"出息"吗？每每想起这件事，我总觉得汗颜。

（雪亭搜集　杜德喜整理）

附录　贵池民间楹联选编

登白牙山长联

昆明大观楼180字长联为旅游者争相鉴赏，贵池有山有水，风景秀丽，自古迁客骚人，歌于斯，咏于斯，载之志书，历历可考。昔登白牙山吴次尾先生之祠前，凭栏眺望，缅怀先哲，拟就224字长联一副：

南望九华，指点历历莲峰。看白云缥缈，晨岚夕照，连绵着万庐村落，白叟黄童，携鸡豚浊酒，闲话桑麻，求田问舍，槛外清溪水阔，鱼雁升沉，汀生芦荻，淑满芙蕖，且趁杜湖夜月，扁舟欸乃，柳岸丝垂，观星窥斗，想古来谁家迁客，到此销魂洒涕，慨山河之无恙，景色不殊，悲人事之颓唐，沧洲难觅；

上追千载，翻过篇篇青史。对暮霭苍茫，风蕎虬蟠，多少个甲第楼台，名公巨子，戴纶巾羽扇，风流儒雅，拈韵飞觞，亭前碧草香浓，洞壑幽深，唐仰樊川，宋怀武穆，依然塔影横波，残碑剥蚀，杏花酒醉，鉴昔希今，数海筹几度扬尘，何须询年算寿，念天地之悠道，怆思惕厉，吊英雄其代谢，大业方兴。

（桂定寿撰文　谢海龙搜集）

邱戎华题杏花村文化旅游区楹联选辑

景区联

旅游佳境，依青山，傍绿水，有黄公煮酒、红杏闹春、香茗鲜鱼，笑迎天下寻芳客；
文化名村，扬皖韵，振唐风，听小杜吟哦、大苏唱咏、新词妙曲，歌唱寰中筑梦人。

建生态文明，泱泱盛世风光，万类乐和谐，茶田麦浪诗吟绿；
复自然景色，蔚蔚大唐气象，三区争烂漫，草市渔村酒映红。

入口或路口联

杏闹池阳二月春，柳舞花喧，翠浪丹霞香水殿；
村迎宇内八方客，酒斟茶沏，红情绿意醉诗魂。
注：联中分嵌"杏花村""诗酒茶花水"等字。

笛韵悠扬，红杏引春光，微风细洒清明雨；
诗情涌动，青帘挑雅韵，豪客狂吟秋浦歌。

太守轻吟，莺啼柳舞花村里；
牧童遥指，酒榭茶亭春雨中。

北村口联

十里卿云迎客至，
万株红杏送春来。

红杏闹春，一笛烟霞一笛雨；
黄公迎客，满樽诗酒满樽花。

问酒驿联

驿站迎宾呈美酒，
杏花含笑奉金卮。

弄花亭联

蛙鸣塘半亩，
花弄月一亭。
注：联中分嵌"半亩塘""弄花亭"。

弄花香沁春衫袖，
掬月波惊水国天。

香浸衫巾，牧子笛吹春雨绿；
酒醮水月，诗村花笑醉颜红。

杏花人家联

小叙诗斟红杏酒，
长谈茶沏绿荷杯。

惜花亭联

胜地正兴隆，几处青帘邀客醉；
荒村今艳丽，满园红杏闹春来。
注：青帘即酒店门前挂的旗子。本联从张邦教"胜地已无沽酒肆，荒村犹有惜花人"中化出，符合现在情景，与张的意境绝然不同。

西峰亭联

哀往事，铁佛形销，圣僧笛杳；
喜今朝，西禅院复，蓬岛客来。

十里桥联（一）

荷风薰两岸，
烟雨系长虹。
注：荷风、烟雨：十里桥位于"白浦荷风"与"西湘烟雨"交汇处。

十里桥联（二）

万客悠游诗海岸，
一虹飞跨杏花溪。

焕园大门联

焕珠光照生花笔，
秋浦人开筑梦园。

焕园厅堂赞郎遂

十年了结千秋愿，
一志成全四库书。
注：四库书即《四库全书》。

窥园门联

一代大儒垂典范，
千秋后学尚精神。

窥园堂联

目不窥园，身心专注圣贤书，探源究理；
心常思治，耳目广征中外事，鉴辙知行。

窥园抱柱联

游学笃行皆自得，
不窥长啸各相宜。

酌湖草堂联

杏苑常迎三岛客，
草堂小酌一湖天。

酌湖草堂厅堂联

千樽湖海气，
一酌圣贤心。

憩园门联

半日花径，正须小憩；
一湖烟景，难禁高吟。

憩园茶榭

香茗清心精气爽，
佳湖愉目水天宽。

憩园茶榭堂联

芳榭临湖，引我披襟偕鹭舞；
香茶醉客，教人击拍助莺歌。

憩园酒垆门联

风卷杏帘香十里，
客来村肆醉三杯。

憩园酒垆堂联

聚友饮三杯，醉眼看花花竞艳；
临湖歌一曲，酡颜照水水增辉。

寓思亭

山川怀德泽，
黎庶颂甘棠。

寓思亭格言联

做人防一失，
行事要三思。

鼎峙格嵌"杏花亭"

风摇红杏呼诗客，
花伴青云入草亭。
注：青云指有德行而名望很高的人。

杏花亭联

登临观杏闹，
坐待出墙来。
注：宋祁词句"红杏枝头春意闹"，叶绍翁诗句"一枝红杏出墙来"。

五谷堂厅联

稼穑艰辛，切戒奢华崇俭朴；
丰登喜悦，长歌耕作颂春阳。

五谷堂前神农像

社稷坛前观麦浪，
杏花村里拜神农。
注：古杏花村有社稷坛。

东溪廊桥景观联

游目湖天，烟霞织锦；
骋怀山水，花鸟吟诗。

东溪廊桥赞胡子正

笔秉春秋，新编光复记；
胸怀桑梓，续志杏花村。
注：光复记即胡子正的《池阳光复记》。

白浦草堂联

星槎影，棹歌声，白浦霞邀南浦鹜；
杜牧诗，黄公酒，浣花日宴杏花溪。

注：1. 南浦：地名，在南昌。《滕王阁序》中有"画栋朝飞南浦云""落霞
与孤鹜齐飞"句子。2. 浣花日：古成都人每年谷雨日宴游于浣花溪旁，是日谓
之浣花日。联中将杏花溪比作浣花溪。

白浦码头

画舫漾清流，诗桨荷风天作岸；
锦云祥翠岫，酒旗牧笛杏飞花。

楚园门联

月夜花晨，独处楚园思往事；
圩中湖上，常偕赵客唱新歌。

注：往事指平生的收藏及著作在日寇侵华时散失殆尽。

丛集扬先哲，
英魂恋故乡。

注：丛集指其所校刊的《贵池先哲遗书》214 卷。

楚园堂联题刘世珩

力驳西宾，有心维国柄；
气吞东虏，遗恨失家珍。

注：1. 西宾指美国精琦博士，他向清政府提出《银价议》，企图窃取我金融
税务主权。刘世珩写了《银价驳议》，为清政府采纳，捍卫了国家主权。2. 东
虏：指日本侵略者。3. 家珍：指刘公平生前的收藏及著作。

牧之楼

刺史吟哦，花鸟酒茶争入韵；
牧童指引，诗词书画喜登楼。

湖山堂

十里湖山，浩瀚水天霞鹜舞；
一堂锣鼓，清悠丝竹燕莺歌。

注：1. 分嵌"湖山堂"三字。2. 上联言面湖之外景，下联言堂内之文化场景。

（以上43副为邱戎华作）

绿九华土特产超市门联

金叶素果慧根独具，
佛茶野菜善缘广结。

（陈春明搜集）

嘉旗观景酒店楹联

酒醒嘉旗观景处，
梦回杜牧杏花村。

身泊嘉旗观景，
心仪大愿开园。

（陈春明作）

杏花村文化旅游景区联

香泉井

地脉井山连九华灵气滋泉冽，
天心黄李合千载沁风化酒香。

村志馆

村在池阳杜诗物候能为证，
志存熊日赵客图文足释疑。

焕园

焕珠还异彩，
盛尧扩名园。

273

郎遂堂

杏花村里开三径，
社稷坛旁卜一庐。

赞郎遂

胸怀太史才经纬大宅无双笔，
情铸诗村志古今中华第一人。

（以上 5 副均为邱戎华作）

武略继前贤，会挽强弓射恶虎；
诗风开新面，能赋华嘈誉晚唐。

杏花村楹联

一帘春酒绿，
十里杏花红。

浅碧细斟家酿酒，
牧童遥指杏花村。

（于海洲）

香闻十里黄公酒，
誉满千秋杜牧诗。

杏雨沾衣，黄公垆圮唯余井；
花香沁酒，杜牧诗传尚有村。

（周伯政）

胜地仙踪，醉魄吟魂秋浦月；
好花人境，柳烟杏雨石城春。

（李学文，1936 年生，湖北黄梅人）

胜地常新，诗酒两年留刺史；
香泉依旧，风流千载咏清明。

（白启寰，1939 年生，安庆人）

是太守赋诗天，红杏在林，拟把余闲换樽酒；
乃司勋销魂地，黄垆忆昔，不胜清怨变桑田。

（方世龙）

卖酒亭联

村已无花，建野外一麈，聊记当年沽酒处；
祠还姓杜，借阶前盈尺，权为此地主人翁。

（董光斗）

香泉井联

香泉每忆黄公酒，
杏雨常怀杜牧诗。

（王行远）

香泉井联

古井幸存，井内依然飘酒味；
荒村新建，村中何处觅黄公。

（白启寰）

栖云庵联

栖贤栖隐神仙境，
云影云烟诗酒乡。
注：栖云庵在杏村之西北，今已不存。

栖云庵联

栖客护法功臣，金刚个个；
云集参禅尊者，罗汉条条。

275

杜公祠联

杏雨又经春，过客当年此魂断；
李唐无寸土，荒村终古以诗名。

（纪伯吕）

公去已千年，回思杨柳旌旗，游览沽春，细雨和风江上路；
我来刚十月，不见杏花村落，留连访古，青山红树画中诗。

杜公祠联

此地有，秋水长明，苇汀落雁，翠微含笑，华盖晨钟，遂令太守流连，西城问酒；

那边是，莲峰凝秀，柳岸飞莺，塔影横波，猿啼雪夜，竟使谪仙倾倒，南国传歌。

（李暲）

杏花亭联

马嘶芳草地，
人醉杏花天。

（顾元镜，明代万历进士）

胜地已无沽酒肆，
荒村忽有惜花人。

（张邦教，明代嘉靖池州郡丞）

黄公酒垆联

至今村酿黄公酒，
依旧花开杜牧诗。

（陈省斋，清代乾隆年池州知府）

村号杏花人慕酒，
诗传杜牧世驰名。

村连杏雨今还酒，
垆与诗人俱不知。

（钱立新搜集　曹平作）

纪永贵为杏花村新创楹联

春联七则

十里杏花春纳福，
千秋诗韵喜临门。

杏花再放香如故，
杜牧重来诗更新。

春绿一河秋浦水，
烟红十里杏花村。

杜湖杜坞杜荀鹤，
杏树杏园杏花村。

村诗村酒村村醉，
村落村游村村通。

村景初成北入口，
城市濒临西大门。

春雨醉辞蛇影淡，
杏花踏尽马蹄香。

（2014 年 1 月专为杏花村而作）

十里桥

十里梅洲梦，
一河秋浦诗。

会桥

百年尘海一相会，
十里风烟几处桥。

牧之楼

何处无村？地临秋浦，杏花千载开烂漫；
谁人有意？时在晚唐，杜牧一吟醉风骚。

一代文宗，外放扬宣黄池睦，唯有杏村留胜迹；
千年诗韵，传承唐宋元明清，更兼当代谱新篇。

牧也诗无敌，千载嘉名枫林晚；
之者思不群，一篇锦瑟杏花红。

牧也诗无敌，千载遗篇积瀚海；
之乎思不群，一村风物叠高楼。

抱浦襟江，小杜寻春苜鹤隐；
穿唐越宋，老梅入梦杏花吹。

（纪永贵 2015 年、2016 年为贵池杏花村新建景点所拟）

邱戎华贵池山水楹联选录

贵池赞（一）

海绵城市诗人地，
孝肃襟怀武穆魂。

贵池赞（二）

石斧劈乾坤，秋浦英豪开画卷；
琼浆酬李杜，池阳山水蕴诗篇。

贵池赞（三）

双塔蘸霞，绘山水宏图，杏花村谱迎春曲；
全城生色，创文明新市，秋浦人歌筑梦章。

大成殿孔子像赞

庙貌全新，兆民瞻仰，寰宇尊师弘圣泽；
精神不朽，万代传承，池州习礼尚仁风。

孝肃街

枕大江、地引湖山，物华人杰；
怀包拯、街名孝肃，气正风清。
注：湖山近指平天湖、齐山、太朴山；远指太平湖、九华山、黄山。

清溪河"古渡寺影"

桨声晨雾里，
帆影夕阳中。

清溪映月（一）

清溪千载流诗画，
明月一轮映古今。

清溪映月（二）

塔临溪，桥跨溪，溪清澈，桥塔映溪、岸柳山花溪色染；
天上月，水中月，月空明，水天涵月、古坊新阁月光融。

百荷公园

池上烟轻莲叶翠，星灿灿，月溶溶，舫影桨声，双塔擎天安四宇；
州中日暖玉楼香，意浓浓，情切切，谈心叙旧，九华开宴醉群英。
注：九华：近处有九华宾馆。

平天湖（一）

人造亭台输北海，
天然景色胜西湖。
注：北海指北京北海公园。

平天湖（二）

绕岸碧山，莺歌花笑春风里；
平天绿水，鹤舞舟行彩画中。

四季平天湖

舟轻好荡春，鱼跃澄波，柳吐轻烟晨雾翠；秋光更向游人媚，鸳影伴鸿声，枫叶霜烧，菊开三径艳；
岸绿堪消夏，鸟栖碧树，荷香十里晚风清；冬日任凭墨客吟，松涛呼竹浪，琼花天塑，梅放九州香。

开发园区

园通大九州，北斗导航，大道金光飞骏马；
带接长三角，东风给力，长江银浪送征帆。
注："北斗"喻党中央。"带"指皖江产业带。"长三角"指江、浙、沪地域。

秀山城门

城西秀色千张画，
门外青山万里桥。

秋浦城楼

杜牧再登楼，正天朗气清，四面湖山开画卷；
昭明重执笔，喜人和政举，万民才智绘池州。

杏花村文化园大门联

春草含烟，红杏吐芳香，微风细洒清明雨；
牧童指路，青牛勾雅兴，万客欢歌文化园。

怀杜轩

红杏催诗，诗情掀墨浪，墨浪翻腾千载梦；
黄公把酒，酒兴上毫端，毫端绽放一村花。

青莲馆

醉卧长安，天子来呼船不上；
乐游秋浦，诗朋欢聚酒频斟。

注：1. 上联出自杜甫《饮中八仙歌》"李白一斗诗百篇，长安市上酒家眠，天子呼来不上船……" 2. 下联：李白一生五次来秋浦，赏景会友，留下很多诗篇。

昭明堂

精选诗文，秋浦有楼仪彩凤；
笃行孝悌，邑人尚德拜储君。

注：1. 昭明太子会聚很多名流（彩凤）于秋浦编文选。后人建文选楼以纪念。2. 储君即太子，他孝父母爱兄弟。因母死，哀伤过度而早殁。

湖心岛

瑶岛清幽，牧子笛吹杨柳绿；
湖光潋滟，杏园花笑水天红。

绮丽风光，纵目湖山天作画；
文明村落，放怀诗酒杏飞花。

为《贵池杏花村志·小杜行春图》配联

得得马蹄声，游子徐行，青草碧陂花径雨；
悠悠牛笛韵，牧童遥指，绿杨红杏酒旗风。

注：中国邮政发行的 2011 年明信片刊载此联。

赞黄公

幸得仙人传绝技，
欣将名酒醉奇葩。

吟诗台

贵邑好风光，莺歌燕语千支曲；
池州多李杜，水咏山吟万首诗。

西庙文选楼遗址

一代储君无觅处；
千秋翰墨有余香。

烟柳渡

朱索挂虹桥，莺歌南浦渡；
碧烟笼翠柳，鹤舞彩云亭。

注：时任市建委主任方能斌先生嘱予为烟柳渡作记题联。烟柳渡又名彩虹桥。联嵌"烟柳渡彩虹桥"。

烟柳园

烟袅青林，馆榭亭桥、邀客悠游留客照；
柳翻绿浪，鸟鱼花蝶、伴人曼舞学人歌。

贵申水榭

水榭话当年，情义千秋不替；
春莺歌盛世，贵申两地长荣。

注："文革"期间，贵池县刘街、棠溪、墩上等地辟为小三线，上海在此建有多座工厂和医院。市县协作，情义深厚。20世纪80年代初移交给贵池，并在烟柳园建贵申水榭以纪念。时任县委书记张谓德先生嘱予为记，并赋诗题联以志。

齐山池阳胜境

文化多元，仙洞诗亭新佛寺；
风光无限，青山绿水雅民居。

登齐山

游山乐趣多，寻洞登亭评怪石；
纵目风光好，观湖望岳赏摩崖。

翠微亭（一）

名帅名诗，诗意帅心昭日月；
好山好水，水光山色靓乾坤。

翠微亭（二）

太守提壶，喜见大江滚滚，巨轮激卷千堆雪，长堤翻柳浪，广场沐春阳，舟车潮涌客如流，胜景胜时，把盏插花开口笑；

元戎驻马，欣闻小调悠悠，翠鸟娇啼十里花，四野拂清风，六峰腾紫气，城镇珠联村若市，好山好水，寻芳踏月向天歌。

注：1. 开口笑：杜牧《九日齐山登高》"尘世难逢开口笑，菊花须插满头归"。2. 六峰腾紫气：指六峰山采矿景象。

岳飞纪念广场（一）

千载山河余浩气，
一湖云月洗征衣。

岳飞纪念广场（二）

骏足踏平三字狱，
神州唱彻满江红。

岳飞纪念广场（三）

对浩瀚湖天，骏马萧萧思跨越；
乐和谐景象，鄂王侃侃论升平。

忠廉堂（一）

忠毅坚贞，秉公执法声威振；
廉明清正，布德怀民典范垂。

忠廉堂（二）

三铡射寒光，问窃贼刁民，谁敢手长心黑？
九州扬正气，对荷塘月色，公呼莲洁风清。

寄隐岩半亭

两字特刚道，乃赤胆忠肝凝就；
半亭尤雅洁，是清风明月砌成。

注：两字指包公亲笔题写的"齐山"二字碑刻。

大王洞（一）

尘封亿万星霜，幽谷深山，秋浦人开成胜境；
名振三千世界，仙濠洞府，天涯客至赏奇观。

大王洞（二）

花插双螺，玉虹横跨苍穹，瑶阙极恢宏，神女迎宾游洞府；
珠镶四壁，钟乳装潢晶殿，王宫多绮丽，乐声伴我渡仙河。

注：1. 神女：形态如人的奇石。2. 乐声：指瀑声、溪声、风声、钟乳石的敲击声合奏的交响乐。

昭明钓鱼台

半潭霞鹜常飞去，
万卷文章独钓来。

仰天堂

静听竹啸松吟——自然梵乐，
仰观云山雾海——人世天堂。

安澜亭（受市水委会之托而作）

堤拂春风，安澜万顷；
亭铭德政，造福千秋。

黄（文贞）公祠遗址

旷代文章，六首三元曾盖世；
满门忠烈，古祠遗址尚留香。

挽黄公

永乐治江山，成一代贤君，应以忠良匡大业；
文贞殉道义，葆千秋高节，却教桑梓哭孤臣。

万罗山（一）

坐看篙影波光，清溪河上千人揖；
静听梵钟韶乐，翠竹林中百鸟歌。

注：千人揖：古时，清溪河上竹排络绎，撑排人姿势如揖。

万罗山（二）题珍珠寺

大士普陀来，翠竹森森，万罗山美清溪绕；
珍珠金佛渡，轻风淡淡，三宝寺幽百鸟歌。

李白钓鱼台

高坐严光，不钓鲜鱼沽市利；
常来萧统，只钓明月照诗文。

清溪玉镜潭

席月开樽，银汉生辉倾玉液；
临潭观景，清溪似镜映楼山。

注：李白《与周刚清溪玉镜潭宴别》诗句"席月开清樽"。楼山即大楼山。

九华天池

玉坝接青云，云中风动红旗舞；
天池怀绿水，水上舟摇白鹭飞。

外十首

缅怀毛泽东主席（一）

泽被九州，建党建军建国，伟业千秋，旗帜如璇枢指北；
名垂万代，立功立德立言，雄文五卷，光辉似日月升东。

缅怀毛泽东主席（二）

文章撷天下琼英，济世匡民，旨安天下；
思想集人间智慧，导航开宇，光耀人间。

邓小平颂

完璧全瓯，两制雄韬花解语；
鼎新革故，一生伟绩海为碑。
注：中国邮政发行的 2011 年明信片刊载此联。

庆祝中国共产党 95 华诞（一）

历九五春秋，辟地开天，喜山奔海立，箭发星驰追国梦；
有万千英俊，鼎新革故，致国强民富，松吟鹤舞祝尧年。

庆祝中国共产党 95 华诞（二）

九域祝千秋，高举红旗，万众创新编绮梦；
五洲如一苇，仰瞻碧落，七星耀宇照征程。

题北京红螺寺叠翠亭（应征获奖联，悬挂亭中）

青松岭叠涛千顷，
翠竹烟笼月半亭。
注：鸿爪格嵌"叠翠亭"。中国邮政发行的 2011 年明信片刊载此联。

春联（中央电视台 1997 年全国春联一等奖）

嘉澍三通滋柳绿，
春风两岸绽桃红。

纪念农村改革开放二十周年（1999 年庐阳迎春全国征联一等奖）

小岗雷池越，领时代新潮，九亿欢腾，壁垒拆除通富路；
三中号角催，长英雄壮志，廿年拼搏，城乡崛起屹丰碑。

纪念纪晓岚（中国楹联学会纪念纪晓岚逝世 200 周年海内外大征联一等奖）

振笔鼓春风，帆扬联海盟鸥鸟；
临轩迎晓日，岚裹书山乐蠹鱼。

春驻梅州（首届中华梅州"客天下杯"全国楹联大赛一等奖）

喜鹊登梅，梅报新春，春酒满斟天下客；
东风舞柳，柳迎嘉客，客都长驻世间春。

（以上均为邱戎华作）

对联一组赞池州

四围山水九重锦，
十里烟村一色红。

有情山水杏花俏，
生态田园春意浓。

踏青喜沐杏花雨，
追梦同描盛世春。

春漫平湖花带露，
风拂玉镜水生香。

莺飞草长花含笑，
蝶舞蜂忙田布春。

桃杏争春织胜景，
诗文佐酒醉嘉宾。

（《中国楹联报》郏云海作）

吟贵池区文联联

春意盎然文坛百花齐放，
明媚旭日艺苑群芳竞妍。

（严汝寿）

池州府衙联（清代）

此乃二千石衙斋，问太守风规，较县令，一官孰胜；
问思廿四年景况，看九华山色，比匡庐，五老何如。

茅坦杜氏宗祠楹联

茅庐奠乾坤，留始祖闻金鸡唱晓；
坦途遍郡邑，邀后裔赴杏花沽酒。

（杜银鳌）

秋兴八首，久著吟坛，想玉蝶瑶翩，定有此公妙句；
烟水一湖，别饶胜景，非文昭武穆，谁开当日宏基。
注：原茅坦修谱青阳桥头施赠联。

京兆肇迹树发千枝归一本，
茅坦开镰花开万朵照九州。

茅坦六修宗谱

六百春秋先祖结庐辟地积结裕原创房业，
五千杜氏修辈立志践行继往开来展新篇。

（杜德喜）

茅坦钱氏宗祠

彭城旧族，
理学名家。

（钱立新搜集）

茅坦民间流传的古楹联选辑

锦堂春暖生蓝玉，
室篆香浓透紫薇。

门外青山云外树，
窗前绿水案前书。

腊去易生欢乐草，
春来广种吉祥花。

念先世辛勤植仗耕耘数亩清风吹麦菽，
期后传昌炽课儿咏读一庭明月照诗书。

安饱非儒生之志惟有诗书贻味，
静观得宇宙之真何容世俗随波。

惜食惜衣既可惜财还惜福，
求名求利须知求己胜求人。

想生平却最轻财多寡相周只道银钱皆末节，
以此日稍为掣肘亲朋弗恤须知冷暖是常情。

礼仪厚基原，入则孝，出则弟，可大以是，可久以是；
读书涂丹青，幼而学，壮而行，善继于斯，善述于斯。

世态炎凉悔当初妄行方便，
人情淡薄从今后且学痴呆。

素位而行分外一毫不与，
听天由命胸中半点无私。

珠履三千客金钗十二行时也抑命也或视为泰山或视为鸿毛，纵锦绣膏粱，终
不免俗人行径；
正冠则缨绝捉襟则肘见贫也非病也或呼以为牛或呼以为马，虽单瓢陋巷，倒
自是名士风流。

承祖宗一脉真传惟忠惟孝，
教子孙两条正路曰读曰耕。

士工农商，守法遵规，庶几为肖子；
忠孝节义，立身处世，争取作完人。

积善家兄友弟恭子孝，
太平世樵呕牧唱渔歌。

庭有余香谢草郑兰燕桂树，
家无别况唐诗晋字汉文章。

张、徐、毕、马宗祠古楹联

公则正廉则威养天地正气，
光于前裕于后法古今贤人。

金炉不熄千年火，
玉琖常明万岁灯。

祖功宗德流芳远，
子孝孙贤世泽长。

灵钟象岳三山远，
派衍清河一本长。

百忍可传家须知能宽能让，
三山原合派何分江北江南。

承前启后振千秋大业，
光宗耀祖展万代雄风。

祖德芳菲想木本，
宗功浩大思水源。

陈词祭酒表后昆孝意，
沥泪讴歌悼先祖英魂。

绳其祖武惟耕读，
贻厥孙谋在俭勤。

永记前贤抒壮志，
总教后辈展凌云。

千载蒸尝光世泽，
万年俎豆振家声。

贯史淹经名齐四皓，
陈词献赋才拟三苏。

（以上楹联由茅坦村搜集）

元四章氏祠堂联

峻岭隐宝地千秋腾紫气，
云水绕梨村百世展雄风。

（杜德喜）

由闽徒秋浦不畏山川千里远，
来龙入梨岭还看子孙万世长。

（丁贤玉）

美好家园流古韵，
和谐村落绽新颜。

兴生态文明，跃马扬鞭，最美乡村数元四；
建和谐家园，筑巢引凤，更多梦想醉里山。

（吴毓福）

山美水美人人心灵美，
天新地新处处景色新。

古村新景增魅力，
盛世高歌绘宏图。

（章新最）

池州山水美如画，
元四风光艳若诗。

碧水两河映丽日，
古村千载沐春风。

（胡志学搜集）

七星墩楹联

六峰霁新雪，
七墩蕴古风。

（钱久来）

花庙楹联

南凤花庙，
有凤来仪。

画里古村，花庙春秋多佳日；
诗中仙境，棠溪山水有清音。

忆峥嵘岁月，因回避日寇硝烟，昔时此处，曾是百年老校六载流寓地；
看驰荡盛世，为建设美好家乡，如今花庙，可算一隅新村四季生态园。
注：百年老校，即贵池中学。该校创办于1902年，抗战期间，为躲避战火，
自1938年始，曾一度迁往皖南山区的花庙。

（吴毓福）

乌沙镇联村苏氏宗祠楹联

世事让三分天宽地阔，
心田存一点子种孙耕。

唐朝宰相府，
宋代文豪家。

墩上罗城义湖山"发华禅林"寺右下侧灵光亭石刻对联

者三目力扶正品，
这一鞭专打斜流。
横批：灵报分明

（姜锦忠、陈春明搜集）

粉墙黛瓦尽显徽风皖韵，
金管花笺好书锦字华章。

（严汝寿）

石门高祠堂联

竹茂堪栖凤，
池深欲化龙。

松茂竹苞梅朵，
春明日暖风和。

（陈春明搜集）

殷汇国公庙联

玉镜烟霞收眼底，
秀山风月落崖前。

业冠唐朝，忆孤忠独抱，日月明，山川奠，遂使三百余载社稷中兴，迄今俎豆衣裳，缅想维新，追报仰先型，循定例于五年两祫；

誉隆梁国，溯蒙难坚贞，鬼神泣，风雨惊，致令廿四位诸天搭救，抚昔鸿恩大德，沾濡末艾，敬酬绵后裔，荐盟牲于万岁千伏。

"国公庙" 楹联

鹊顶部山金锁钥，
龟前浦水玉带环。

（以上江伯湘作，76 岁）

国命诛妖扫尽群妖举鞭妖求能攻心，
公吓斯怒突然一怒上马怒息见太平。

两岸烟霞环玉镜，
千秋风月恋鱼台。

（录自李明江著《千年古村殷家汇》）

六峰山云光寺（建于宋代，后毁）

云湿千山衣，
光涵万水天。

（钱久来）

王氏宗祠大门联（棠溪百安，祠已不存）

百代风流追两晋，
一门忠孝仰三槐。

（董光斗，清末秀才）

王氏宗祠大殿联

宅傍柏岩凝淑气，
恩叨槐萌仰高风。

乌沙太子矶联

太子拦江，不许乌龟朝大海；
令公踏梁，岂容白鹤上长堤。

太子庙联

文字通灵，野庙独尊石太子；
天风何处，江声犹痛古人心。

（陈澹然）

纪伯吕故居

依然故我，
又是新年。

（纪伯吕于 1946 年春节作）

崇高人乐道，
慕隐士躬耕。

（纪伯吕）

棠溪曹村曹氏宗祠（古祠已废）

大门联

文物衣冠门第，
诗书礼乐人家。

大殿联

七步诗才谁可比，
八仙道术世称奇。

里山马氏宗祠

虎啸深山，雄风奋起时时振兴；
龙飞云腾，紫气纷生千秋永恒。

里山毕氏宗祠

祖功宗德流芳远，
子孝孙贤世泽长。

白沙方氏宗祠

占地利龙盘虎踞，
顺天时政通人和。

白沙石山许氏宗祠

祖德宗功垂福泽，
诗书礼乐振家声。

白沙郭氏宗祠

汾阳传世泽，
秋浦振家声。

万罗山徐氏宗祠正门楹联

溪水澄清浪涌三春龙变化，
罗山毓秀云开五色凤翱翔。

（钱立新搜集）

荫水汪宗祠古联

屋后青山龙虎地，
村前碧水凤凰池。

（胡志学）

站前区盛园大酒店门联

盛世喜筵多，酒客登楼持酒贺；
名园佳轸秀，车迷排队购车来。

（邱戎华、陈春明作）

涓桥镇益林生态农庄客厅联

创业难守业难知难不难，
读书好营商好效好便好。

（陈春明搜集）

涓桥小渔庄楹联

几许闲情称野士，
三分春水作渔庄。

（陈春明搜集　燕兴发作）

"仰天堂"楹联

凤声雨声钟磬声，声声自在；
山色雾色烟霞色，色色皆空。

（方再能搜集）

仰天观星斗罗列门前映贝页，钟惊鹿拜佛；
堂地活舆图尽收眼底朝莲花，松宿鹤听径。

喝月云中寻古迹，有威即通千江有水千江月；
仰天堂上望江流，无机不被万里无云万里天。

西秋浦北龙须双水汇流金带合，
东骆驼南有马两山排闼玉屏开。

敲钟觉世休作离道，
焚香拜佛祗须成仁。

（以上沧埠村江伯湘作，76 岁）

协力等闲通天水，
志坚感动菩萨心。

（录自李明江著《千年古村殷家汇》）

峻岭隐宝地千载腾紫气，
云水绕梨村百世展雄风。

（杜德喜）

春欲暮，思无穷，火炽梅根冶，小雨藏山客坐久；
语已多，情未了，烟迷杨叶洲，长江接天帆到迟。

人生莫做守财奴！看傅老爷能舍现钱，即跨鹤升天，果若何荣耀；
少妇休为古怪事！视刘安人偶然骂道，竟变狗入地，有什么来文。

（吴毓福）

屋后青山龙虎地，
村前碧水凤凰池。

（胡志学）

白犬化龙穿山过，
天鹅孵蛋迎客来。
注："白犬化龙"即江南奇观大王洞形成的传说，"穿山"即现在的穿山村，大王洞入口处所在地；"天鹅孵蛋"距大王洞一千米的一座山名，贵池区牌楼镇名茶"天鹅孵蛋云雾茶"产于此处。

（葛文化搜集）

武烈建功勋中兴东汉，
欧江遗德泽始啟西华。

孝子不匮永锡尔胜，
明德之后必有达人。

祠貌常新漫道地灵人杰，
家声丕振咸由祖德宗功。

张灯结彩火树银花全村共闹通宵夜，
檀板笙簧山歌新调万众同欢达旦天。

梅街依山傍水绕胜境物丰景秀沃野平畴形象景，
西华藏龙卧虎展雄姿人杰地灵如花似玉壮丽图。

执盾扬戈同驱疫疠远，
乐曲笙簧齐唱太平年。

寓忠于孝东方美德，
寄读于耕梅街村风。

众志成城古迹重新汇泉方得汉，
人定胜天文物依旧无昔焉有今。

（谢海龙、许来祥搜集）

戒赌长联

八百元现钞，借来手里。疾足赴赌，喜洋洋兴趣无边。看：春宵苦斗，夏夜拼搏，秋日集资，冬日决战；良朋密友，何妨红眼争钱，趁酒酣烟浓，暂抛却政纪国法，更忘餐废寝，鼓舞起壮志豪情；莫辜负四时积蓄，万元迷梦，双目血丝，三杯苦酒。

数千金败绩，惨上心头。力竭神衰，悲滚滚钱财何在。想：父骂不肖，母斥赌鬼，妻子垂泪，子啼号啕；扯肝牵肠，仍作大将风度，纵群讥众笑，且充作地哑天聋，便荡产倾家，都付与骨骰扑克；只赢得几张借条，半病躯体，两鬓白发，一身恶习。

（方再能搜集）

后　记

经过近一年时间的收集、整理、编辑、出版工作，《贵池民间楹联故事》今天终于和大家见面了。

编撰《贵池民间楹联故事》的起因是池州市委宣传部、市文联部署的"征集整理池州古楹联"工作。区文联在圆满完成此项工作任务后，深切地感受到贵池文化底蕴深厚，收集到的楹联故事内容丰富，有独特的地域性，是不可再散失的民间瑰宝。为了让作协会员们辛苦收集和整理的楹联故事得以留存，为了使优秀的民间文化传于后世，我不禁萌生了编印此书的想法。

贵池楹联故事是宝贵的非物质文化遗产，是地域文化的一颗明珠。它们蒙尘于乡村市井，需要我们去发掘，让它们登堂入室，让它们熠熠发光。《贵池民间楹联故事》的问世，是区作协广大作者和编者辛勤劳动的成果。为了编撰此书，区文联专门召开了三次专题会议，两次发函到镇街，并对作协骨干会员进行了分工，组织了六个发掘小组分赴全区各镇街道收集楹联和故事。每个小组确定了专人负责，制定了工作责任制，明确了具体的工作任务。对于多人撰写的同一楹联故事，或择优选用，或合并刊用；对于遗漏的条目，另组织人员重新采访；同时成立了《贵池民间楹联故事》办公室，抽调方再能、钱立新、王友松三人组成编辑室，进行初步收集、编排、修改、校对工作，并多次由我主持集中改稿。初稿形成后，约请楹联专家邱戎华先生、《中国楹联报》副社长邵俊强先生审稿，他们提出了许多宝贵的意见。

全书共有五个部分，"名胜古迹类""文化名人类""民间传说类""宗祠庙堂类"四个部分，共105篇文章，另附录收集民间楹联300余副。智慧的贵池人民创造了数量繁多、风格各异、生动有趣的楹联故事，这些故事里蕴含着贵池多彩的风土人情、悠久的家族历史和许多丰盈的传说。特别是杜牧、包拯、岳飞、黄观、纪伯吕、桂超万、殷文圭等历史名人在杏花村、清溪河、齐山等地留下了许多脍炙人口的对联和有趣的故事，至今仍在民间口口相传。在古村落，如元四章、茅坦杜、渚湖姜等地，许多宗祠老屋、戏台石刻凝集着历史的风霜，镌刻着家族的古训，传承着敦厚的家风。在悠悠古道、在寺院、在小饭馆、在古墓地、在桥头、在农家，都可寻觅到一副好对联，都可听到一个好故事。《贵池民间楹联故事》的出版填补了我区文化建设楹联方面的空白，以丰富的内容展示了它的文化性和可读性，彰显贵池千载诗人地的文化魅力，对贵池文化传承、全域旅游建设定能起到很大的推进作用。

　　《贵池民间楹联故事》的问世，要感谢区委区政府的坚强领导和关心，区委副书记金泽吾同志任编委会主任并亲自作序文，感谢合肥工业大学出版社朱移山先生的支持，感谢市文联和区委宣传部的科学指导，感谢各镇街道有关人员的配合，感谢全体作协会员的辛勤劳动和无私奉献，感谢区摄影家协会主席吴旭东先生和钱立新等骨干会员提供的图片。但由于时间有限，难免的遗漏之处和错讹之处，诚请方家不吝指教，以便有机会再版时得到改正、补充。

2016 年 11 月 8 日于池州